明智小五郎事件簿　戦後編 Ⅳ

「影男」「赤いカブトムシ」

江戸川乱歩

集英社文庫

目次

＊前書き・年代記《クロニクル》は 平山雄一 著述

前書き

平山雄一

第三巻の「妖人ゴング」（一九五二年三月）が発生した後、五二年、五三年、五四年は二十面相の事件が立て続けに発生する。二十面相はほぼ休みなしに活躍したといっていい。それを一覧表にすると、

■一九五二年
六月十五日〜八月二十日　「仮面の恐怖王」
「仮面の恐怖王」以降の二日間　「かいじん二十めんそう」（『たのしい二年生』版）
夏　「夜光人間」
後半の十七日間　「探偵少年」（後に「黄金の虎」と改題）
十五日間以上のいつか　「魔法博士」
一九五二年か五三年の一ヶ月半弱の間　「ふしぎな人」
■一九五三年

春の四十二日間　「魔法人形」
六月二十二日〜九月二十日　「塔上の奇術師」
十月十日〜十七日　「怪人と少年探偵」
秋の二十一〜二十二日間　「超人ニコラ」
後半の数ヶ月間　「電人M」
二ヶ月と二十三日間以上のいつか　「鉄人Q」
「鉄人Q」の一ヶ月後の一ヶ月と四日間　「おれは二十面相だ!!」
一九五三〜五四年のある一日　「まほうやしき」
■一九五四年
春の四十七〜四十八日間　「海底の魔術師」
五月十八日〜二十六日　「赤いカブトムシ」
この年のいつか　「妖星人R」

しかしこの一覧表のどこに入れていいか迷う作品が、一つ残っている。それは一般向けに書かれた「影男」だ。これは一九五〇〜五四年のいつでもいい。まさに影男のようにつかみどころのない作品だ。

一方「赤いカブトムシ」は小学校低学年向けの作品にもかかわらず、発生年代がはっきりしている作品中ではもっとも新しい。もちろん他の作品がこれからの研究でさらに後に発生したと判明する可能性もあるが、現在のところはこの作品が、明智小五郎《あけちこごろう》と少年探偵団の最後の事件である。

明智小五郎事件簿　戦後編　Ⅳ

影男

１９５０年１月～１９５４年

断末魔の牡獅子

三十二、三歳に見える痩せ型の男が、張《ちょう》ホテルの玄関をはいって、カウンターのうしろの支配人室へ踏みこんで行った。
ズングリと背が低くて丸々と肥《ふと》ったチョビひげの支配人がデスクに向かって帳簿をいじくっていた。そばの灰皿にのせた半分ほどになった葉巻から、細い紫色の煙が殆《ほと》んどまっすぐに立ちのぼっていた。ハバナの薫りが何か猥褻《わいせつ》な感じで漂っていた。

「来ているね？」

痩せ型の男がニヤッと笑ってたずねた。

「ウン、来ている。もうはじまっている頃だよ」

「じゃあ、あの部屋へ行くよ」

「いいとも、めっかりっこはないが、せいぜい用心してね」

痩せ型の男は鼠《ねずみ》色の背広を着て、鼠色のワイシャツ、鼠色のネクタイ、靴まで鼠色のものをはいていた。どんな背景の前でも最も目立たない服装であった。彼はまったく足音を立てないで階段をかけあがり、二階のずっと奥まった一室のドアをソッとひらいて、中にすべりこむと、電灯もつけず、一方の壁にある押入れの戸を用意の鍵でひらき、その中へ身を隠した。

まっ暗だけれど、彼はその部屋の構造を手にとるように知っていた。そこは普通のホテルの客間で、寝室と居間とを兼ねた五坪ほどの狭い部屋であった。一方の壁に押入れのように造りつけた洋服戸棚があって、彼が忍びこんだのはその空っぽの洋服戸棚であった。

戸棚の中はパッと目も眩《くら》むほど明かるく、ギラギラした異様な光線に溢《あふ》れていた。その正面の壁に三尺四方もある一枚ガラスのショーウィンドーみたいな窓がひらいていたからである。

なんとも不思議千万な押入れだが、これは痩せ型の男が、太っちょうの支配人に十万円のわいろを与えた上、経費二十万円を支出して、ひそかに工事をさせたショーウィンドーであった。警察で被疑者の言動を覗《のぞ》き見するために工夫された、表面は鏡で、裏側から見れば普通のガラスのように透き通っているという、あの仕掛けなのである。

この工事の壁をくり抜く仕事は、幾人もの別々の職人に、一部分ずつやらせて、ガラスの取り替えは、ガラス工場から届けられた仕掛けガラスを、深夜ひそかに支配人自《みず》からはめこみ、慣れぬ鏝《こて》を使って、周囲にモルタルを塗ったのである。覗き見の必要がない時は、元通りちゃんと板をはめて、それと見分けられぬようにしておくのである。

この秘密は支配人と痩せ型の男のほかは、誰も知らなかった。主人はホテルに住んでいないし、雇人《やといにん》たちはまだ真相を看破していなかった。ここは表向きは温泉マークなんかではなく、もっと高級な静かなホテルなのだが、内密は、特定の富裕な顧客に秘密の部屋を提供して、不当の利益をむさぼっていた。そういうホテルのことだから、雇人たちも、たとえ秘密めいた工事が行なわれても、別に怪しむこともなかったのである。このふしぎな仕掛けの押入れの戸には、痩せ型の男と支配人だけが持っている鍵でなければ、決してひらかないような精巧な隠し錠がついていた。

そこから覗くガラス窓の向こう側の光景は、狂人の幻想めいて、異様をきわめていた。それは十畳ぐらいの鏡の部屋で、四方の壁と天井とがすっかり鏡張りになり、床にはまっ赤なジュウタンが敷きつめられ、そのまん中に派手な模様の日本の蒲団《ふとん》が敷いてあった。そして、その蒲団の上でギョッとするような異様な動作が演じられていたのである。

恰幅《かっぷく》のよい頑丈なからだの五十男が、まっぱだかで、その蒲団の上に海老《えび》のようにからだを曲げてうずくまっていた。薄くなった頭の皿のような禿《は》げが、こちらからまっ正面に眺められた。へいぜいは、まだ禿げていない左側の毛を長くのばして、それをすだれのようになでつけて、禿げを隠しているのだが、その長い左側の毛が額に垂れさがって、お化けのように無気味であった。うつむいた額の下に、あぶら汗にまみれた赤ら顔のたるんだ頰が見えていた。

この奇怪な五十男のうしろに、一人の美しい女が、股をひろげて仁王立ちになっていた。三葉三四郎《みつばさんしろう》が編纂《へんさん》した「世界映画史」の口絵写真にある、今から四十年前に大人気を博した女賊映画の主人公プロテアのような姿の美女であった。

ピッタリ身についたメリヤス風のシャツとズボンだけになっていたが、それが実に派手な色彩で、五寸ほどの太さの赤と黄色のだんだら染めなのである。シャツもズボンも同じ染めだから、この美人はまっ赤な縞馬《しまうま》のように見えた。

すべての曲線をあらわにした彼女のからだは、ギリシア彫刻のように均整がとれていた。脚は長くて、お尻は見事にふくらんでいて、腹は蜂のようにくびれ、もり上がった胸が烈《はげ》しい身動きをするたびに、ゼリーのように震えた。その胸の上に、恰好《かっこう》のよい長い頸《くび》と、プロテアの顔がついていた。といっても、彼女は西洋人ではない。西洋人のようなからだをした日本人なのだ。年は二十五、六歳であろうか。

それだけでも充分妖《あや》しい光景なのに、その二人の姿が、天井と四方の壁に張りつめた鏡に、幾重にもかさなり合って反射し、無数のだんだら染めの女と、無数のはだかの五十男とが、或《ある》いは上から、或いは横から、うしろから、あらゆる角度の映像となって、眼界一ぱいにウジャウジャとうごめいていた。むろん、男も女も、彼ら自身のあらゆる角度からの映像を見ることができる。実はこの鏡の部屋のあやかしの企《たく》らみがそこにあったのである。

ピシリッと裂帛《れっぱく》の音がした。だんだら染めの美女が、獅子《しし》使いの鞭《むち》で宙を打ったのだ。

この二つの部屋の音響は完全に遮断されていた。こちらの押入れの中で少々音をたてても、相手に気づかれる心配はなかった。ではどうしてガラスの向こうの鞭の音が聞こえるのか。そこには痩せ型の男と太っちょうの支配人との行き届いた工夫がこらされていた。隣室の天井の隅に、それと見わけられぬマイクロフォンが取りつけられ、押入れの中にはその受話装置ができていたのである。

「ジャンゴー。もうまいったのか。チンチンだ。ホラ、チンチンだ！」

美女の赤い唇から獅子使いの烈しい声がほとばしった。鏡面の百千の赤い唇が同時に動いた。そして、ピシリッと、こんどは男の背中に鞭が鳴って、みるみる彼の太った背中に赤い毛糸のような痕がついた。鏡面の百千の背中に百千の赤い毛糸が這《は》った。

ジャンゴーとはこの牡獅子《おじし》の愛称なのであろう。彼は不思議な恰好で中腰に立ち上がると、両手を猫の手にして、胸の辺でモガモガやりはじめた。上から、横から、うしろから、前から、無数の奇怪なチンチンモガモガが、鏡面に目まぐるしく交錯した。

「よろしい。こんどはお馬だ！」

そして鞭が宙にはためく。

獅子男は四つん這いになった。鏡の中の百千のはだか男が四つん這いになった。そして、ポカンとひらいた厚いドス黒い唇から涎《よだれ》をたらして、けだもののように卑屈で狡猾《こうかつ》な横目で、女獅子使いの颯爽《さっそう》たる立ち姿を盗み見た。百千の狡猾な眼《め》が、百千の女を、あらゆる角度から嘗《な》め廻《まわ》した。

空中曲芸師のようにしなやかで敏捷《びんしょう》なだんだら染めの美しいからだが、ヒラリと牡獅子ジャンゴーの背中にまたがった。どこから取り出したのか手綱《たづな》代りの同じだんだら染めの紐《ひも》が、男の口にくわえさせられ、その両端を持って、ハイシイドウドウと、お馬の曲乗りがはじまった。百千のはだか馬と、赤い縞の女騎手とが縦横にはせ廻った。刹那刹那に、例の鞭が、時に空を、時に男の毛むくじゃらの大きなお尻を、ピシリ、ピシリと打ち、お尻にはまっ赤な毛糸の網模様ができて行った。天井と四方の鏡は、この醜いけだものと、美しい騎手とを、あらゆる角度から、狂気のまぼろしのように、眼もくらむ無数の映像として写し出した。

五十男の牡獅子ジャンゴーは、全身にタラタラ汗を流しながら、十畳の部屋の中を、グルグル這い廻った。

「もっと早く、もっと早く！」

そして、ピューッと鞭が……だんだら染めの騎手のかかとが、男のダブダブの太鼓腹に角《かく》を入れ、締めつけた。

男はゼイゼイ息をはずませながら、まっ赤に充血した顔からポトポト汗を垂らして、全力をふりしぼって、死にもの狂いに這い廻った。恐ろしい早さで、膝をすりむきながら、その血がジュウタンを濡《ぬ》らすほども走り廻った。

奇怪な馬が魔法鏡の前を通るたびに、ギョッとする大写しになって、覗き見する男を眩惑《げんわく》させた。縦横に鞭の血の河を描いた巨大なお尻と、その上にかさなっているだんだら染めの大きな桃のようなお尻とが、弾力ではずみ、ゆらぎ震えて、眼前一尺の近さを通りすぎた。

やがて、男の力がだんだん尽きて行った。しかし獅子使いは許さなかった。ヘトヘトになって、ぶっ倒れるまで曲乗りをやめなかった。

男は乗りつぶされて、グッタリと蒲団の上に横たわったまま動かなくなった。大きなからだは汗とほこりと血にまみれ、泥のように汚れて、烈しい息使いに、肩と胸と腹が大波のようにゆれていた。

「ウ、ウウウウ、もっと……もっと……ふんづけてくれ……ふんづけて、ふみ殺してくれい！」

言葉ともうめきともわからぬ音が、男の口からもれてきた。プロテアの美女は、横倒しになった醜悪なけだものを見おろして、嫣然《えんぜん》と笑った。牡丹《ぼたん》の花がひらくように笑った。

彼女はその笑いをやめないで、右足をあげると、男の肩先を、グッと踏みつけた。獅子退治の女勇士が誇らかに見えを切った。それから、彼女の足は、ダブダブと肥え太った男のからだじゅうを、まるで臼の中の餅を踏むように、踏みつづける。そのたびに、男の口から、けだものの咆哮《ほうこう》に似た恐ろしいうめき声がほとばしった。

その足は、男のあおむきになった息も絶え絶えの紫色の顔の上さえも、眼も鼻も口も、ところきらわず踏みつづけた。いや、足ばかりではない。その顔の上へ、二つの丸いだんだら染めのお尻が、はずみをつけて落ちて行き、そのまま顔を蓋してしまった。男は鼻と口との呼吸をとめられて、苦しさに手足をのたうち、断末魔のようにもだえるのであった。

そして、ついには、まったく息絶えたかのように、グッタリと伸びて、牡獅子は静止してしまった。

そこで美女はやっと呵責《かしやく》を許して、静かに男からはなれて、美しい形で立ち上がった。顔には汗一つ見えず、呼吸もおだやかに、例の牡丹の嫣笑《えんしよう》をつづけながら、傲然として、たおれたけだものを見おろしていた。

隠形術者

押入れの中の痩せ型の男は、この壮大な曲芸を見終って、手にした小型写真機をポケットに納めると、ニヤリと異様な笑いをもらした。

彼は牡獅子ジャンゴーが何者であるかを、よく知っていた。知っていればこそ、支配人買収の手数をかけ、多額の費用を使ってこの覗き見をもくろんだのである。

牡獅子は此村大膳《このむらだいぜん》という古風な名前の、S県随一の大富豪であった。工場を幾つも持っていたし、戦後起こした金融会社で巨利をむさぼっていた。その余力で代議士に当選し、不良政治家の見本のような世渡りをしていた。

痩せ型の男がニヤリとしたのは、これまた相当の資金が手にはいるわいと考えたからである。この覗き見のために、彼は三十万円を使ったが、少なくともその十倍近くにはなる勘定であった。

では、この痩せ型の男は、憎むべきゆすり常習犯であったのか。ある意味ではそうであった。しかし、彼の立場は世の常の犯罪者とは少しく異なっていた。

この痩せ男は速水荘吉《はやみそうきち》、或いは綿貫清二《わたぬきせいじ》、或いは鮎沢賢一郎《あゆざわけんいちろう》、或いは殿村啓介《とのむらけいすけ》、或いは宮野緑郎《みやのろくろう》、或いは、或いは……と無数の名を持っていた。そのうちの一つの名では小説家でさえもあった。佐川春泥《さがわしゅんでい》という犯罪小説家は、その世の常ならぬ奇怪な題材によって、二、三年前から、読物界引っぱりだこの流行児になっていた。このような怪奇異風の小説はいかなる人物が書いているのか、佐川春泥とはそもそも何者なのか、編集者も読者も、その秘密に異常な魅力を感じて、彼の作品の実質以上の人気となった。

無数の名を持つこの男――かりに速水荘吉と呼んでおこうか――その速水は、佐川春泥の正体を絶対に知られない用心をした。この秘密が彼の小説の売れ行きを倍加しているのだし、又、彼の不思議な生活のためにも、自分の正体を知られることは、あくまで防がなければならなかった。雑誌社との交渉はすべて手紙によることとし、雑誌社からの依頼状や稿料支払いは、その都度ちがった郵便局留置きで受け取ることにしていた。雑誌社の方では、彼の正体をつきとめようとして、その郵便局に記者を張りこませたりしたが、彼はそんなことは百も承知であった。局へ手紙や為替《かわせ》を受け取りに来るのは、タクシーの運転手とか、酒場のボーイとかで、彼自身は一度も姿を現わさなかったし、それらの使いの者も、もしうさんくさい尾行者などがあれば、決して彼のところへ戻ってこないように厳命されていた。或《あ》る場合には、そういう使いの者を二重三重に頼んで、次から次とリレー式に手紙などを運ばせることもあった。その途中で少しでも怪しいことがあれば、使いの者は、彼のところへ近よらなかったし、彼自身も八方に目をくばって、共産主義者の街頭連絡以上の手数と技巧を惜しまなかった。

速水――やはり、仮りにこう呼ぶのだが――速水はある私立大学の文科に籍を置いたことがあるが、卒業はしていなかった。その大学の図書館で各方面の書籍を乱読したばかりであった。

彼は又あらゆるスポーツを好み、乗馬、自動車の運転、飛行機の操縦なども会得していた。非常に運動神経の発達した男で、ある時は曲馬団にはいって、空中曲技を習い、殆んど一人前の曲芸師になっていた。

彼がどうしてそんな思想を持つようになったか。精密には遺伝や幼時の環境を調べてみる必要があるが、筆者にはそこまではわかっていない。おそらくは持って生れた性格と、大学時代に乱読した書物の影響であろう。彼は人間というものの探求を生甲斐《いきがい》とするようになっていた。だが、その探求の意味が、彼の場合には、まったく風変わりな異様な角度のものであった。

物には表裏があり、人間にも表裏がある。彼はその裏側の方の人間を探求しようとしたのである。それも社会学的、心理学的にではなく、強いて言えば犯罪学的に探求しようとした。しかし、普通の犯罪学者がやるような一般的研究ではなくて、これと目ざした個々の人間の、世間にも、その人自身の家族にさえも知られていない、秘密の生活を探求することが、彼の生甲斐であった。

この探求は自由主義者にははなはだしく憎悪せられる種類のものであった。お互《たがい》に個人の秘密を尊重するというのが自由主義者のモットーであった。医師が患者の病状を他人には絶対に口外しないという、あの秘密主義が自由主義者の考え方であった。したがって彼のこの探求は、自由主義の世界ではスパイ行為として極度に軽蔑せられるばかりか、多くの場合犯罪でさえあった。その意味で、いや、その意味以上に、彼は犯罪者であった。

人間というものは、たった一人でいるとき、そばに人目のない時には、どんな異様な行為をするかわからないということを、彼は自分の体験から割り出して知悉《ちしつ》していた。体験ばかりでなく、彼がそういう生活をはじめてからの数々の経験が、これを証明していた。表側の人間と裏側の人間とが、どんなにちがっているか、それを知ることは、怪談のように恐ろしかった。手袋を裏返すように、人間を裏返すと、そこには思いもよらない奇怪な臓物が付着していた。彼はそういう裏返しの人間を見ることに、こよなき興味を持った。つまり、彼の探求欲は唾棄すべきスパイ精神と相通ずるものがあったのである。

この探求には副産物があった。富裕な人間の裏側を見たときには、それを武器として、相手から多額の金銭をゆすり取ることができた。探求にはずいぶん元手がかかるけれども、ゆすりによって、その何倍の収入があった。どんな商売よりも有利な金儲《もう》けであった。ゆすりは明確に犯罪である。だから彼は争う余地のない犯罪者であった。ただ相手の方に告発し得ないという弱点があるので、最も安全な犯罪であって、いつまでもその所業をつづけることができるというにすぎなかった。

だが、相手が悪人であった場合には、逆スパイを使って彼を窮地に陥れることもできるだろうし、場合によっては生命を狙われるおそれさえあった。速水はそういうことも予想して、あらゆる用心を怠らなかった。彼は又そういう用心には持ってこいの智恵《ちえ》と体力と技術を身につけていた。

相手に気づかれず、その人の裏側を探求するためには、隠れ蓑《みの》が必要であった。ウエルズの「透明人間」が理想の境地であった。速水は一つ透明人間になってやろうと考えた。むろん文字通り透明になれるはずはない。そこで、できるだけ体色をぼかし薄めて、影のような人間になることを工夫した。それには日本の古代の忍術というものが大いに参考になった。忍術師はある意味で透明人間になり得たのである。彼らは盗賊のまやかし術から出発して、戦国武将のもとに無くてかなわぬ存在となり、工夫と修練をかさねて、巧みな技術を編み出していた。速水の隠身術《おんしん》は、いわばこれを近代化したものであった。

彼の工夫の一つに、色メリヤスのシャツとズボンがあった。ごく薄手の弾力のあるメリヤス地を、鼠、黄、茶、赤、黒など各種の色に染めて、常に身辺に用意していた。たとえば夕方の薄闇を利用して行動する場合には、ピッタリ身についた鼠色のシャツとズボンを着用した。シャツの袖の先はそのまま手袋になっていたし、ズボンの裾はそのまま靴下につづいた。それを着用すれば、首から上をのぞいた全身が、夕闇色の鼠一色になった。場合によっては、同じ色の覆面を、頭からスッポリかぶることもあった。目と口に小さな穴のあいた袋である。それがメリヤスの弾力でピッタリ顔にくっつくようになっていた。

黄色い壁や茶色の壁の日本建築にはいるときには、黄色や茶色のシャツを着るし、赤いカーテンの前では赤いシャツに着更《きが》え、森の中では濃緑のシャツ、暗闇には黒のシャツ、というわけであった。

忍術では、闇夜にはまっ黒な衣裳《いしょう》よりは、乾いた血のようなドス黒い赤が最も眼に見えないと言い伝えられているが、速水はむろん、そういうドス黒い赤のシャツも用意していた。

つまり保護色なのである。動物や昆虫の保護色の原理を、色シャツの手早い取りかえという方法で応用したのである。ごく薄手のメリヤスだから、何枚かさねても大してからだがふくらむわけではない。その都度都度、幾つかの背景にふさわしい色シャツを、適当に組み合わせてかさね着し、とっさにそれをぬいだり、別の色シャツを上から着こんだりして、動物界の体色の変化と同じ働きをさせるので、そのぬいだり着たりする手早さには修練を要したし、シャツとズボンの作り方にもさまざまの工夫が必要であった。

古い建物の壁に棲《す》む、おしつぶしたように平べったい灰色の大グモがある。あの灰色のからだが、やっぱり保護色で、古壁の色と見わけがつかず、あの大グモが眼にもとまらぬ早さで壁を這いまわる様子は、なんだか霞《かすみ》のようで、虫類遁《とんぎょう》形の術という感じだが、影男速水荘吉の色シャツ応用の隠身術は、あの平グモにそっくりであった。

これは影男の技術のほんの一例にすぎないが、まあそういう風な奇術と曲芸に類する数々の隠身術を発明し、それぞれの道具を工夫していたのである。

彼の人間裏返しの探求には、今一つの副産物があった。彼はその探求によって得た資料に基づいて、怪奇犯罪小説を書き、一躍名をなしたのである。編集者や読者は、彼の作品を荒唐無稽な純空想の産物と考えていた。現実とはなんの関係もない作りごとと考えていた。

速水――いや、佐川春泥の方でも、まったくの空想と見せかけるような書き方をしたのだが、事実はその大部分が現実の資料によるものであった。彼の「裏返しの人間探求」の副産物にすぎなかった。

佐川春泥の人気があがるにつれて、原稿料も増してきたから、その収入もばかにならなかったが、しかし、彼は金儲けのために書くのではなかった。隠身術による人間探求の結果を、小説の形でそれとなく世間に見せびらかすのが楽しかったのである。ゆすりの方で莫大《ばくだい》な収入があったのだから、いくら高くても原稿料など問題でなかった。彼自身の秘密をこれ見よがしに見せつけて、しかも世間の方では、世にも稀《まれ》なる空想力の作家と思いこんでいる、そのまやかしが愉快でたまらなかったのである。

速水は三十三歳の、鞭のように強靱《きょうじん》で、しなやかなからだの、痩せ型の好男子であった。だが、彼は顔面扮装《ふんそう》術に於《お》いても、俳優以上の技術を持っていたから、ほんとうの素顔は誰にも見せていなかった。衣裳ばかりでなく、顔面や頭髪などにも、絶えず化身の術を応用し、場合によっては七十歳の老人にも、二十代の美女にも化ける才能を持っていた。

遁形術者の彼は、住居も一定しているはずはなかった。同時に多くの居所を持っていたが、それに限定されるわけではなく、あらゆる場所が彼の住居となり得た。帝国ホテルも、山谷《さんや》あたりのドヤ街の木賃宿《きちんやど》も、上野《うえの》公園のベンチでさえも、お茶《ちゃ》の水渓《みず》谷の洞窟でさえも、差別なく彼の住居となり得た。

彼は又多くの恋人を持っていた。そして、そのおのおのの恋人が、自分こそ彼の唯一の愛人だと信じていた。彼の恋人の中には十七歳の美少年さえ含まれていた。それらの恋人を、彼は人間探求事業の助手として、巧みに駆使していた。恋人たちはお互に殆んど知り合っていなかった。

張ホテルの秘密室で、S県の多額納税者、此村大膳の醜態を、三十六枚のフィルムに撮影した結果は上々の首尾であった。先《ま》ず書留親展の手紙に、その写真の一枚を封入して送っておいて、此村の自宅に電話をかけ、ゆすりの金の受け渡しの時間と場所を指定すると、相手は一言もなく三百万円の金包みを持って、自からその場所へ出向いてきた。

此村は明治神宮外苑《がいえん》の入口で車を捨て、オーバーの襟で顔を隠した忍び姿で、外苑の森の中へはいると、指定された石のベンチに腰かけて、つくねんと待っていた。速水は夜の森の色と同じ色シャツと覆面で、此村のうしろから朦朧《もうろう》として立ち現われ、金包みを受け取ると、残る三十五枚のフィルムを投げ返しておいて、そのまま得意の隠形術《おんぎょう》で、森の立ち木の中へ溶けこむように消えて行った。

どん底の人

そのとき、仮りの名速水荘吉は、鼠色の背広、鼠色のオーバー、鼠色の鳥打帽《とりうちぼう》といういでたちで、東京周辺の或る繁華街に、まだ残っているブラック・マーケットの迷路の中を歩いていた。小さな汚ならしい廃頽《はいたい》的な酒場が、狭い間口で目白おしに並び、あやしげなおしろいの女の、いやらしい嬌声《きょうせい》があたりに溢れていた。

突然、そういう酒場の一軒の店先から、ボロをまるめたような大きな物体が、恐ろしい勢いで速水の足もとへころがり出してきた。

「もうこの辺をうろつくんじゃねえぞ。わかったか、アル中乞食め！」

ジャンパーのヨタ者風の青年が、そうどなって、ペッと唾をはいて、店の中へ戻って行った。

　そこの地面にころがっているボロボロの物体は、五十五、六歳に見える一個の人間であった。汚れてよれよれになったカーキ色の上衣《うわぎ》の胸がはだけ、中から無数に破れ穴のある茶色の毛糸のチョッキがのぞいていた。ズボンは裾の裂けた黒ラシャで、ちびたサンダル下駄《げた》が、足もとにころがっていた。

　しらがまじりのモジャモジャ頭、無精ひげでうす黒い紫色の太った顔、太っているだけに一層みじめな、どこか好人物らしい酔っぱらいであった。その男は、ぶっ倒れたまま、何かブツブツつぶやきながら、起き上がろうともしない。起き上がる力もないらしく見えた。どこか、ひどく打ったのかもしれない。

　しばらく立ちどまって見ていても、誰も助けおこしてやる者もない。通行の人たちは、まるで別世界の人種のように、そしらぬ顔で通りすぎて行く。速水は見かねて、そのボロボロのかたまりに近より、両手を脇の下に入れて抱き起こしてやった。

「しっかりしたまえ。うちはどこだ」

　すると、みじめな五十男は、口をモガモガやっていたが、速水のしゃんとした身なりを見て、少しおそれをなした表情になり、やっと意味のとれる口を利いた。

「ほっといてくれ。おれは人外《じんがい》なんだ。人外とは人間でないということだ。お前さんにゃわかるまい」

その声が何かしら惨憺《さんたん》たる哀調をおびていたので、速水はふと、この五十男を探求してみる気になった。むろん、このボロ男は乞食とまでいわれているのだから、ゆすりの種にはならない。だが、速水荘吉は常にゆすりのためにのみ動いているわけではなかった。

彼はボロ男の腕を抱えて歩き出した。重い荷物だった。酔いつぶれたボロ男は自分で歩く力はなく、全身の重味でよりかかってきた。悪酒の匂いと異様な体臭がムンムン鼻をうった。

ブラック・マーケットを通りぬけて、表通りに出ると、やや広い大衆酒場があった。速水はボロ男をつれて、その店の片隅の床几《しょうぎ》に腰をおろした。

「何か呑《の》むか」

「チュウと行こう。チュウだ、チュウだ」

ボロ男が廻らぬ舌で注文した。速水は汚れたエプロンの男ボーイに、焼酎と日本酒を持ってくるように命じた。

コップが来ると、ボロ男はガツガツと口をつけて、よだれをたらしながら、一気に半分ほど呑んだ。そして、残りの半分の液体をじっと見つめていたが、やがて、赤く充血した眼がなんとなく生々《いきいき》してきた。泥酔していても、新らしい酒が腹にはいると、やはりいくらか活気が戻ってくるらしかった。

「お前さん、おれをおごってくれるんだね」

念を押すように、こちらの顔をジロジロ見ながら言った。

「ウン、いくらでもおごるよ。君は可哀《かわい》そうな男らしいからね」

「ああ、こんな親切な若い衆に出会うのは久しいこった。おらあアル中の人外だからね。誰も相手にしちゃくれねえんだ」

眼に感謝の色を浮かべて、好人物らしくニヤリと笑った。無精ひげに覆われた顔が大《だい》黒《こく》様のようになごやかになった。

やがて、コップを空にしてしまうと、物欲しそうな、実にいやしい顔になって、

「もう一杯、ね」

と猫なで声を出した。そして、新らしく来たコップを、また半分ほど呑んだが、その頃から、何か空《うつ》ろな眼になって、考えごとをはじめた。しばらくムッツリとだまりこんでいたが、血走った大きな眼を（このボロ男の眼は団十郎《だんじゅうろう》のように大きな二《ふた》かわ眼であった）パチパチやったかと思うと、眼の中が湧くようにふくれ上がって、ポロポロと大粒な涙がこぼれた。

「お前さん、聞いてくれるかね。おらあ、お前さんに話したいことがあるんだ」

そして、犬のようにあどけなく首をかしげて、じっとこちらを見た。

「ウン、聞くよ。話してごらん」

男は大きな眼を細くして、赤い舌でペロペロと唇をなめた。

「若い衆、おれをなんだと思うね……人外さ。それはわかってらあ。だが、おれの前身をなんだと思うね」

速水は人間観察に慣れていたので、この質問に答えるのはわけもなかった。

「軍人だろう。それも将校だ。大尉かね」

「えらい。お前さん人相見かね。その通りだよ。おれは陛下の忠勇なる陸軍大尉だった。生涯、軍に身を捧《ささ》げるつもりだった」

そういって、またポロポロと涙をこぼした。この五十男は兵卒から経上《へあ》がった職業軍人らしかった。そういう体臭が感じられた。

「立派な軍人だった。金鵄《きんし》勲章も頂いとる。感謝状を何本も貰《もら》っとる。北支《ほくし》の戦場では、元野《もとの》部隊長閣下が、親しくおれの手を取って『えらいやつだ』と涙をこぼして感謝された。おれは百三十人の生き残りの部下と共に、五十六高地の孤塁を守って、三千の敵を追いちらし、後続部隊との連絡を全うした。それは大作戦の成否にかかわる重大地点だった。おれの金鵄勲章はその功績によるものだ」

ボロ男も、それを語るあいだだけは、姿勢もしゃんとして、百戦錬磨の古強者《ふるつわもの》らしく見えた。だが、彼は又グッタリとなってしまった。そして、しきりに大粒の涙を流した。

「おれは申しわけない。実に申しわけない。忠勇なる陛下の軍人ともあろうものが、このざまはなんだ。畜生道におちて、人外になってしまった。おらあ死にたい。そこいらのやつをみんな殺して、死んでしまいたい。だが、もう手おくれだ。日本が降伏したとき、切腹することができなかった。なぜできなかったか、おれにもわからない。もともとおれは人外だったんだ。軍という組織をはなれたら、何一つできないぐうたらべえだったんだ。あれからというもの、落ちた、落ちた、世の中の底の底まで落ちた。そして、人外のけだものになりさがってしまった」

男は酒場の中をグルッと見廻した。彼の声がだんだん大きくなったので、酒場の客たちの中には、好奇の眼でジロジロこちらを見ているものもあった。

「若い衆、おれが人外だという証拠を一つ話そうか……おらあ、かかあがある。それから、ちっちゃい娘がある。それだけだ。掘立《ほったて》小屋に住んでいる。おれが木ぎれを拾い集めて造ったんだ。娘は前のおっかあの子だ。そのおっかあは死んじまった。だから、娘は今のおっかあのままっ子だ。いじめられる。今のおっかあは肺病やみで、寝ているんだ。寝ていて娘をこき使い、ひっぱたくんだ。その娘をいくつだと思うね。まだ十二なんだぜ。学校なんか行けやしない。毎晩夜ふけまで、酒場へ花を売りに行くんだ。十二の子のその収入が、おれたちの全部の収入だ。え、わかるかね。軍人の恩給証書なんて、とっくに高利貸《こうりがし》にとられちゃった。おれがみんな呑んだのさ。おれの可愛《かわい》い娘は、今にパンパンになるんだ。え、どうだね。金鵄勲章を頂いた忠勇なる帝国軍人の一人娘が淫売になるんだぜ。

おらあ、日本が降伏してから、いろんな勤めをやってみたが、とてもつづかない。軍人にゃあ、せちがらい浮世は渡れねえんだ。みんなしくじった。あっさりしくじっちゃった。おれはもともと呑んべえだったが、アル中乞食におちぶれたのは、いくさに負けたからだ。

おれだってさめてるときもある。だが、つらくって、苦しくって、さめたままじゃいられねえんだ。だから、肺病やみのおふくろの着物という着物を、みんな質屋へ叩《たた》きこんで呑むんだ。十二の娘の、可愛い可愛い娘の、花の売上げを、ちょろまかして呑むんだ。おっかあも娘も食うものがねえ。餓《う》え死にしそうなんだ」

泥酔のボロ男は、そこで一段声をはりあげて叫び出した。

「そこいらのみんな、聞いてくれ。人外というものを知っているか。ここにいるおれがその人外だ。人間の形をして人間でない化けもののことだ。肺病やみのおっかあが餓え死にしそうになっている。十二の花売娘がひもじがって、ぶっ倒れている。その代りに、おれがこうして、酒を呑んでるんだ。畜生っ、人外だっ、人外っていうなあ、おれのこった！」

男は空になった焼酎のコップを、卓上に叩きつけ、叩きつけて、こなごなに割ってしまった。そして、その鋭いガラスのかけらの上を、握りこぶしで「こん畜生、こん畜生」と殴りつづけた。無数のガラスの破片が手の甲に刺さって、針鼠のようになり、タラタラと血が流れた。

突然、なんとも言えぬ不思議な音が起こった。けだものの遠吠《とおぼ》えのようでもあった。生れたばかりの赤ん坊の泣き声のようでもあった。酒場の客たちの顔が、みんなこちらを見つめていた。カウンターの老主人も、汚れたエプロンのボーイたちも、みんなこちらを見つめていた。

元陸軍大尉のボロ男が、ポトポト血のたれる、ガラスのかけらの針鼠のような手で、顔をおさえて、ワーワーと子供のように、泣いていたのだ。身もだえして、はだしの足をバタバタやって、だだッ子のように、泣きわめいていたのだ。

空飛ぶ夢

十二歳の大曽根《おおそね》さち子は、父も母もただ恐ろしい人であった。まだしも、夜ふけの酒場で花を売っているのが、いくらか仕合わせな一ときであった。

彼女は客たちからいくら無愛想にされても平気だった。メソメソした哀れっぽい声は出さなかった。人間の感情というものをまったく知らず、あまえることも知らなかったので、ただ機械的に、花束を持って、酔っぱらいの一団のうしろに立っているだけであった。しかし、この痩せた小娘には、どこかウットリと夢見ているようなところがあって、人の心を惹《ひ》いた。存外花を買ってくれる客があり、酔客が頭をなでてくれるようなことさえあった。だから、ほかの少女売子たちに負けるわけでもなかった。

女親分のような年増女がいて、上前をはねたし、容赦なくひっぱたかれることもあった。その上、仲間の年上の少女たちにもずいぶんいじめられたが、さち子はそういうことに不感症になっていたので、泣きもしなかった。悲しいたびに泣いていたら、朝から晩まで泣いていなければならなかったからである。この少女は、泣くことさえ、もう忘れているように見えた。それにしても大曽根とは、あのボロボロ男にとって、なんといかめしい姓であろう。またさち子（幸子）とは、この哀れな少女にとって、なんという皮肉な名であろう。あのボロ男が陸軍大尉時代には、大曽根という姓をわが武勇にふさわしい氏《うじ》と誇っていたことであろう。そして、その最初の愛児に、行末めでたかれとて幸子という名をつけたのでもあろう。

人通りのとだえた暗い夜の町を、小さな女の子が、穴のあいた赤い毛糸の上衣に、セイラー服の短いスカート、素足に草履ばきで、ペタペタと歩いていた。

大曽根さち子が花を売りつくし、上前をはねられて、三百七十円の札束をポケットに、家路についたのはもう十二時すぎであった。彼女は渋谷《しぶや》の酒場街の仕事場から、十数丁の掘立小屋へ帰る道すがらが、一ばん仕合わせであった。うちには鬼が待っている。その鬼に会うまでの二、三十分が何よりも仕合わせな時間であった。

彼女は歩きながら、小さな声で歌を歌いさえした。まだ小学校へ行っている時分に習った幼い歌を口ずさんだ。そして、頭に浮かんでくるあらゆる想念を、なかばは口に出し、なかばは頭の中で物語っていた。それは彼女がひまさえあれば考える不思議な美しいおとぎ話の世界であった。

「鳩《はと》のように羽根が生えて、空が飛べたらどんなにいいでしょう、そうすると、高い空からなんでも見られるわ。かあちゃんも空までは追っかけられないし、とうちゃんもこられないわ。お金儲けもしなくていいわ。青い青い空を、歌を歌って飛んでいればいいんだわ。なにかたべたくなったら、鳩のようにスーッと町へおりてきて、今川焼の店から、あたたかい今川焼を二十も三十もさらって、またスーッと空へあがってしまえばいいんだわ。だれも追っかけてこられやしないわ。そうして、おいしい今川焼をたべながら、歌を歌って飛んでればいいんだわ。

青い空の上の上の方には、死んだかあちゃんがいるんだわ。学校の先生が、人間が死ぬとみんな空へのぼるんだって言ってたもの。だから、あたしのかあちゃんも、きっと空にいるんだわ。そして、鳩になれば、かあちゃんに会えるんだわ。でも、鳩はそんなに高く高くのぼれるかしら……」

　さち子は三歳の時に実母と死別したので、その顔はうろ覚えだったが、暖かいふっくらとした乳房と、やさしい笑顔が幻になって、いつでも目の前に浮かんできた。そのころは、おとうちゃんも、まだ飲んだくれにならない、やさしいおとうちゃんであった。

「ねえ君、今川焼がどうしたの？　それから、空を飛ぶってなんのことなの？」

　突然うしろから声をかけられて、びっくりした。おずおず振り向くと、鼠色のオーバーを着て、鼠色の鳥打帽をかぶった、すらっと背の高いおじさんが立っていた。

　それを見ると、さち子の顔が俄《にわ》かに陰鬱になってしまった。楽しい夢がどっかへふっ飛んで、つらい浮世が帰ってきた。彼女は上目使いに男を見上げて、おしだまっていた。

「君は大曽根さち子ちゃんだろう。ね、そうだろう」

　少女はニコリともしないで、わずかにうなずいて見せた。

「そうだね。今、花を売って、おうちに帰るところだね。君は可哀そうな子だね。なんにも楽しみがないのだね」

　すると少女は怒った顔になって、他人行儀な声で答えた。

「あたし、可哀そうな子じゃないわ。楽しいことだってあるわ」

「その楽しいことというのは、鳩のように空を飛ぶことだろう。おじさんはちゃんと知ってるよ。空から神様が、君をお迎えにくるんだね。金色の神様よ。そして、君を可愛がってくださるんだ。今にきっと空へ行けるよ。そして、おかあさんにも会えるだろうよ」

それを聞くと、少女は一層こわい顔になって、クルッと向こうをむき、歯と歯のあいだから「チッ」という下品な音を出したかと思うと、いきなり駈《か》け出して行った。恐ろしい勢いで、まるで人殺しに追っかけられてでもいるように駈け出して行った。

少女ながら、侮蔑を感じたのだ。からかわれていると思ったのだ。いや、それよりも楽しい夢を破られたのが一ばん癪《しゃく》にさわったのかもしれない。人間知りの鼠色の服の男は、少女の気持がよくわかった。彼はあとを追おうともせず、その場所に立ったまま、意味ありげに微笑していた。全能の神の楽しさで微笑していた。

善神悪神

数日後、速水荘吉、或いは綿貫清二、或いは鮎沢賢一郎、或いは殿村啓介、或いは宮野緑郎、或いは佐川春泥、その他無数の名を持つ影男は帝国ホテルの一室におさまっていた。

ここでは彼は大阪の貿易商社の若い社長鮎沢賢一郎であった。ゆうべおそく大阪から着くと、彼の部屋ときまっている二間つづきの一室にはいったが、ぐっすり朝寝坊をして、翌日の昼ごろ起き出して、ゆっくりバスにはいってから、気に入りのボーイに軽い朝食を自室へ持ってこさせ、それを平らげると、あらかじめ呼んでおいた一人の客を引見した。彼はここでは、呼びよせた客以外には、誰にも会わないことにしていた。

それは二十三、四歳の派手な洋装の美しい女であった。自室の居間の方に通して、先ず長い接吻《せっぷん》をしてから、長椅子にからだをくっつけて腰かけた。

「上流婦人の秘密結社があるのよ。あなたの趣味にピッタリだし、十万円ぐらいのご褒美のねうちありそうよ」

女の鼻は可愛らしくツンと上向いていた。笑うと左の頬に片えくぼができた。眼が愛らしかった。シガレットを気どった手つきでふかしていた。

「詳しく話してごらん」

影男の鮎沢は女のえくぼを見ながら、微笑してたずねた。

「首領——といっちゃおかしいけれど、その婦人団の団長みたいな人ね、それは元侯爵夫人で、たいそうお金持ちなの。春木《はるき》夫人っていうのよ。団員は十五、六人らしいわ。みんなお金持ちの猟奇マダムよ。はじめは競馬の仲間だったらしいのね。それがマージャンやトランプのパーティーをひらいているうちに、だんだん秘密の楽しみに耽《ふけ》り出したわけよ。いまでは本物の秘密結社だわ。みんな黒いガウンを着て、黒い覆面頭巾をかぶって、そのために借り入れてある秘密の家で密会するのよ。そして悪事をたくらむのだわ」

「たとえば？」

「不倫のエロ遊びよ。ずいぶん思いきったことをやっているらしいわ」

「それじゃ、君は会員じゃないんだね」

「どういたしまして。地位と財産がなくっちゃあ、その結社にははいれないのよ。それでね、十万円のねうちっていうのは、その会合の場所と時間だわ。どう？　買ってくれる？」

鮎沢は無言でポケットから小切手帳をとり出し、十万円の金額を書きこんで捺印《なついん》した。それを相手に手渡しながら、

「で、その場所と時間」

「代々木《よよぎ》の原っぱの中の一軒家。広い地下室があるんですって。団員はガウンの上にオーバーを着て行って、門の前でオーバーをぬぎ、覆面をかぶるのよ。そして、門で番をしている人にサインをすると、入れてくれるんです。サインはこうよ」

女は真言秘密《しんごんひみつ》の呪文のような手つきをして見せた。そして、代々木の密会所の位置を詳しく説明した。

「どう？　よくさぐったでしょう。その会合があすの晩十時からひらかれるのよ」

「ウン、それで、君に教えてくれたのは、団員の一人なんだろう」

「教えてくれたんじゃない。あたしの方で、鮎沢さん直伝の手でもって、吐かしたんだ

わ。相手はあたしなら危険はないと思って、安心しているのよ。でも、決して他言しちゃいけないって、青い顔になって、念をおしていた。よほど怖い制裁があるんだわ」

「その人の名」

「琴平咲子《ことひらさきこ》。新興実業家の奥さまよ。まだ三十になっていない。美しい人よ」

　えくぼを深めてニヤリと笑った。

「背は高いかい？」

「あたしより五センチぐらい。でも、鮎沢さんよりはずっと低いわ」

「そのくらいならなんとかなる。背を低くしたり高くしたりするのも一つの忍術だからね。もうわかっているだろう。僕がその女に化けるのだ。そのあいだ咲子さんのお守《も》りは君の役目だ。でなきゃ十万円のねうちはないよ。で、僕と咲子さんと会うのは、このホテルのグリルということにしよう。わかったね」

　その時、びっくりさせるように、電話のベルが鳴った。鮎沢はそこへ歩いて行って受話器をとった。

「ウン、おれだよ……ナニ、使いに出たまま、家《うち》へ帰らないで、郊外へ郊外へと……わかった。どこまでもあとをつけるんだ。十分ごとに、電話のある家を見つけて、そこの人にここへ電話をかけさせろ。その家の位置がわかればいいのだ。用件はどうとでも作り出せる。あたりに家がなくなるまで、それをつづけるんだ。百姓家だって電話のあるうちがある。そこへ駈けて行くんだ。相手は子供の足だ。見失う心配はない。わかったな。じゃあ」

受話器をおくと、しかめていた眉を急にひらいて、ニッコリと女を見た。

「なんだか別の事件があるらしいのね。鮎沢さんって忙しい人ね」

「いつでも十ぐらいの事件が継続中だ。忙しくなくっちゃ生甲斐がないよ。今の電話は善神をつとめる方の事件だ。僕は悪神になる場合が多いが、善神にもなれるんだぜ。たとえば君に対しては、いつでも善神なんだからね」(軽い笑い)

「あたしだけに善神じゃなくて、たくさんの女の子にも、でしょう」(笑い)

その実、そのたくさんの女の一人でも、彼女が知っているわけではなかった。

「わかった、わかった。僕は男の女王蜂だって言ってるじゃないか。女王蜂にはたくさんの異性を愛する権利がある」(笑い)

「異性ばかりじゃないわ。鮎沢さんは、男の子にだって善神になるんじゃありませんか」(笑い)

「むだごと言ってる時じゃない。僕は忙しいのだ。それじゃあ、わかったね。あすの晩六時にここのグリルへ、咲子さんをつれてくるんだぜ。六時だよ。その前にできれば僕に電話をかける。いいね。それじゃあ、きょうはこれだけ……」

鮎沢の両手がのびて、斜《はす》っかけに女を抱き上げた。そして、唇を合わせたままドアのところまで歩いて行って、そっとそこへおろし、ドアをひらいて、さあどうぞと片手で廊下の方をさし示し、騎士のように正しい姿勢で、軽く一礼した。

女が「負けた」という顔つきで、笑いながら、立ち去って行くと、鮎沢は、電話のところへ飛び帰って、今日《こんにち》新聞の航空部を呼び出した。

「飛行士の北野《きたの》君いませんか。こちらは大阪の鮎沢……ああ北野君、いてくれてよかった。このあいだ頼んでおいたこと、すぐにやってもらいたいんだ。一つの善事だからね。社を首になったら、君の身柄は僕が引きうける。(笑い)場所は今に電話で言ってくるから、君の方から、飛行の準備ができ次第、ここへ電話してくれたまえ。じゃあ、大急ぎで、たのんだよ」

今日新聞でもホテルでも、電話交換手は忙しくて、盗み聴きなんかしているひまのないことを知っていた。鮎沢はそういう細かいところへ気をくばって、ギリギリの線まで危険を冒すことが楽しかったのである。

もう一つ電話。

「みや子かい、僕、鮎沢。今は鮎沢なんだ。このあいだ頼んでおいたこと、いよいよきようだよ。すぐに例の衣裳を持って、ここへ来てくれたまえ。きょうは君と一緒に善神になるんだ。善なる全能の神になるのだ。楽しいぜ。じゃあ、すぐにね」

みや子というのは、彼のあまたの愛人の一人で、こういうことには打ってつけの善女であった。

十二歳の大曽根さち子は、肺病の継母《ままはは》に卵を一つだけ買ってくることを命じられて家を出たが、ふと夢見る子の異常な心理になって、そのままどこまでも、どこまでも歩いて行った。東京から山は見えなかったけれど、「山のかなたに住むという」何かを求めていたのだ。その道を、果ての果てまで歩いて行ったら、まったく別の世界があるのではないかという、鬼の国から離れたい子供心のさせたわざである。

両側に商家のある町が、いつまでもつづいていた。かわいい男の子がおとうさんの自転車のお尻にのせてもらって、おとうさんの大きな腰にしがみついて、楽しそうに通りすぎて行った。学校帰りの女の子が多勢《おおぜい》つながって、電車通りを横切って行った。先に立ってうしろ向きに歩いているのは、やさしそうな男の先生だった。意地のわるそうな大きな子がいた。キャッキャッと笑っている子がいた。独り列をはなれてションボリ歩いている子もいた。

一時間も歩いていると、町がだんだん淋《さび》しくなってきた。さち子には珍らしい藁葺《わらぶ》きの家もあった。原っぱがつづいたり、お社《やしろ》の森があったりした。町の家並みのうしろに畑が見えてきた。一軒の藁葺きの家ではタバコや荒物や駄菓子を売っていた。駄菓子を入れた箱のガラスの蓋に、白くほこりがつもっていた。やさしそうなお婆《ばあ》さんが、店先で居眠りをしていた。

道のそばを小川が流れていた。田舎《いなか》の子供たちが、網で魚をすくって遊んでいた。小さなバケツがおいてあるので、のぞいて見ると、目高《めだか》みたいな可愛らしい魚が二、三匹、チロチロ游《およ》いでいた。子供たちは、みんな意地わるでなさそうに見えた。その中に可愛らしい子が一人いた。

もう家がなくなってしまった。両側は畑ばかりであった。大きな原っぱがあったので、その方へまがって行った。白い土の道であった。さち子は知らなかったが、そこは或る大きな土地会社の分譲地であった。まだ地盛りもできていなかったけれど、土地会社の所有地という柱が立っていた。どこにも家はなく、人もいなかった。遠くこんもりした森が幾つもちらばっていた。空は青々として、やわらかい日ざしが地面をあたため、ユラユラとかげろうが立っていた。むこうの草が、湯気を通して見るように、ゆらいでいるのが不思議だった。

さち子はだんだん夢見心地になって行った。自分の掘立小屋から遠く遠く離れてしまって、もう帰るにも帰られないという考えが、彼女の小さい胸をからっぽにして、フワッとからだが軽くなるような、これまでまったく経験したことのない、一種異様の情感が湧いてきた。この二、三年、一度も泣かなかったさち子の眼に、涙がふくれあがって、それが頬をつたって、とめどもなくポロポロとこぼれ落ちた。

どこか遠いところから、ブーンというアブの羽音のようなものが聞こえてきた。さち子はグルッとからだを廻して、眼のとどく限りを見た。音は空から来ることがわかった。その方に眼をやると、青々と底知れぬ空のかなたに、一つの黒点が見えた。何か太陽を反射して、星のようにチカッチカッと光っていた。

その黒点はみるみる大きくなってきた。鳥ではない。胴体をはなれた上の方で、トンボの翅《はね》のようなものが、ブンブンまわっている。頭がでっかくて、キラキラ光っている。さっき星のように見えたのはこの部分にちがいない。さち子はいつか見て知っていた。それはヘリコプターという飛行機であった。

機体の形が大きくなると共に、音も大きくなってきた。ガラスの部屋のような透明な操縦席にいる小さな人の姿も見える。

「どこへ行くのかしら」

さち子は、自分たちの生活からは遠い、空飛ぶ機械を、まぶしく見上げていた。

ヘリコプターは、彼女の頭の真上までくると、地上に向かって、形を大きくしてきた。オヤッ、この辺へおりるつもりかしら。音は耳をろうするばかりで、機体は眼を圧して巨大になり、サーッと嵐のような風がふきおこった。

草が波のようにゆれて、土ぼこりが目の前に舞いあがり、からだが吹きとばされそうになった。さち子は両手で顔を覆って、息もできなくなって、その場にしゃがんでしまったが、やがて風がやんだので、眼をひらいて見ると、原っぱの二十メートルほどの近さに、ヘリコプターが降りていた。そして、ガラスの部屋から一人の妙な男の人がおりてくるのが見えた。

ほんとうに夢のようであった。さっきの土ぼこりで眼をとじているうちに、世界が一変したかと思われた。ガラスの中から降りてきたのは、学校の懸図《かけず》で見た西洋の大昔の武人のような、からだにまきつく大きなマントを着て、たてがみのような羽根の生えた鉄カブトをかぶり、長い剣をさげ、丸い楯《たて》を持っていた。そのこわい武人が、ノッシノッシとこちらへ近づいてくるのだ。

さち子は思わず逃げ出したが、おとなの足にかなうものではない。たちまち追いつかれてしまった。

「君は大曽根さち子だろう。こわがることはない。空の神様からお迎えにきたのだ。空には君の仕合わせが待っている。さあ、こちらへきなさい」

無我夢中で、こわい武人に手を引かれて、ヘリコプターに近づき、大きなガラスのようにすき通った部屋へ抱きあげられた。そこに美しい女の人が腰かけていた。やっぱり学校の懸図で見たことのある西洋の天女のような（おとなの言葉でいえば聖母のような）女の人であった。懸図の絵の天女は、はだかの赤ん坊を抱いていたが、この天女は何も抱いていなかったので、そのやさしい両手をひろげて、きたない毛糸の服を着たさち子を、暖かく抱きよせてくれた。なんだか死んだおかあちゃんに抱かれているような気がした。

「さあ、これから天国へのぼるんだよ。いま君の抱かれている人が、これから君のおかあさんになるんだ。君はまったく生れかわって、仕合わせな子になれるんだよ」

こわい武人はヘリコプターの運転席について、機械を動かしながら、やさしい声で言った。そして、ユラユラと機体がゆらいだかと思うと、いつのまにか、ヘリコプターは地上をはなれていた。

青い空を、上へ上へと、のぼって行くにつれて、目の下の景色が面白くひろがって行った。森の社や農家が、おもちゃのように小さくなり、広大な東京の市街が眼の届くかぎりひろがっているのが見わたせるようになった。そして海が……品川《しながわ》の海、東京湾、その向こうに太平洋。一方には富士山がまわりの山々をしたがえて、クッキリとそびえていた。

「まあ、あたし、ほんとうに鳩になれたんだわ。そして、ひろい空を、思うままに飛びまわっているんだわ」

鳩になれた上に、おかあさんの代りの、おかあさんより百倍も美しい天女が、しっかり抱きしめていてくれるのだ。さち子は夢に夢見る思いであった。いやどんな夢にも一度も見たことがないほど幸福であった。

十二歳のあわれな小娘、大曽根さち子は、このおとぎ話の夢を見たあとで、影男鮎沢の愛人の一人であるみや子のアパートに引きとられ、夜から昼へのような仕合わせな生活にはいった。新しいセイラー服を着せられて、学校へも通うようになった。

元陸軍大尉のアル中ボロ男大曽根は、さち子の幸運を聞いて涙を流した。そして、自分たちも大阪の実業家鮎沢氏の世話になることを承諾した。彼ら夫妻は鮎沢氏の手で一応病院へ入れられ、夫の大曽根の方は間もなく病院を出てある会社の守衛長に就職した。これもむろん鮎沢氏の計らいであった。もう掘立小屋にも住まず、アル中も殆んど快癒していた。

闘人

その翌日の深夜、代々木の原っぱの一軒家の地下室で、異形の化けものが十数人集まっていた。

化けものどもは黒い覆面頭巾と黒いガウンで全身を包んでいるので、正体は何物ともわからなかったが、彼らが人間であることは、その肢体から、又彼らがみな女性であることは、その話し声から推察できた。

地下室は十坪以上もあった。床には鼠色のジュウタンが敷きつめられ、天井と壁はコンクリートの肌がむき出しになっていた。天井から下がったコードに、二百ワットのはだか電球が輝いていた。

十数人の怪物は円陣を作り、その一方の端に立っている一人が演説口調でしゃべっていた。それは中年の女性の声であった。

「皆さま、われわれはこの一年間、その時々の幹事の方々のご努力によって、普通社会では見ることのできない怪奇異常の光景を見、あらゆるスリルを味わい、戦慄を楽しんでまいりました。われわれは、いかなる猟奇の男性も味わい得ないほどの、極度の妖異を経験してきたのであります。或る時は深夜の墓地に死人と語りました。或る時は強盗暴行の犯人を囲んで、その体験談を聴きました。或る時は多くの男性裸体モデルを雇って、写生と写真撮影に興じました。或る時は男女混合の覆面舞踏会をひらいて、抽籤《ちゆうせん》でパートナーを定め、一夜の自由行動を許しました。或る時はありとあらゆる片輪ものを集めて、共に飲み共に踊ることを楽しみました。或る時は、われわれ一同が、見苦しい女乞食となり、また或る時は、覆面のチンドン屋となり、そこに伸びてくるさまざまの誘惑と暴行を体験しました。一方に於ては、われわれは、男性美と賭博の興味とを結びつけた遊戯をも忘れませんでした。全裸の男性の拳闘、レスリング、そして、その勝負に金銀、宝石、はては貞操をさえ賭けたこともあります。

しかし、われわれは、断じて犯罪者にはなりません。売笑婦にはなりません。お互の地位と名誉の生活を捨てないのです。社会生活を全うしつつ、人間本来の欲望を発散する安全弁として、この秘密クラブを組織したのです。われわれは、この覆面をし、ガウンに身を包んだ時だけ社会から完全に隔離します。あらゆる身だしなみと虚飾を捨てて、生れたままの人間になるのです。そして、その欲するがままを行なうのです。しかし、ひとたび覆面をとれば、われわれは皆、つつましやかな社会人です。夫につかえ、子女を教訓し、召使いに範を示す貞節なる妻であり、淑女であります。

われわれは、そういう社会生活の倫理を全うするためにこそ、この秘密の会合を必要とするのです。どんな淑女でも、夜の夢では、昼間の生活からは想像もできない猥雑残虐の行動をすることがあります。それは夢が抑圧された本能のはけ口だからだと申します。われわれのこの会合はいわばその夢に代るものです。しばらく覆面の隠れ蓑にかくれた、ひと夜の夢を楽しむのです。

皆さますでに御承知のことを、長々と申しのべましたが、慣例ですからお許しください。毎回、行事にはいるに先だって、結社の趣意を繰り返し、われわれの団結をかたくする、これはまあ、われわれの祝詞《のりと》のようなものであります。

さて、今夜はいよいよスリルの極致『闘人《とうじん》』の競技を見物することになりました。当番幹事の皆様のお骨折りで、実に理想的な二人の青年が見つかったからです。

今夜の競技は、当番幹事の方々のほかは、どなたも御存じないのですから、ちょっと説明いたしますが、世に『闘牛』あり、『闘犬』あり、『闘鶏』あり、あに『闘人』なからんや、という着想から出発したのが、今夜の催しであります。これは『人間狩り』のスリルにも相通ずるものです。警察官は街にはなたれた犯罪者を、四方から包囲して狩り出すのが任務であります。これは公許の『人間狩り』です。昔の暴君は、罪人を無人の島にはなち、時間を限って、彼が島のジャングルに隠れ、追っ手の包囲を巧みにまぬがれることができたら無罪放免するという、一種の競技的スリルを考え出したものです。罪人は死か放免かの瀬戸際に立ち、限られた時間中、息も絶え絶えに逃げ廻る。それを狩猟する暴君の家来たち。この『人間狩り』のスリルは、闘牛などの遠く及ぶところではありません。

しかし、今夜の『闘人』は、そういう大がかりな『人間狩り』ではありません。一人と一人の戦いです。牛と人間ではなくて、人間と人間なのです。グローブをはめない拳闘、それにレスリング、角力《すもう》、柔道、どんな手を用いても反則ではありません。一方がまったく闘志を失って、再び立つことができなくなるまでの戦いです。

この闘人の優勝者には、二十万円の賞金が与えられます。また皆さまも、どちらかの闘士に賭けをなさることができます。つまり青春の肉弾相うつ闘争と、賭けの勝負との二重のスリルを味わおうというわけです。

では、闘士を御紹介します」

これがおそらく団長の春木夫人であろう。解説をおわって片手で合図をすると、地下室の入口の近くにいた当番幹事とおぼしき一人が、ドアをひらいた。すると、ドアの向こうの闇の中から、二人の全裸の美青年が少し面はゆげに円陣を作った覆面の婦人たちのまん中に立ち現われた。

よくもこんな青年が二人も揃《そろ》ったと思うほど、顔もからだも理想的な闘士であった。覆面の人々は、しばらくは声を呑んで、見事な二青年の姿に見とれていたが、やがて、さっきの団長らしい覆面の人が口をひらいた。

「この方たちの名前や職業はしばらく伏せておきます。拳闘、レスリング、角力、柔道その他いかなる闘技の専門家でもないことを保証いたします。ごらんの通り、いずれ劣らぬ立派なからだの持ち主です。力量もおそらく甲乙がないことでしょう。こちらの方《かた》を仮りに『黒』と呼びます。あちらよりも少し皮膚の色が黒いからです。あちらを『白』と呼びます。西洋人のように白い肌をしていらっしゃるからです」

「黒」は眉が濃く、鼻が大きく、唇の厚い好男子であった。眼と口辺に不思議な愛嬌《あいきょう》があった。黒いといっても狐《きつね》色の肌が滑《なめら》かで、がっしりした肩と、盛り上った腕の筋肉、豊かな胸毛、下腹部の筋肉の隆線がギリシア彫刻のように見事であった。

「白」は桃色の肌がなまめかしく、高い鼻、赤くて薄い唇、二重瞼《ふたえまぶた》の眼が、女のように優しく、ふっくらとして、しかもよくしまった尻から腿《もも》の線が、うっとりするほど美しかった。

「では、どちらかに賭けてください。いま幹事がお申し込みを手帳に控えることにします。皆さまのお名前をおっしゃってはいけません。いつもの通り、ＡＢＣです。覆面の隅に縫いつけてあるアルファベットで、お申し込みください」

幹事が手帳を持って、円陣を一巡した。口々に「黒」「白」の別と賭け金額が告げられた。「黒」への賭け金総計三十四万円、「白」は二十九万円と呼びあげられた。

二人の闘士は、この「闘人」には反則というものが何もなく、ただ相手を徹底的にやっつければよいということを、前もって聞かされていた。今は幹事の闘争開始の合図を待つばかりである。

合図があった。

二青年はパッと左右に分かれて、股をひろげ、両のこぶしを握って、仁王立ちに睨《にら》み合った。

覆面の婦人たちは、シーンと静まり返って、身動きをするものもなかった。或る覆面の下では、すでに呼吸が激しくなっていた。

長い長い睨み合い。そのあいだに、両青年の筋肉ははち切れそうに緊張して行った。ついに機が熟した。双方から恐ろしい勢いで突進した。肉弾が烈しくぶつかり合った。

はじめは、拳闘めいた突き合い、殴り合いであった。筋ばった四本の腕が交錯して、ピストンのように活動した。「白」の頬に最初の血が流れた。「黒」も眼の下を傷つけられた。

相手のこぶしを避けるために、肉団は期せずして接近した。組みうちとなった。「白」の腰投げがきまって、「黒」はジュウタンの上に、のけざまに倒れた。「白」がその上にのしかかった。戦いはレスリングの様相を呈してきた。

抑えこみ、はねかえし、もつれ合ってゴロゴロところげ廻り、二本の足がさか立ちをして、相手の顔をはさみ、しめつけ、ふりほどき、上になり、下になり、横転し、逆転し、そのたびごとに、二つの肉団のあらゆる部分が、筋張り、ふるえ、躍動した。「白」が上に「黒」が下に、おさえこみの長い時間、巨大な桃尻がモクモクと揺れ、腿と腕の筋肉がかたまりとなって、グーッと上下に移動し、全身が緊張の極度にブルブルと震えた。もう二つの肉塊は汗にまみれて摑《つか》む手がすべるほどテラテラしていた。二百ワットの電光に、その狐色と桃色の肌が美しく輝いて見えた。

覆面の見物たちは、はじめのうちは、一種の恐怖のためにワナワナ震えているものもあったが、そういう人々も、いつしか恍惚境《こうこつきょう》にはいっていた。全身が汗ばみ、頬はほてり、心臓は異様に鼓動していた。団員は年配の婦人ばかりではないのであろう。われわれは、影男とその愛人との会話によって、三十に充《み》たない琴平咲子という女性もその一員であることを知っているが、彼女が最年少者とはきめられない。眼と口と三つの穴のある奇怪な黒覆面の蔭《かげ》には、どんな顔が隠されていることであろう。それらの顔が、全裸の美青年の、この物狂わしき熱闘を見て、どのような表情をしていることであろう。

闘士は再びサッと左右に別かれて立ち向かった。そして、狐色と桃色の肉団が、追いつ追われつ、地下室の壁から壁へ、縦横に馳《は》せ違った。覆面の人々はそのたびに悲鳴をあげて身をよけたが、時には肉団の体当たりを食って倒れるものさえあった。

燕《つばめ》のように飛びかう肉塊、逃げまどう覆面婦人、地下室は湧きたぎる鼎《かなえ》の混乱となり、その中に闘士のゼイゼイという息使いと、けもののような怒号、婦人たちの歓喜と恐怖の叫び声が充ち溢れた。

またもや、こぶしの突き合いとなった。グワンというアッパーカット、向こうの壁まででふっ飛ぶ肉団、その反動で、足から先に飛び返り、その足が相手の腹を蹴って、逆に相手が反対側の壁にぶっつかる。

一転して接近戦となれば、顔と言わず、胸と言わず、腹と言わず、双方のこぶしが機関銃のように突きまくり、狐色の皮膚にも、桃色の皮膚にも、無数の傷口がひらき、全身に網目の血の河が流れた。

そのからだで、又しても上を下への組みうちとなる。たまりかねた覆面婦人たちの、悲鳴のような声援が、「ブラック！」「ホワイト！」と交錯し、地下室はむせ返る熱狂の極点に達し、或る婦人たちは、今にも失神せんばかりの有様であった。

格闘一時間二十分。闘士たちは、もう足元も定まらず、よろめいていた。眼は流れこむ血に視力も弱り、口は大きくひらいたままヒューヒューという音をたて、肩と胸は瀕《ひん》死《し》に波打ち、足はガクンガクンして、しばしばつまずき倒れた。

しかし、まだ勝負は定まらない。

見物たちもヘトヘトになっていた。声援の声もかれて、今は小娘のようにさめざめと泣きだすもの、えたいの知れぬたわごとをわめき散らすもの、昂奮《こうふん》の極《きょく》、狂気の様相を呈しはじめた。

やがて、「白」はジュウタンのまん中に、グッタリと、あおむけに倒れていた。全裸を衆目に曝《さら》して、恥もなく倒れていた。「黒」はその足もとに、疲労という彫像のように、うずくまっていた。

戦いは終ったかと見えた。見物たちも一瞬鳴りをひそめて、哀れな二つの肉団に見入った。静寂があたりを占めた。

この時、思いもよらぬ異変が起こった。

「白」が血みどろのからだで、フラフラと立ちあがったのだ。それは残虐な化け物のように見えた。彼は立ちあがると、見物たちのあいだを、よろめきながら、ドアの方へ歩いて行った。ドアを通りすぎ、暗い廊下へ姿を消して行った。

「黒」は視力の弱った眼で、そのうしろ姿を見やり、自分も物憂げに立ちあがった。「白」は戦い敗れて逃げ出したのであろうか。あとに残った「黒」が勝者なのであろうか。

それは「アッ」と思うまの出来事であった。ドアのそとの廊下の方から、サーッと一陣の風が吹きつけるように感じられた。そして、そのドアから、赤いものが、鉄砲玉のように飛び出してきた。それは全身血まみれの「白」であった。しかし、その形は人間としては眼に写らなかった。余りに早い速度のために、一つの赤いかたまりとしか見えなかった。そのかたまりが、一直線に「黒」に向かって突進した。

その勢いで、「黒」と「白」とが一団となって、背後の壁にぶつかった。いやな音がした。ぶっつかって静止したときに、はじめて事の仔細《しさい》がわかった。「白」は最後の力をふりしぼって「黒」の胸に頭突きを試みたのである。「白」の頭が「黒」の胸に突き刺っているように見えた。「白」が廊下へ出て行ったのは、距離を増して速度をつけるためであった。

「黒」の顔色はみるみる青ざめ、壁際にグッタリと坐《すわ》ったまま動かなかった。「白」も折りかさなって倒れていたが、やがて、モゾモゾと身動きをはじめた。しかし、「黒」はいつまでたっても動かなかった。もう全身が血にまみれた古布のような色に変わっていた。

覆面婦人たちは、それぞれの場所にうずくまったまま、放心状態で、この有様を眺めていた。地下室は墓地のようにシーンと静まり返った。

「どうしたの？　もうおしまいなの？」

誰かが眠いような声でつぶやいた。

「でも、なんだか変だわ。あの人、どうして動かないんでしょう」

しばらくして、別の眠そうな声がきこえた。

さすがに、最初立ち上がったのは、団長らしい覆面婦人であった。彼女はヨロヨロしながら、壁際の「黒」のところへ近より、そのからだにさわったり、脈を見たり、口の前に手をやったりしていたが、のろのろとこちらを向いて顔をグッと前につき出し、内《ない》証話《しょばなし》でもするような恰好で、

「死んでいる」

と、ひとこと言ったまま、そのままの及び腰の姿勢で、いつまでもじっとしていた。

女装男子

「闘人」に興じていた十数名の覆面婦人は、それを聞いてシーンと静まりかえった。過

失致死である。ほうっておくわけには行かぬ。このまま逃げてしまうことはできない。だが、警察に調べられたら、彼女らの秘密悪質遊戯団体の存在が知れわたり、地位と名誉を何よりもだいじにしている彼女らの主人たちに累を及ぼし、ひいては彼女ら自身の身の破滅となる。だから、警察にはどうしても知らせてはならない。といって、ここに一人の青年が死んでいる。このままにしておいたら恐ろしい殺人罪にもなりかねない。

十数名の覆面婦人たちは、銘々にこのことを考えて、心臓もとまるほどの恐怖におののいた。もっと手軽な出来事ならば、「どうしましょう」「どうしましょう」と泣き声を交わすところだが、そんな声さえも出なかった。彼女らは失神の一歩手前で凝固していた。分別ありげな団長の春木元侯爵夫人さえ、ウロウロと死人のそばをよろめき歩くばかりで、なんの智恵も浮かばぬ様子であった。

そのとき、覆面にEという縫取りのある婦人が、団長の春木夫人のそばによって、なにかしばらく耳うちしていたが、すると団長夫人は、深くうなずいて、一同に向かい、

「皆さん、いま医者をむかえることにしましたから、今夜の幹事のCさんだけのこって、あとの方は応接間に集まってください。それから、この人も」と「白」青年を指さし、「みんなで上へつれて行ってあげてください。あなた歩けますか」

「白」青年は、泣き笑いのような表情で、うなずいて見せた。

「では、この人に服を着せて、寝室のベッドに、しばらく寝させておいてください。食

堂の戸棚の中に何か飲みものがあるでしょうから、飲ませてあげてください。寝室御存知ですわね」

一人の覆面婦人が、「わかっています」と言って、青年の手をとった。そして、一同はゾロゾロと廊下に出て、一階への階段をあがって行った。

あとには、団長春木夫人と、当番幹事のC婦人と、さっき団長に何かささやいたE婦人とだけがのこった。幹事のCは二宮友子《にのみやともこ》という製薬会社社長夫人であり、Eは新興貿易商社社長の夫人で、まだ三十にもならない琴平咲子であることを、団長はよく知っていた。

Eの琴平咲子は、倒れた「黒」青年の上にかがみこんで、しきりに様子をしらべていたが、絶望の身ぶりをして、

「まったく死んでいます。頭がわれているのです。息もしなければ、心臓も完全にとまってます」

「でも、まったくだめということが、あなたにおわかりになって？」

団長夫人が不安らしく反問した。

「あたし、その方の経験がありますの。どんな名医だって、もうこの人を生きかえらせることはできません」

「でも、あなたは今、医者を呼ぶからと言って、皆さんを遠ざけるようにおっしゃった

じゃありませんか」

「ええ、呼ぶのです。そして、この人が命をとりとめたように、皆さんに発表して、おうちへ帰っていただくのです。そうしないと、多勢の会員のことですから、誰の口から秘密がもれるかもしれません。むろん相手の青年にも、この人が死んだなんていうことは伏せておくのです。安心して引きとらせるのです」

団長夫人は首をかしげないではいられなかった。あの若くて美しい琴平咲子が、こんなに冷静な、しっかりした人だったのかと、あっけにとられるばかりであった。

「で、あなたはこの死体をどうしようとおっしゃるの？」

「隠すのです。今夜の出来事はまったく無かったことにするのです。そうしなければ皆さんの破滅じゃありませんか。それで、幹事のCさんにうかがいたいのですが、二人の青年はどこから連れていらしったのですか。どういう身元の人ですか」

Cの二宮友子も、Eのてきぱきした口の利き方におどろきながら、

「この人は浅草《あさくさ》で拾ったのです。バーを流して歩く艶歌師《えんかし》です。むろん知り合いではありません。偶然に見つけて、体格がよくて強そうなので当たってみたのです。すると、報酬に目がくれて、この人はすぐ承知しました」

「ここへ来たことを、この人の仲間は知っているのですか」

「いいえ、知りません。一人だけのとき話したのです。そして、ここへくることは誰に

も言ってはいけないと、かたく口どめしておきました。さっき戦いがはじまる前にも、念をおして尋ねてみましたが、誰にも言わなかったと、はっきり答えていました」

「なんという名で、どこに住んでいるのです」

「小林昌二《こばやししようじ》というのです。九州の出身ですが、両親とも死んでしまって、東京には一人の身寄りもない独身の青年です。浅草の向こうの山谷の旭屋《あさひや》という簡易旅館に、仲間といっしょに泊まっているのだと言っていました」

「もう一人の白い方の青年も艶歌師ですか」

「いいえ、二人はお互にまったく知らないのです。あの青年は銀座《ぎんざ》に出ているサンドイッチマンです。張り子の顔をかぶって、プラカードを持って歩いているのを、あたしの友だちが喫茶店に誘いこんで話をつけたのです。これも即座に承知しました。井上《いのうえ》というのです。名の方はちょっと忘れました。身の上も詳しいことは知りません。でも、それは本人に聞けばわかることですわ」

「あなた隅におけませんわね。あんな魅力のある青年を二人も手に入れるなんて。いつも、ああいうのを物色して歩いていらっしゃるのでしょう」

Eの咲子は、こんな際にも余裕綽々《しやくしやく》たるものであった。団長も二宮夫人も、ますますおどろきを深くした。あの可愛らしい琴平咲子に、今夜は何かの精がのりうつっているのではないかと疑われるほどであった。そう言えば咲子の声の調子も、いつもとは違っているように感じられた。

「あなた琴平咲子さんですわね」

団長が不安らしく尋ねてみた。

「身代りですの」

「えっ、身代りって？」

団長と二宮夫人とは、ギョッとして、思わずEのそばから身をよけるようにした。

「あたし覆面をとります。あなた方もおとりになってね。こういう時には素顔の方が真剣にお話ができますわ」

E婦人はそういって、頭からスッポリかぶっていた怪奇な覆面を取り去った。その中から出てきたのは、どこか琴平咲子に似た美しい顔であったが、よく見るとちがっていた。

「あなたは、いったい誰です？」

団長春木夫人は、恐怖の声をたてた。

「あたしは、そうですね、シルエットと呼んでいただきましょう。影のような男です」

「えっ、男ですって？」

二人の夫人の口から驚愕《きようがく》の叫びがほとばしった。

「ハハハハハ、じつは男なんですよ。琴平さんをごまかして、琴平さんに化けて、あなた方の面白い遊びを拝見に来たのです。いや、ご心配なさることはありません。ぼくはあなた方の味方です。あなた方のために一《ひ》と肌ぬぐつもりでいるのです。もし琴平さんの代りにぼくが来ていなかったら、今夜の事件を、あなた方だけの力では、どうすることもできなかったでしょう。じつに仕合わせでしたよ。ぼくならそれができるのですからね」

言うまでもなく、それは琴平咲子に化けた影男であった。

「そうでしたか。それじゃあ、あなたはあたしたちの本名も御存知でしょうね。ねえ二宮さん、こうなったら、もう仕方がないわ。覆面をとりましょうよ」

団長の言葉に、ふたりは同時に覆面を取り去った。でっぷり太った春木夫人の顔は、雑誌などの写真でおなじみだった。五十歳を越した遊蕩《ゆうとう》夫人で、いかにも女親分の恰幅である。二宮友子は三十五、六歳に見える遊蕩美人、あの二人の好青年を探し出してきた腕前からも、その日常生活のほどが察しられた。

「で、あなたは、どんな風にして、あたしたちを助けてくださるのですか」

春木夫人は、さすがに落ちつきを取りもどしていた。そして、二人とも、このふしぎな女装の美男子に、烈しい好奇心を催しはじめた様子である。

「先ずあなたがた全部のアリバイを作らなければなりません。この会合場所は誰も知らないとしても、あなたがたが今夜お宅におられなかったことは知れ渡っているのですから、それを隠すのです」

「まあ、そんなことができるのでしょうか」

二人の夫人には、目の前の女装男子が、なんだか魔法使いのように見えてきた。

逆のアリバイ

「できるのです。なんでもないことですよ。この小林昌二という青年が、あすまで生きていて、あす行方不明になったことにすればいいのです。そして、あなた方は、あすじゅうは秘密の行動をしないで、いつ聞かれても答えられるようなアリバイを作っておけばいいのです。事件を今夜からあすに移すわけですね」

魔法使い「シルエット」はいよいよ妙なことを言い出した。

「事件をあすに移すって、そんなうまいことができるのでしょうか」

「ぼくにならできるのです。いまその手並みをお目にかけますよ。上に電話があるのでしょうね。皆さんの集まっている部屋ですか。いやそれでも構いません。ぼくはその部屋へ行って電話で医者を呼んできます。みんなには知り合いの医者を呼んでいるような口を利いて、じつはぼくの腹心の部下を呼びよせるのです。そんなお芝居ぐらい朝めし前ですよ。その部下が手品の種になるのです。彼が必要な道具なども持ってくるのです……いや、御案内には及びません。あなた方はそれまでここに残っていて下さい。ぼくはどんな建物でも、自分の住居《すまい》と同じことです。決して部屋を間違えるようなことはありませんよ」

　そう言いのこして、女装の「シルエット」は、再び覆面をかぶると、素早く廊下に姿を消した。それから二十分もたたないうちに、医者と称する若い男が、大きなカバンをさげて到着した。チョビひげをはやし、目がねをかけて、地味な背広を着た、いかにも医者らしい男であった。影男はすぐに彼を地下室に案内して、そこに待っていた二人の夫人に引きあわせた。

「ぼくはたくさんの部下を持っていますが、これはその一人で、ここに死んでいる小林青年に、いちばん背恰好や顔立ちの似た男です」

　そう言われて見比べると、この医師と称する男は、小林青年の死体と、顔の輪郭がよく似ていた。

「先ず最初に、上にいる人たちを、うちへ帰さなければいけません。この医者の診察の結果、小林青年は命をとりとめることが明きらかになったと言って、安心させて帰すのです。むろんうそですが、会員たちや、相手の井上青年が、小林が死んだことを知っていては、事の破れるもとだからです。そうしておいて、われわれだけが残って、第二段の手段に着手するのです。いや、決して怖がることはありません。あなたたちも、いまに『なるほど』と得心します。さあ、春木さん、上に行って、小林は大丈夫だということを皆に告げて引きとらせてください。そして、会員たちには、あすは公然の用事のほかは、外出しないで、うちにいるように言いふくめてください。しかし、アリバイのことなど、うちあけてはいけませんよ。小林の容態がわるくなったような際には、連絡の必要があるからだと言っておけばいいでしょう。さあ、早くしてください」

「あたしには、まだよくわかりませんが、あなたのおっしゃる通りにするほかはありません。じゃあ行ってきますが、今夜の『闘人』の賞金はやっぱり、やらなければなりますまいね。それからみんなの賭け金も」

「やってください。でないと疑いを起こさせます。お金の用意はしてあるのでしょうね」

「むろん用意してあります。あたしたちは後日払いなんて危険なことはしないのですよ」

そして、春木夫人は一人で上にあがって行ったが、やがて、みんなを帰したと言って戻ってきた。

「では、これから第二段の仕事をはじめます。上に化粧室というような部屋はないでしょうか」

「鏡と洗面台のある部屋があります」

「ぼくとこの男と二人は、しばらくその部屋へはいります。その前に、二人で小林の死体を、上にあげましょう。それから小林の着ていた服は、どこか上の部屋においてあるのでしょうね。その服が入り用ですから、二宮さんは、それをわれわれのとじこもる化粧室へ入れておいてください。帽子や靴もですよ」

そう指図をしておいて、影男とその部下とは、小林青年の死体を上の一室にはこんでおいてから、化粧部屋にとじこもった。二人の夫人はガランとした応接間の椅子に腰かけて、不安な顔を見合わせていた。

十五分もたったであろうか、突然応接間のドアがひらいて、一人の男がはいってきた。二人の夫人はそれを見るとまっ青になり、眼が眼窩《がんか》から飛び出すほど大きくなった。そして、椅子にしばりつけられたように、身動きもできなくなってしまった。

そこに、死んだはずの小林昌二青年が、浅黒い顔を、にこやかにほころばせて、立っていたからである。

「アハハハハ……」青年のうしろから、影男の顔がのぞいて、人もなげに笑った。「おどろいたでしょう。しかし、これは小林の幽霊じゃありません。さっきのお医者さんです。ぼくの部下です。つけひげや目がねをとって、小林の服を着せて、頭の毛のときかたを変え、顔にちょっとお化粧をすると、こういうことになるのですよ。これが変装というものです。ぼくはその道の熟練工ですからね」

春木夫人も二宮夫人も、あいた口がふさがらなかった。そして、「シルエット」と自称する奇怪な男への不思議な信頼感が、いよいよ深まってくるのを感じた。

「まあ、これが変装ですの？　この人と小林さんとは、背恰好や顔だちが、もともと似ていたけれど、こんなにソックリになるとは、ほんとうに不思議です。笑い方まで似ていますわ」

二宮夫人が感嘆の声を立てた。

「ただ声を似せることがむずかしいのです。この男は小林の声を聞いていませんからね。しかし、それにはまた手がないではありません。誰にも似ていないような、まったく中間の声を出すのです。純粋の東京弁でもなく、田舎なまりでもない中間の言葉を話すのです。つまり万人の声と口調の最大公約数というやつですね。これが忍術者の秘伝です。この男はそういう芸当ができるのですよ。君、なにか話してごらん」

すると小林とそっくりの若者は、ツカツカと二宮夫人に近づいて、ニヤリと笑った。

「奥さん、浅草のバーではじめてお目にかかったとき、僕は何を歌いましたっけ？」

中音の東京弁に九州なまりが軽微に加味されていた。二宮夫人はそれを聞くと、思わず手を打って笑い出した。

「まあ、そっくりよ。聞きもしないで、どうしてそんなにまねられるのでしょう。すばらしい才能だわ」

「いいえ、まぐれ当たりですよ。ぼくの友人に九州出の男がいるので、その口調をまねてみたのですよ」

その言い方がまた、小林青年に実によく似ているのであった。

「この変装は、お二人の前で合格しましたね」影男が今後の計画を話しはじめた。「この男は今からすぐ、小林青年として、山谷の旭屋という簡易旅館へ帰るのです。今は十二時ですから、自動車をとばして行けば大丈夫旅館はまだ起きています。それに、小林の仲間の艶歌師たちは、おそらくまだ帰っていますまい。あの連中の仕事は一時すぎまでもつづくのですからね。それから一杯やって帰るのは二時三時でしょう。

この男は、旭屋の番頭に声をかけて、たしかに帰った証拠を残すのです。それから自分の部屋を探すのですが、そういうことには馴《な》れています。まったく知らないうちでも決してとまどうことはありません。臨機応変の手段があります。もし仲間が先に帰っていたら酔ったふりをして、話もしないで、蒲団を敷いて寝てしまう。仲間が帰っていなければ仕事は非常に楽です。やっぱり自分だけ先に蒲団にもぐりこんで、寝たふりをしてごまかすのですね。

そして、みんなが寝込んでしまってから、ソッと起きて小林の持物をさがすのです。手帳でもあればしめたものです。そこに書いてある小林の筆蹟《ひっせき》をまねて、紙片《かみき》れに置き手紙を書くのです。もし小林の筆蹟が見つからなければ、かまいません。艶歌師なんて余り字を書かないでしょうから、いい加減の下手な鉛筆書きで置き手紙をのこすのです。

それには『友だちに会って、うまい仕事が見つかったから、君たちと別かれる』というようなことを書いて、仲間の枕もとへおいておけばいいのです。そして、夜あけ匆々《そうそう》に宿を抜け出して、姿を消してしまうのです。これで小林があすの朝まで生きていたという証拠ができあがります。逆に言えば、あなた方のアリバイが成立するのです。おわかりになりましたか。

しかし、それだけでは、まだ安心はできません。男の仲間は置き手紙ですんでしまうでしょうが、もし小林に恋人があったら、恋の一念というやつは恐ろしいですからね。その女はあくまで小林の行方を探すでしょう。そして、恋人の鋭敏な神経で、何か感づかないとも限りません。それを防ぐために、われわれは先ず、小林に恋人があったかどうかと、その女の執念深さの程度をさぐり出さなければなりません。あっさりあきらめてしまったとわかれば面倒はありませんが、執念深く小林を探しているとすると、小林の生きている姿を、時々その女に見せておく必要があります。それには、この男が、この変装で、夕方とか夜など、その女の目の前を通りすぎて見せるのです。なるべく人ごみの中がよろしい。相手が気づいたなと思ったら、素早く人ごみに隠れて、逃げてしまうのです。そうすれば、女は小林が生きていると信じて、どこまでも探そうとします。死んだのではないかという疑いを抱く心配は決してありません。これが、僕のアリバイ作りの方法ですよ。おわかりになりましたか」

春木夫人は深くうなずいていたが、まだ安心がならぬという顔つきである。

「なるほど、うまいやり方です。この人の変装の手ぎわから考えても、そのやり方はきっと成功するでしょう。しかし、もう一つ心配なことがあります。小林の死骸をどうすればいいのでしょう。人間一人のからだを、完全に隠すなんてことができるでしょうか。死骸が見つかれば、何もかもだめになってしまうじゃありませんか」

「それは実に簡単ですよ」

影男は事もなげに答えたものである。

死体隠匿術

影男のむぞうさな答えに、両夫人はまたしても、あっけにとられてしまった。

「え、死骸を隠すのが、簡単だとおっしゃるのですか」

「そうです。絶対に発見される心配のない、しかも至極簡単な方法があります。しかし、それに着手する前に、一つご相談があるのですが、先ずこの男を早く山谷の簡易旅館へやらなければいけません。君、それでは、すぐに出発してくれたまえ。ぬかりなくやるんだよ。そして連絡はいつもの所だ」

小林になり切った若者は一礼して出て行った。影男はそれを見送ってから、「ちょっと」と断わって、どこかへ電話をかけた。

「別の部下を呼びよせたのですよ。死体運搬のためにね。ところで、さっき言った御相談ですが……」

春木夫人が、すばやくそれを受けとめて、

「お金のことでしょうか」

と勘のよさを示した。

「さすがにお察しがいいですね。その通りです。縁もゆかりもないぼくが、これほど皆さんのために働くのには、何かわけがあるはずです。それはお金ですよ。ぼくは実は、こういうことを商売にしているものです。人生の裏街道を歩きまわって、そこからお金もうけを探し出し、ぼくの持っている智恵と技術を提供して、ぼろい儲けをするのが僕の職業です。泥棒の上前をはねるというやつですね。いや、失礼、つい口がすべりました。あなた方のことじゃありません。いつも泥棒や人殺しを上得意にしているものですから、失礼なことを言ってしまったのです。お許しください」

両夫人は、それを聞くと、薄気味わるくなってきた。女装怪人の美貌には引きつけられていたし、その腕前には深く信頼していたけれども、泥棒や人殺しの上前をはねる商売と聞いては、ゾッとしないではいられなかった。

「で、その金額は？」

春木夫人は虚勢を張って、さりげなく尋ねた。

「そうですね。これが男のお金持ちの場合だったら、千万とか二千万とか言うのですが、いくらお金持ちの夫人がたでも女ですからね。無理なことは言いません。あなた方のへそくりを集めれば支出しうる程度の額で我慢しましょう。三百万円です。会員の数で割れば、一人二十万円ほどですみます。このくらいの額なれば、御主人に内緒で、へそくりからお出しになることができましょう。ぼくは掛け値は申しません。これが最後の金額です。又、あとを引いて、それ以上ねだるようなことは、決してしません。ぼくは、これよりも大きな仕事に、幾つもかかり合っていて、忙しいからだです。一つの事件で、あとを引くようなケチなまねはしませんよ。

三百万円、御承知ですか。それとも、おいやなれば、お気の毒ですが、この死体をほうり出して、ぼくは、あなた方と縁を切ります。いかがです」

両夫人は顔を見合わせたが、十数人の破滅を救うためには、考えてみれば三百万円は安いものであった。そのくらいの額なれば、非常な無理をしなくても作れると思った。春木夫人は未練たらしく値切るようなことをしないで、承知のむねを答えた。

そこで、影男は死体運搬のために部下がやってくるまでの時間を利用して、両夫人を相手に、死体隠匿術の講義をはじめたものである。

「古来、殺人犯人は、死体隠匿術について、実に苦労をしてきました。土に埋めれば、掘り返した跡が残る。水に沈めれば、浮き上がる。首、胴、両手、両足と六つに切断することが、一時西洋で流行しました。そうすれば遠くへ運びやすいし、離ればなれに隠す便宜もあるというのですが、よく考えてみると、こんなおろかな手段はありません。いくら離ればなれに隠したって、発見されることは同じです。なるほど、死体鑑別には少々骨が折れるが、一部分でも発見されれば恐ろしいセンセイションをまき起こすので、警察は全力を尽して捜査することになり、結局は犯人が見つかってしまいます。日本のバラバラ事件だって、みんな犯人がつかまっているのでもわかるでしょう。世間を騒がせて事を大きくするだけの、最もおろかな方法ですよ。

そのほかにいろいろな方法が考え出されたのですが、一ばんいいのは、死体をあとかたもなく消滅させてしまうことです。その最も幼稚なのは、大きな煖炉《だんろ》の中で死体を焼いてしまうという着想です。ヨーロッパの有名な学者殺人魔がこれをやって、見事に失敗しました。煖炉の煙突から火葬場の匂いがして、付近の人に気づかれたからです。これも実におろかな方法です。熔鉱炉《ようこうろ》へ投げ込むという手もあります。又、死体を棺《ひつぎ》に入れて葬式と見せかけて火葬場へ送り込む手もあります。しかし、これらの場所には厳重な警戒があって、よほどうまく条件がそろわないと実行は不可能です。たとえできたとしても非常な危険を冒さなければなりません。

死体消滅の方法としては、こういうのもあります。タンクの中へ硫酸を満たして、死体をその中に漬けて溶かしてしまうのです。骨もなにも、あとかたもなく溶けてしまいます。昔アメリカにホームズという極悪人があって、死体溶解のタンクを備えた立派な殺人御殿を建て、大勢の人を溶かして金儲けをしたことがあります。ばかばかしいようですが、実際にあったことです。むろん警察に発見されました。余り堂々とやっていたので、その筋の盲点にはいったわけでしょう。しかし硫酸タンクなんて大がかりな設備をすれば、いずれは見つかるにきまっています。やはりおろかな手段です。

ぼくの死体隠匿術は、そういうばかばかしいものではありません。気がつきさえすれば、誰にでもできる至極簡単なことです。しかし、それを具体的にお話しすることはさし控えなければなりません。あなた方はなんといっても女です。たとえわが身の破滅とわかっていても、場合によっては、感情に支配されて、秘密を漏らされるようなことがないとも限りません。また春木さんはぼくより年上ですから縁起でもないことを言うようですが、臨終の床で、一切を懺悔《ざんげ》するような気持になられることが、ないとはいえません。そんなことがあっては、ぼく自身の破滅です。

ですから、残念ながら、ぼくの死体隠匿術を詳しくお話しすることはできませんが、どこにでもあるものを使うのです。しかもその使い方が実に簡単なのです。そうすれば死体は完全にこの世から消えうせてしまうのです。小林の死体は永久に誰にも発見される心配はありません。

今にぼくの部下が自動車を運転して、ここへやってきます。その部下が大きな麻袋を持ってくるのです。ぼくらは小林の死体を麻袋に入れて、自動車にのせます。ぼくもその車に乗って、或る場所へ急ぐのです。そして、あすになれば、死体は完全にこの世から消滅します。

お約束の謝礼金は一ヵ月のちに頂きます。受け渡しの方法はぼくにお任せください。ぼく自身にも、あなた方にも絶対に危険のない方法で、必らず頂戴します。それまでに間違いなく三百万円をまとめておいてくだされぱいいのです。わかりましたね。死体隠匿方法を説明できないのは残念ですが、一ヵ月のあいだ何事も起こらないということで、ぼくの手腕を信じてくださるほかはありません。おわかりになりましたか」

両夫人は「そんなうまい方法があるのだろうか」と半信半疑であったが、平然として一ヵ月の猶予を与えた相手の自信に圧倒された形で、影男の申し出を諒承《りようしよう》した。

間もなく部下の自動車が到着し、影男は小林の死体を入れた麻袋と同乗して、車は闇夜の中を、どこともなく知れず走り去ったのである。

善良なる地主

影男はいろいろな名義で、東京都内の諸方に、多くの土地を持っていた。彼のふしぎなユスリ稼業によって得た資金を使って、適法に買い入れたものである。その土地の多くは戦災によって焼野原となった二百坪三百坪の空き地で、そこには必らず古井戸があった。彼はそういう古井戸のある空き地ばかりを探し求めて買い入れたのである。

彼はそれぞれの土地の付近の住民には、善良なる地主として知られていたが、空き地の中の古井戸は危険だから、いずれ埋めてしまうつもりだと言って、トラックで土を運ばせ、井戸のそばに盛りあげておいた。

その夜、小林の死体をのせた自動車は、それらの土地のうちで代々木からは最も遠い尾久《おぐ》の空き地に到着し、ヘッドライトを消して停車した。非常に淋しい場所で、人家も遠く、まして深夜のことだから、人に見とがめられる心配はなかった。

影男と部下とは、死体入りの麻袋を両方からつりさげて、空き地のまんなかの古井戸に急ぎ、麻袋をその井戸の底へ投げ込んだ。それから用意してきたシャベルで、そばに盛り上げてあった土を井戸におとし、懐中電灯で照らして見て、麻袋がまったく見えなくなるまでそれをつづけた。

これで第一段の仕事は終ったのである。麻袋を自動車からおろしてから十分とはかからなかった。実に簡単な仕事である。彼が両夫人の前で広言したことはうそではなかった。なんという手軽な死体処理法であろう。

二人はそのまま自動車に戻って、また、いずくともなく闇の中に消えて行った。だが、まだ第二段の処置が残っていた。

その翌朝、影男は尾久の空き地へ、地主綿貫清二となって姿を現わした。和服にモジリ外套《がいとう》を着てソフトをかぶった小金持ちという恰好である。

彼は空き地の中を歩き廻り、古井戸をのぞきこんで、なんの手抜かりもなかったことを確かめると、その土地の仕事師の親方の家を訪ねた。この親方とは地所を買い入れる時に世話になった関係もあって、知り合いのあいだがらである。

早朝のことなので、親方はまだうちにいて、玄関へ出てきた。影男の綿貫はそこの土間に立ったまま、二こと三こと、さりげない挨拶を交わしたあとで、早速用件にはいった。

「親方、この先の私の土地だがね、いろいろお世話になったけれど、今度事情があって売り出すことにした。それでまあ少し整地をしてから買手に見せたいのだが、至急に一つ地盛りをやってもらえないだろうか。できるならきょうからでも、はじめてもらいたいのだが」

「ようがす。ちょうどいま手すきの若い者が二、三人おりますから、すぐにかかりましょう。地盛りをするとなれば、あの古井戸もお埋めになるのでしょうね」

「それだよ。埋めようと思って、土だけは運んでおいたのだが、ついそのままになっていた。むろん埋めてもらいたいね。どうせ水の出ない井戸だからね」

「承知しました。それじゃ、ご一緒に現場へ行って、地盛りの見積りをして、すぐに砂利屋に土を運ばせましょう」

綿貫は親方をつれて空き地に戻り、地盛りの規模などを打ち合せたが、親方は手早く計算を立てて、砂利屋に電話をかけるために、自宅へ引っ返して行った。

しばらくすると、一人の若い仕事師が、シャベルをかついでやってきた。

「旦那、お早うございます。親方が旦那に聞いて、古井戸を埋めてこいと言いましたので……あの井戸ですね。土はちゃんと用意してあるんだから、わけはありませんや。さっそく埋めてしまいましょう。この辺は余り子供が遊びにこないからいいようなものの、危ない落とし穴ですよ」

「そうだよ。わたしも、それが気になってね。まわりの垣根は破れているし、誰かここへはいって、落ちでもしたら申しわけないと思ってね。もっと早く埋めてもらえばよかったんだが」

「ほんとにそうですよ。じゃあ一つ早いとこ、やっちゃいましょう」

威勢のいい若者は、そのまま古井戸のそばへ行ってシャベルで土の山をくずし、その土を井戸の中へ落として行った。そして四、五十分もすると、深い井戸がすっかり埋まってしまった。

影男の綿貫はそのあいだ、空き地を歩きまわったり、近くのタバコ屋へタバコを買いに行って戻ってきたりして、穴埋めのすむまでは現場を離れなかった。

古井戸が三分の二ほど埋まった頃に、親方が別の若者をつれて、空き地へやってきていた。そして、所々へ杭《くい》を打ったり、縄を張ったりして、地盛りの用意をはじめたのだ。しかし、綿貫にはそんなものを見ている必要はなかった。穴埋めが終ったとき、親方の方はまだ仕事の最中だったが、

「親方、あとは任せるから、何分よろしく。地盛りが出来上がった時分に、また見にくるからね」

と、声をかけておいて、急いでその場を引き上げた。これで死体隠匿の第二段の処置も終り、すべてが完了したのである。

古井戸の深さは四メートルほどあったから、たとえこの土地が人手に渡っても、地下室のあるビルでも建てない限り、死体が掘り起こされる心配はなかった。綿貫氏はビルを建てるような相手には、決して地所を売らないであろう。いや、彼が生きているあいだは、おそらくこの土地は、どんな買手にも売られることはないであろう。

影男は春木、二宮両夫人に死体隠匿談義を聞かせた時、土に埋めるのは最も初歩の手段で、発掘しやすいように言ったが、それは死体を埋めるために、わざわざ穴を掘る場合のことであった。穴を掘り、再びそれを埋めれば、どんなに巧みに隠しても、結局は土色で掘った跡がわかり、発覚の端緒となる。また、掘ったり埋めたりするのには、長

い時間を要し、人目をさけて、そういう作業をするのは、非常に困難なことでもある。人々はなぜその逆を考えないのであろうか、影男の悪智恵は、すべて物の逆を考えることから出発していた。裏返しの人間探求という彼の事業は、つまり物の逆をさぐることであった。そういう考え方からして、彼はこの場合も、掘ることを要せず、埋めるのも公然と埋められるようなものを探し求めた。そして、水のかれた古井戸という絶好の場所を発見したのである。

彼はその着想が浮かんだとき、何かの場合に備えるために、幾つかの古井戸を用意しておきたいと考えた。そしてただちに実行に着手し、広く手を廻して、古井戸のある空き地を物色し、ユスリ事業で得た資金でそれらの土地を手に入れて行った。今その一つが役に立ったのである。土地はそのまま自分のものとして、大した労力も費用もかけず、三百万円がころがりこんできたのである。

殺人会社

怪奇をさぐり、犯罪を利用するユスリを本業とする影男が、世の中の裏の裏を探検した体験により、佐川春泥という筆名で、犯罪小説を発表し、大いに人気を得ていることは既にしるした。その原稿依頼状や原稿料の送付は、その都度、東京都内のちがった郵便局の留置きとして、使いにこれを受けとらせ、佐川春泥の正体を固く秘密にしていたこと、この奇怪なる秘密性のために彼の人気が一層高まりつつあることも前述した。

影男は、或いは速水荘吉、或いは鮎沢賢一郎、或いは綿貫清二、等々の人物として、その時々の使いのものから、この局留め郵便物を受け取っていたが、その中に、近頃は毎回のように、ある一人物からの奇妙な手紙がまじっていた。その文面はいつも大同小異で、こちらが返事を出すまでは執拗《しつよう》に投函《とうかん》をつづける決意をかためているように見えた。ここにその一通を例示すると、

私はあなたの小説の愛読者です。しかし、なみなみの読者ではありません。あなたが会えば、きっと非常な興味を持つような読者です。この手紙の宛て先は、雑誌「黒猫」編集部から聞きました。一度あなたと二人だけで、ひそかに会いたいのです。会えば必らずあなたにも利益があります。むろん私の方にも利益があります。実は或る不思議な事がらについて、あなたの智恵が借りたいのです。その代りに私の方では、その不思議な事がらというのを、あなたにお話しします。小説の材料にお使いくださっても構わないのです。実に奇々怪々、さすがのあなたもアッと驚くような事がらです。

もし面会をお許しくださるならば、この手紙と同じ局留置きで、日時と、あなたの方の電話番号をお知らせください。場所は電話でお打ち合せします。

××局留置　須《す》原《はら》正《ただし》

佐川春泥様

そんな手紙が、半月ほどのうちに、総計十通に及んだ。影男の春泥はこの執拗さに、興味を持った。読者からの手紙は多いけれども、こういう性格的なのは少なかった。つい「どんなやつか一度会ってみよう」という気持になった。

先方の言う通り、日時と電話番号だけ書いて、局留置きにしておくと、その日のその時間に、正確に電話がかかってきた。その時、影男は速水荘吉の名で、麴町《こうじまち》の或《あ》るアパートにいた。

「僕、佐川春泥です。お会いしてもいいが、場所はどこにします？」

「銀座裏にルコックという小さな暗いバーがあります。そこにちょっと仕切りをした、別室のようになった部屋があるのです。時間はきょうの九時としましょう。九時と言えば、バーの賑《にぎわ》う最中ですが、かえってその方が安全なのです」

「承知しました。じゃあ九時に、そこへ行きましょう。道順は？」

相手はその道順を教えて、電話を切った。

影男の春泥は、ちょうど九時に、そのバーを探し当てて、薄暗い地下室へはいって行った。

「須原という人来てる？」

スタンドのマスターらしい中年の男が、これに答えて、奥の院のような感じの、暗い場所をさし示した。ドアはないけれど、壁で半分仕切りができていて、スタンドの前の客からは見えないようになっている。そこに細長いテーブルを隔てて、低い長椅子と、肘掛椅子が向かい合っていた。その長椅子の隅に、黒い服を着た、痩せた小男がチョコンと腰かけていた。

「須原さんですか」

「そうです。佐川先生ですね」

春泥は須原に向かい合って腰をおろした。須原はボーイを呼んで、ハイボールを注文した。彼はタバコずきと見えて、灰皿にタバコが五、六本たまっていた。春泥もタバコを出して火をつけた。

「ここなら普通の声で話しても誰にも聞こえませんね」

「大丈夫です。それをたしかめてから、ここにきめたのです」

「それじゃあ、お話をうかがいましょう」

ハイボールが来たので、お互に、ちょっと捧げ合って、口をつけた。

「佐川さん、あなたが、ただの小説家でないことは、お書きになるものからも充分想像されますし、私たちは、いくらかあなたのことを調べてもあるのです。ですから、秘密

は お互さまというものです。こちらも安心してお話しできるわけですよ」

須原と名乗る男は、この話しぶりでもわかるように、なかなか頭の鋭い男らしく見えた。細面《ほそおもて》の青ざめた顔をしている。小柄で力はなさそうだが、こういう男は恐ろしく胆《きも》が太くて、剃刀《かみそり》のような斬れ味を持っている場合が多い。年は三十五、六に見えた。

「私たちとおっしゃると?」

春泥も油断はしなかった。

「三人の仲間です。会社のようなものを作っているのです。そのうち一人は女です。いずれお引き合わせしますよ」

「ここにおられるのですか」

「いや、ここは僕ひとりです。ここのマスターも別に知り合いじゃありません。ご心配には及びません」

「で、用件は?」

「われわれは、あなたの秘密も多少知っているのですから、こちらの秘密も或る程度うちあけます。秘密はお互に厳守するという約束でね」

「わかりました」

「実は折入ってお願いがあるのです。それについては、僕たちの会社の性質を説明しないとわかりませんが、これは僕たちは妻にも恋人にもうちあけない、三人だけの絶対の秘密ですから、そのおつもりで。あなたに話せば世界じゅうで四人だけが知っていることになります。もしこれっぽっちでも漏らせば、その人の命はたちどころに失われます。わかりましたか」

表の方で電蓄《でんちく》が音楽をやっているので、須原のボソボソ声は、春泥にさえ聞きとりにくいほどであった。

「秘密結社のたぐいですね」

「まあそうです。しかし、結社と言わないで、会社と言っております。また、思想的な組合でもありません。実は営利会社なのです。むろん登録した会社ではありません。営利を目的とするものですから、まあ勝手に会社と呼んでいるわけです。その会社の名を言えば、秘密のほとんど全部がわかってしまいます。それが最大の秘密なのです。しかし、こうしてお呼びたてした以上、それを言わなければ、お話ができません。あなたは犯罪小説家ですから、大して驚かれることもないでしょうが、気をおちつけて聞いてください」

須原はそこでグッと前にからだをのり出して、春泥の耳に口をつけんばかりにして、ささやいた。

「殺人請負会社です」

彼の口は異様に大きかった。青白い顔に唇だけがまっ赤だった。この青白さは病身のせいではなく、生れながらの殺人者の相貌なのであろう。

「面白いですね。それで、営業方法は？」

春泥は、にこやかに聞き返した。

「さすがは佐川さんですね。少しも驚かないところが気に入りました。営業方法とおっしゃるのですか。ウフフ、こいつは宣伝するわけにいきませんからね。と言って、だまってっちゃあ、お得意はやってきません。それで、われわれ三人の重役の仕事は、お得意さまを探し歩くことなんです。いわば探偵みたいな仕事ですね。しかし、犯人を探すのでなくて、金持ちで人を殺したがっているやつを探すのです。そして、いくらという値だんをきめて、代理殺人をやるのです」

「なるほど、面白い商売ですね。しかし、それで営業になりますか。命がけでしょうからね。余程の利潤がないと……」

まるで二人の実業家が、商売の話をしているように見えた。彼らはそれほど平然として、この驚くべき会話を取りかわしていたのである。

「だから大金持ちばかりを狙うのです。社会的地位が高くても、案外、人を殺したがっているのがあるものですよ。金があり地位があるだけに、自分では殺せない。自分には絶対に迷惑のかからない方法があれば、殺したいという虫のいい考えですね。ほんとうのことを言うと、これは誰でも持っている殺人本能というやつじゃないでしょうか。ただ道徳でこれを圧《おさ》えているのです。いや、たいていの人は、殺したいけれども、殺せば自分が社会的の制裁を受ける。つまり法律によって罰せられる。それが怖さに我慢をするくせが、遠い先祖以来、ついてしまっているのですね。本心の底の底を言えば、誰だって殺したい相手の一人や二人はあるものですよ。犯罪映画やチャンバラ映画を見て楽しめるのは、そういう潜在願望のはけ口になるからですね。

そういうわけで、地位のある大金持ちのほうが、何かといえばすぐにジャックナイフやピストルを出すヨタモンなんかに比べて、この殺人願望が遥かに強いのです。だから、彼らは絶対安全とわかれば、金はいくらでも出します。金では計算ができないほど強い欲望なのですからね。そこで僕らの会社の営業が充分なりたつというわけですよ」

もうささやき声ではなかった。まるで小説の筋でも話しているといった、くったくのない調子であった。さすがの影男春泥も、この須原と名のる小男の、したたかさには、内心あきれ返っていた。

「いったい、そんな会社を、いつからはじめたのです。そして、今までに、どれほどの業績をあげているのです?」

春泥はハイボールの残りをグイと乾《ほ》して、こちらも平気な顔で、たずねた。

「オーイ、お代りだ」

小男はびっくりするような大きな声で、ボーイに命じた。ふたりの話を人に聞かれても平気だという大胆不敵の態度である。しかし、彼は要所要所では、決して漏れ聞かれないように、綿密な注意を怠ってはいなかった。やっぱり剃刀のように鋭い男だ。

「まだ一年にしかなりません。こういう事業の相談が、成り立つのには、余程うまい条件がそろわないとだめなものですが、僕ら三人はその点では申し分なく気が合っているのです。古風にお互の血を啜《すす》り合うというようなまねはしませんけれども、それ以上の仲です。生死を共にする仲です。そういう三人が偶然知り合ったから、うまく行っているのですよ。

みんなインテリです。鋭い智恵を持っています。僕は学者くずれ、もう一人の男は評論家くずれ、女は女医くずれです。

業績ですが、僕らの会社はこの一年間に、三十人をこの世から抹殺しています。もっとも、二十五人は集団殺人でしたがね。つまり、たった一人を殺すために、なんの関係もない二十四人を犠牲にしたのです。ですから依頼件数で言えば六件にすぎません。しかし、それから受けた会社の収益は数千万円にのぼっています」

「その集団殺人というのは汽車ですか、バスですか、船ですか、それとも飛行機ですか」

春泥はだんだん興味を持ちはじめていた。

「フフフ、さすがに素早いですね。実は汽車でした。場所は申しませんが、高い崖の下を通って、急カーブを切る、その角のところへ、崖の上から、列車の来るのを見すまして、岩をころがしたのです。岩はレールに落ち、列車は見通しがきかないために、それにのり上げて、客車の一部が反対側の谷底に転落しました。二十五人というのは死者だけの数ですよ」

「それで、うまく目的を達したのですか」

「偶然、目的の人物が死者の中にはいっていました。やりそこなえば、又別の手段をとるつもりでしたがね」

「誰が岩を落としたのです」

「むろん僕らじゃありません。罪のない子供です。その子供にちょうどその時間に、岩を落とさせるようにしたのは、僕らの一人でしたがね。子供は岩がレールに落ちるなんて少しも考えないで、ただいたずらをやってみたにすぎません。こうすれば、こんな大きな岩が動くという暗示を受けて、面白がってやってみたのにすぎません。それを教えたのは、どこから来て、どこへ行ったとも知れぬ旅の男です。しかも少しも悪意はなかったように見えたのです。ですから、この事件は犯罪にはなりませんでした」

「面白い。僕もそういう小説を書いたことがある」

「そうですよ。そのあなたの小説から思いついたのですよ」

「え、僕の小説から?」

「だから愛読者だと言ったじゃありませんか。普通の愛読者じゃないというのは、ここのことですよ」

須原と名乗る男はそういってニヤリと笑ったが、さらに話をつづける。

「そのほかの五つの場合も、それぞれに工夫をこらしました。海水を洗面器に入れて、顔をその中へ押しつけて殺し、死体をその海水をとった海へ投げこんで、溺死を装わせるとか、殴り殺した死体を自動車にのせて、峠道をのぼり、崖のそばで、こちらは運転台から飛びおり、谷底へ転落させて、死んだ男が運転を誤ったように見せかけるとか、どれもこれも創意のある工夫をこらしたのです。いわば芸術的殺人ですよ。われわれは芸術家をもって任じています。いくら金もうけのためといっても、平凡な人殺しはしたくありません。そして、芸術的であると同時に、いつも完全犯罪でなくてはならないのです。絶対に犯人が発見せられてはならないのです。

それについては、犯人になってくれる男を雇う場合もあります。うすのろのルンペンで刑務所にはいった方が食いものがあっていいというようなやつをですね。その場合には、計画殺人ではなく、過失致死という形にします。そうすれば死刑になるようなことは絶対にありませんし、刑期もごく短いのですからね。やっぱり、そういう犯人の代役がなくては困る場合もあるのですよ」

この話は要所要所は、ささやき声で話されたし、全体の会話が電蓄に消されてもいたけれど、宵の銀座のバーの中で、こういう話をするというのは、まことに傍若無人、常軌を逸しているように見えた。しかし、ほんとうは、こういう場所がかえって一ばん安全なのかもしれない。それは、「秘密は群集の中で行なうべし」とか、「最上の隠し方は見せびらかすにあり」とかいう、最も賢い悪人の箴言《しんげん》に一致していたのかもしれない。

「あなたの会社の事業は大体わかりました。ところで、僕にお頼みというのは？」

春泥が尋ねた。ふたりとも、そのころは三杯目のハイボールをあけていた。

「一口にいいますと、僕らは顧問がほしいのです、あなたの天才的な智恵が貸してほしいのです。芸術的であって、まったく安全な殺人方法というものは、そうそう考え出せるものではありません。一方依頼者はますますふえるばかりです。われわれはこの際、どうしても有能な顧問が一人ほしいのです。

たとえばですね、あなたは最近のお作に、古井戸に死体を隠すことをお書きになった。そういう場合に備えて、方々に古井戸つきの地所を買っておくという新手《しんて》をご発表になった。われわれは、あれを読んで感嘆したのです。そして、あなたは小説だけでなく、実際にそういう古井戸つきの地所を幾つも持っておられると睨んだのです。違いますか？」

「ハハハハハ、あれは小説ですよ。実際と混同されては困る」

「その言いぐさは、誰かほかの人に使ってください。僕らにはだめです。だから、最初に、あなたの秘密はいくらか握っていると申し上げたじゃありませんか」

須原はそう言って、白い眼でジロリと相手を見た。千軍万馬《せんぐんばんば》の春泥にも、その眼つきは薄気味わるかった。須原は話をつづける。

「死体を放り出しておいても安全な場合もありますが、そうでない場合も多いのです。そこで、これは将来の話ですが、必要な時にはそのあなたの古井戸つきの地所を利用させてもらいたいのですよ。土地に対しては時価の十倍をお払いします」

「それは、僕がそういう土地を持ってればという仮定で、承諾しておきましょう。要するに、僕としてはアイディアだけを出費すればいいのですか」

「そうです、そうです。出費とはうまいことをおっしゃった。その通りです。命まで出費してくださいとは申しません。あなたは取締役ではないのですからね」

「で、顧問料は？」

「奮発します。四人で山分けです。つまり会社の全収入の二十五パーセントですね。配当はあなたも取締役なみというわけです」

「で、もし僕が不承知だと言ったら？」

「まさか殺しやしませんよ。秘密を漏らしたら消してしまうというのは契約を取り結んでからです。それまではお互に自由ですよ。もしあなたが、今夜の話をその筋に告げるようなことがあっても、僕は平気です。今夜話したことは、全部荒唐無稽の作り話で、小説家佐川春泥のご機嫌をとりむすんだばかりだと答えます。常識人には、殺人会社なんて突飛な話は、なかなか信じられるものではありませんよ。それに、こんなに客のいるバーの中で、まじめに人殺しの話をしたなんて、誰も本気にするはずがありませんからね。その意味でも、バーは最適の場所だったのですよ」

影男の春泥は、この須原と名乗る小男が気に入った。こういう智恵の廻るやつとなら、一緒に仕事をしても面白いだろうと思った。

「よろしい。君が気に入った。僕は君たちの会社の顧問を引きうけましょう」

それを聞くと、小男はニヤリと笑って、

「ありがとう。では約束しましたよ。契約書も取り交わさなければ、血を啜り合うわけもありません。何も証拠は残らないのです。それはわれわれの場合は、違約をしても、法廷に持ちこむことはできないからです。もし違約すれば、ただ死あるのみです。今日《こんにち》唯今《ただいま》から、あなたは責任を持たなければなりません。もしわれわれの秘密を、これっぽっちでも漏らしたら、あなたはこの世から消されてしまうのです。わかりましたか」

「いや、君たちの方で消すつもりでも、僕は消されやしないが、そのスリルは面白いですね。決して秘密なんか漏らしませんよ。秘密はお互さまですからね。そのうち、だんだん僕の正体も、君たちにわかるでしょうよ。で、さし当たって、僕はどういう智恵をお貸しすればいいのです？」

「それはここでは話せません。あす、別の場所で話しましょう。あす午前中に、きょうのところへ電話をかけます。あすも、あのアパートにおいでですか」

「実は忙しいのだが、一日ぐらい、君たちのために、延ばしてもいいです。あすこにいますよ」

「速水荘吉という名でね。あなたはそのほかに鮎沢賢一郎という名もおありですね。ウフフフフ、どうです。僕たちの調査力もばかになりますまい」

「ますます気に入った。君のような友だちができて、僕も仕合わせです。じゃあ、あす、お電話を待ちますよ」

春泥は帽子を取って立ちあがった。

空中観覧車

その翌日の午後一時佐川春泥と須原正とは、電話で打ち合せた上、浅草公園の花やしきの入口で落ち合った。ふたりとも、サラリーマンという恰好で、目立たぬ背広を着ていた。

花やしきにはいると、空中に聳《そび》える大きな観覧車が廻っていた。ふたりは切符を買って、回転が終るのを待ち、一つの箱に乗りこんだ。ちょうど二人乗りになっている。ほかには遥《はる》かへだたった箱に、若い男女の一と組が乗っているばかりだ。観覧車は再び回転をはじめた。

「どうです、秘密話には持ってこいの場所でしょう。目の下に東京の市街を眺めながら、はるかに品川の海を見ながら、誰に立ち聴きされる心配もなく、ゆっくり相談ができるというものです」

「君のやり口は、一々気に入りました。すばらしい密談の場所ですね。では、聞かせてください。さし当たって、僕にどういう智恵を貸せというのですか」

「いま話します。こういうわけです」

須原と名乗る小男は、タバコに火をつけた。春泥もそれをまねて、自分のタバコを出した。空はよく晴れていた。ふたりの乗った箱は、風のない小春日和《びより》をゆっくりゆっくり大空へのぼって行った。

「その人の名は、いずれわかりますが、仮りにX氏としておきましょう。新興成金です。まだ四十になっていません。奥さんはありますが、病身で、ほとんど寝たっきりです。子供はありません。このX氏に愛人があったのです。妾宅《しょうたく》に住ませていましたが、今いうように奥さんが病身ですから、この女が奥さんも同様だったのです。すばらしい美人ですよ。

ところが、この女が若い男と不義をしました。そして、長いあいだX氏をだまして、金をしぼりとり、その男にみついでいたのです。顔に似合わない悪女です。恐ろしい女です。X氏は本気でこの女を愛し、又愛されていると信じていたので、非常に立腹しました。その女をなぶり殺しにしてやったら、どんなに快いだろうと、そればかり考えているのです。相手の男はまだ若くて、女から誘惑されたことがわかっていますし、男の方ではさほどでないのを、女が血道をあげていることもわかっているので、男はどうでもいいのです。ただ女に復讐《ふくしゅう》がしたい、思い知らせてやりたいという気持ですね。しかし自分を犠牲にする気はない。自分には絶対に嫌疑のかからない方法で、女をなぶり殺しにしたいというわけですね。

僕らの会社はこのX氏の心持を探知しました。そして交渉をはじめたのです。こういう場合いつもそうですが、X氏はなかなか本心をうちあけない。僕らを信用しないのです。それで、ゆうべあなたと話したようなぐあいに、いろいろな例をあげて、僕らの会社の実力を納得させました。そして、結局X氏はわれわれの依頼人となったのです。報酬は五百万円、ほかに実費は百万でも二百万でも支出するという条件です。

しかし、なかなか注文がむずかしい。自分は絶対に安全な方法で……自分が手をくだすのでもなく、その場にいるのでもなくて、しかも女の殺されるところを見たいというのです。僕らはいろいろ考えてみたが、どうも名案がありません。そこで、あなたに顧問就任の第一着手として、一つ智恵を貸していただきたいのですよ」

空はまっ青に澄んでいた。すぐ頭の上を一台の飛行機が飛んで行く。銀色の機体がキラキラと光って見える。ふたりの乗っている箱は、巨大な観覧車の輪の頂上に達していた。富士山の雄大な姿もクッキリと見えている。その大空での殺人の話は、何かおとぎ話めいた架空なものに感じられた。

「そのX氏は、どこに住んでいるのです」

「世田谷《せたがや》の高台の宏壮《こうそう》な邸宅です」

「高台ですね」

「見はらしのいい高台です」

「二階建てでしょうね」

「そうです」

「そこの窓から見えるところに空き地がありますか」

「空き地だらけですよ。あの辺はまだ畑が多いのです」

「その二階から見える空き地——なるべくX氏のうちから遠い方がいいのですが——そういう空き地を百坪か二百坪、手に入れることはできませんか。その空き地の付近には、なるべく人家がない方がいいのです」

「そういう空き地はむろんありますよ。また、値さえ奮発すれば、たやすく手に入るでしょう」

「では、一つの案があります。会社の誰かの名義でその土地を買うのです。金はむろんX氏が出すわけですよ。そして、そこへ板塀を囲《めぐ》らすのです。高台のX氏の二階からだけ見えて、付近からは見えないように板囲いをするのです。それから、その地面の適当な場所に穴を掘るのです。この穴だけは、あなた方会社の重役自から掘らなければいけません。ナアニ、わけはないですよ。さしわたし一間《けん》もあればよろしい。深さは二間半から三間ですね。男が二人かかれば半日で掘れますよ。

それからあとが少しむずかしい。これも君たちがやらなければいけないのですが、その掘り出した土を、ふるいにかけて、こまかい土だけにした上、水を加えてドロドロにして、元の穴へ戻すのです。そういうドロドロの土で穴が一ぱいになるようにするのです。これで準備はできたわけです。あとは、君たちの会社の女重役が、X氏の女と心やすくなって、その板塀の中へおびき出せばいいのです」

「ハテナ、それだけの準備で、X氏の条件の通りのことができるのですか」

「条件とピッタリ一致するのです」

「おびき出しの役を勤めるわれわれの女重役に危険はありませんか。絶対に安全でなくちゃ困るのですが」

「X氏の女以外の人に顔さえ見られなければよろしい。だから、女の家ではなくて、どこかほかの場所で知り合いになるのですね。変装はした方がよろしい。また、現場へくるまでにたびたび自動車を乗りかえ、最後の自動車は、男重役の一人が運転するのです。君か、もう一人の重役に運転ができますか」

「ふたりとも、一応はできますよ」

「それですべて揃いました。もう成功したも同然です」

須原は春泥の構想がおぼろげにわかったらしく、ニヤリと笑った。

「さすがに春泥先生だ。これは名案です。X氏は思う存分復讐心を満足させることができますね」

「君にはもうわかったのですか。えらいもんだな」

「いや、こまかいことはわからないが、大筋は想像できますよ。これは恐ろしい復讐だ。君はずいぶん残酷なことを考えたもんですね」

ふたりはそこでまた、ニヤニヤと悪魔の笑いをとり交わした。

それから、更らに細部にわたって打ち合《さ》せをすませてから、ふたりは観覧車を出て、花やしきの入口で、さりげなくわかれを告げた。

底なし沼

世田谷区榎新田《えのきしんでん》には、まだ畑がたくさん残っていた。収穫物のためではなくて、土地の値上がりを待っていて、地主がなかなか手離さないからである。その中にチラホラ新築の住宅が散在していたが、まだ住宅街を作るには至っていない。住宅と住宅とのあいだが半丁も一丁もへだたっているような淋しい一郭であった。

その畑を見おろす高台に、一軒の宏壮な新築の邸宅があった。築地塀《ついじべい》に似た屋根つきの土塀をめぐらした広い敷地の中に、鬱蒼《うつそう》たる大樹に囲まれて、純日本風の二階家が、あたりを睥睨《へいげい》するように聳えていた。

この大邸宅は付近で榎御殿と呼ばれていたが、そこの主人公は戦後擡頭《たいとう》した製薬会社の社長で、まだ四十そこそこの毛利幾造《もうりいくぞう》という億万長者であった。

毛利氏はこの程、倍率十二という高価な双眼鏡を買い求めて、二階座敷から、毎日のように、目の下の畑地を眺めていた。その畑地のまん中に、百坪ほどの地所が、地ならしをされ、新らしい板塀で囲まれているのが見えた。毛利家からは三丁ほど隔っているが、そのあいだに一軒も家がないので、双眼鏡で眺めると、板塀の内部が手にとるように見えるのだ。

毛利氏は板塀の工事がはじまるときから、それが僅か二、三日で完成されるのを、楽しそうに観察していた。塀の中の地面には、海岸から運んだような、まっ白なこまかい砂が一面に敷かれていた。その砂を敷く前に、深夜なにか作業が行なわれているようであったが、暗くて見えもしなかったし、毛利氏はそれについて、何も聞かされていなかった。

高台の上にも、その板塀の中を見おろすような建物は、まだ一軒も建っていなかった。通りがかりの人が見おろすというような道路もなかった。板塀の工事に着手する前に、それらの点が、入念に確かめられていた。つまり、その板塀の中の地面は毛利邸の二階からのほかは、どこからも見通せないような位置にあり、毛利氏だけが、独占的にその中を眺めていたのである。

板塀が完成した三日ほど後、毛利家に不思議な電話がかかってきた。直接毛利氏を電話口に呼び出し、それが毛利氏にまちがいないことを、くどく確かめた上で、電話の向こうの男はこんなことを言った。

「いよいよ、あすのまっ昼間、午後一時からはじめます。見のがさないようにしてください。それから、お宅の中の人物配置をまちがいなく手配しておいてください。わかりましたね」

相手は同じことを三度くり返して、電話を切った。

その翌日、毛利氏は二階座敷の障子と、ガラス戸を一枚だけひらき、わざと縁側の籐《とう》椅子を避けて、座敷の中の紫檀《したん》の卓に座蒲団を置き、それに腰かけて、双眼鏡を覗いていた。一点の雲もなく、うららかに晴れわたった日であった。一羽の鳶《とび》が、まるでそのことを予知するように、大空に輪を描いて飛んでいた。

二階の真下の庭園には、庭師の若者と毛利家の爺《じい》やの二人が、さっきから植木の手入れに余念がなかった。広い二階には誰もいなかったが、階下には毛利夫人の病室もあり、多くの召使いがいた。玄関横の四畳半には書生《しよせい》が頑張っていた。台所では二人の女中が中食《ちゆうしよく》のあとかたづけをしていたし、そのそとの洗濯場には、別の女中が洗濯をしていた。これがつまり、電話の男が言った邸内の人物配置である。玄関にも裏口にも要所要所に召使いがいるのだから、毛利氏は人目につかないで外出することは、まったく不可能であった。残されたたった一つの道は、屋根伝いに庭に降り、塀をのり越してそとに出ることだが、そこには庭師と爺やが植木の手入れをしていた。

もし後日、毛利氏が、なんらかの疑いを受けるようなことがあっても、同氏が二階にいたことは、全部の召使いが証明するであろう。つまり、完全なアリバイを用意したわけである。決してにせのアリバイではない。毛利氏は、その時間のあいだ、二階座敷から一歩も出ないのだから、少しの欺瞞《ぎまん》もないアリバイなのである。

ちょうど一時、一台の自動車が、板塀から一丁もへだたった道路に停車した。毛利氏はすぐにその方に双眼鏡を向けて観察した。自動車が五、六間先のように、大きく見える。自動車のドアがひらいて、二人の女が降りた。先に降りたのは三十五、六の洋装婦人で、毛利氏の知らない女。そのあとから、二十五、六歳の非常に美しい洋装の女が降りてきた。彼女の傲然とした美貌が、すぐ目の前に見える。毛利氏を裏切り、ののしり、辱かしめた比佐子《ひさこ》である。毛利氏はそれを見ると、ギリギリと歯ぎしりを噛《か》んだ。額の静脈が恐ろしくふくれ上がった。

注意して、そのあたり一帯を、双眼鏡で眺め廻したが、誰も見ている者はなかった。人家には遠いし、季節はずれの畑には人影もなかった。

さきほどの鳶は、餌物《えもの》を期待するもののように、空に大きな輪を描いて、とびつづけていた。

ふたりの女は、仮りの門をあけて、板塀の中にはいった。双眼鏡はズーッとそれを追っている。塀の中は、なんの建物もなく、一面の白い砂だ。ふたりの女はその白砂の上を、前後して、こちらへ歩いてくる。

そのとき、先に立っていた年増女《としまおんな》の方が、何を思ったのか、いきなり走り出した。まっすぐではなく、変な曲線を描いて走った。アッというまに、砂の上に転倒した。助けを求めてもがいている。

比佐子はそれを見ると、びっくりして、その方へ駆けよろうとした。彼女は当然、曲線を描かないで、まっすぐに走った。そして、十歩ほど走ったとき、恐ろしい異変が起こった。比佐子のハイヒールの足が動かなくなった。白い砂の中へ、吸いこまれるように、引きつけられて、歩けなくなった。

足を抜こうとして、一方の足に力を入れると、その足の方が更らに深く吸いこまれた。

双眼鏡の中に、彼女の驚きの表情がハッキリ見える。だが、彼女はまだ怖がってはいない。ただ驚いているばかりだ。

彼女はしきりに手を振って、足を抜こうともがいた。しかし、もがけばもがくほど、グングン足がはまりこんで行く。もう膝の近くまで砂の中にはいってしまった。こうなっては、足をあげようとしても、あがるものではない、足首を固く縛られて、地の底へ引き入れられているのも同然だ。

やっと彼女は悟った様子である。そこがなんの足がかりもない底なしの泥沼であることを悟った様子である。彼女の顔が恐怖にゆがんだ。眼がとび出すほど見ひらかれ、口が大きくひらいた。そして、その口から叫び声がほとばしった。何を叫んでいるのかわからないが、もう一人の女に救いを求めているのであろう。

だが、つい目の先に倒れている年増女は、比佐子を助けようともしなかった。双眼鏡をその顔に向けると、彼女がニタニタ笑っていることがわかった。さも小気味よげに笑っていて、立ち上がろうともしないのだ。

双眼鏡を比佐子に戻す。もう腿まで没していた。スカートがフワリと水に浮いたように、砂の上にひらいている。しかし、もう白い砂ばかりではなかった。彼女がもがくにつれて、砂の下の泥土がこねかえされ、スカートを汚していた。

比佐子は何かにとりすがろうとして、手をのばして砂をつかんだ。しかし、そこも同じ泥沼であることが、すぐわかったので、あわてて、手を引きもどした。堅い地面のように見えていて、砂の層の下は、手の届くかぎり泥沼であることがわかった。目の前に砂がある。地面がある。しかし、それは彼女を支える力がないのだ。固体ではなくて半流動体なのだ。すぐ向こうに彼女の連れの女が倒れている。その女は沈まない。泥沼は比佐子の周辺だけなのだ。あすこまで行けばいい。ホンの一メートル歩けばいい。しかし、どうして歩くのだ。腿まで吸いこまれていて、どう身動きができるのだ。

比佐子は、美しい女の一寸法師に見えた。スカートが浮いているので、腿から上だけの人間のように見えた。その一寸法師が苦悶《くもん》している。美しい顔をけだもののようにゆがめて絶叫している。その声を誰かに聞かれやしないかと心配になった。だが、大丈夫だ。それを救いを求める声だと悟られるほどの近さには、一軒の人家もないのだ。遠くの家にかすかに聞こえたところで、犬の遠吠えほどにも感じないだろう。

もう腹まで沈んでいた。これほどの恐怖がまたとあるだろうか。すぐ目の前に固い大地がある。だが、ちょっとのことで、そこへ手が届かないのだ。比佐子は髪をふり乱して狂乱していた。自由な両手だけを、めったむしょうに振り動かして、空気にさえ取りすがろうとしていた。醜くゆがんだ顔は、汗と涙によごれ、口は白い歯がむき出しになって、化けもののように大きくひらいていた。

そのころになって、やっと年増女が起き上がった。そして、苦悶する比佐子の方に向きなおり、そこにしゃがんで、何かしゃべり出した。毛利氏になり代って、恨みごとを述べているのだ。どうだ悪女め、思い知ったかと、さも心地よげに笑いののしっているのだ。

もう胸まで沈んでいた。あと数分で顔まで泥が来るだろう。そして息ができなくなるだろう。比佐子は知りすぎるほど、それを知っていた。その苦しみを想像すると、恨みに燃える毛利氏の心中にも、いささか憐愍《れんびん》の情が湧かないでもなかった。だが、今更らどうなるものでもない。彼女を助けようとしたら、その行動によって、こちらの罪がばれるのだ。そして、今度は逆に、彼女の方から、どんな復讐をされるか知れたものではない。

もう首まで沈んでいた。首のまわりを、スカートの裾が、石地蔵のよだれかけのように取り巻いていた。首だけの女はもうわめいていなかった。断末魔の恐怖に、眼は眼窩を飛び出し、頬は泥によごれていた。それが血にまみれているのかと錯覚された。年増女も、さすがに顔をそむけていた。殺人会社の女重役も、この苦悶を正視するに耐えない様子であった。

徐々に、徐々に、口、鼻、眼と沈んでいった。眼が沈むときが最も恐ろしかった。毛利氏は思わず双眼鏡をはなして、ため息とも唸《うな》りともつかぬ声を出した。彼はもう烈しく後悔していたのだ。今更らどうにもできないことを、底なし沼に沈みつつある女と同じほど恐怖していたのだ。

もう髪の毛も隠れ、さし上げた両手だけが残っていた。それが白い二匹の動物のように、地上にもがいていた。

凄惨な踊りを踊っていた。

だが、その両手さえも、一センチずつ、一センチずつ隠れていって、最後に、何かを摑もうとする手首だけが地上に残り、五本の足の蟹《かに》のように、泥の上を這いまわっていたが、それすら、ぼかすように泥中《でいちゅう》に消えて行った。しばらくは、砂まじりの泥の表面がブクブクと泡立っていたが、やがて、それも、何事もなかったように静まり返ってしまった。

一面の白砂の中に、さしわたし一間ほど、丸く泥によごれた箇所が残った。もうその表面は固体のように動かなかった。キラキラとまぶしく光る真昼の陽光が、その上を静かに照らしていた。あの黒い鳶はさきほどよりもズッと低く、その上に輪を描いてとんでいた。

不思議な老人

影男はその恐ろしい光景を目撃したわけではない。ただ殺人業者たちに案をあたえたにすぎない。

それでも、その案が見事に実現されたと聞き、富豪からの謝礼金のわけ前を分配されたときには、実にいやな気持がした。もがき叫びながら泥の中に沈んで行く、美しい女の姿が、無残な幻影となって彼を苦しめた。

この憂さはらしには、遊蕩紳士殿村啓介に変身して、いまわしい記憶を洗い落とすほかはないと思った。影男は、速水、綿貫、鮎沢、宮野などの別名を持っていたが、殿村啓介はそれらの別名の一つで稀代《きたい》の遊蕩児であった。底なし沼事件ののちの数日間、影男はその殿村啓介になりきって、紅灯緑酒の巷《ちまた》を遊弋《ゆうよく》した。

そして、その晩は、銀座のキャバレー「ドラゴン」のフロアの正面、最上の客席の一郭を占領していた。京の祇園《ぎおん》から呼びよせた、だらりの帯の舞妓《まいこ》が四、五人、柳橋《やなぎばし》の江戸前の姉さんたちが四、五人、西洋道化師に扮装した幇間《ほうかん》が四、五人、キャバレーの盛装美人が七、八人、それら多勢のきらびやかな色彩に取りかこまれて、殿村遊蕩紳士は、酒盃《しゆはい》をかさね、女たちの和洋とりどりの冗談に応酬し、舌頭の火花に興じていた。

フロアにはアクロバット・ショウが演じられていた。全身に金粉を塗った三人の美女が、キラキラ光りながら、蛇のアクロバット踊りを踊っていた。立っている一人の胸にもう一人の黄金女が、大蛇のように巻きついて、頸と胸とに顔のある一身二頭の異形の舞踊を踊っていた。

そのショウの舞台には、赤、青、黄色と、五色の照明が交錯し、客席からはテープ花火がポンポンと発射され、五彩のテープが三人の金色の踊子《こんじき》の頭上に雨と降り、無数の巨大なゴム風船が、五色のクラゲの群のように、空間を漂い、派手なバンドの気ちがいめいた奏楽が、ギラギラした色彩の混乱と相応じて、場内数百人の男女を、狂気の陶酔に導いていた。

耳も聾《ろう》する奏楽、テープの発射音、泥酔男の蛮声、女たちの嬌声の中に、ふと、異様なささやき声が、影男の殿村の耳たぶをくすぐった。

ヒョイと顔を向けると、そこに、白髪白髯《はくぜん》の老人の顔があった。カツラのようなまっ白なフサフサした髪、ピンとはねあがったまっ白な口ひげ、胸まで垂れた見事な白ひげ、黒い背広を着た上品なお爺さんだ。上品のうちにも、どこかメフィストめいた無気味さをたたえた、ふしぎな老人だ。それが殿村のイスのうしろから、および腰になって、殿村の耳に口をつけんばかりにして、同じことを、くりかえしささやいているのだ。

「つまらないですね、こんなもの。たいくつですね。さびしいですね。あなたお金持ちでしょう。そんなら、こんなものより百倍もすばらしいものがあるんですがね」

この上品な老人が、猥褻見世物のポンヒキとは考えられなかった。ありふれた痴技の見世物でないとすると、どこにあるんだろう……

「それは、どこにあるんだね」

影男の殿村も、つい好奇心を起こさないではいられなかった。

「東京ですよ。自動車で一時間もかかりません」

「君が案内するというのかい？」

「そうですよ」老人はグッと声をひそめて「現金で五十万円要りますがね……」

「今は持っていないが、いつでも、そのくらいなら出せるよ」

「そうですか。では、ご相談にのりましょう。しかし、女たちは帰してください。あなたお一人でないと困るのです」

「ここに待たせておいてもいいが、時間はどのくらいかかるんだね」

「いや、とても待たせておくわけには行きません。一日かかるか、二日かかるか、あなたのお気持によっては、一週間でも、一と月でも、ひょっとしたら一年でも……」

メフィストめいた上品な顔がニヤリと笑った。

殿村は、それを聞くと、いよいよ好奇心がつのってきた。この老人はほんとうに五十万円のねうちのある、ふしぎなものを見せようとしているのか、それとも、粋人《すいじん》の座興か、或いは、悪質の詐欺か。いずれにしても、誘いに乗ってみるねうちはある。

「それじゃあ、女たちは帰してもいい。しかし、金は今夜は間に合わないが……」

「わかってます。わかってます。ほんとうにそこへ行くのは、あすのことです。それまでに、よくご相談をしなければなりません。あなたも、内容も聞かないで五十万円は投げ出さないでしょうからね。これからそのご相談がしたいのですよ」

「どこで？」

「静かな別室のあるバーがあります。すぐ近くです。そこへご案内しましょう」

影男の殿村は、このふしぎな老人に深い興味を感じたので、言うがままに、女たちを引きとらせ、老人について、銀座裏の小さなバーにはいり、奥の狭い別室に対坐《たいざ》した。酒を命じておいて、老人はヒソヒソと話しはじめる。

「これは絶対に秘密ですよ。わかりましたか。わしは、三日というもの、あんたのあとをつけて、充分観察した。そして、この人ならば大丈夫と考えて、話しかけたのです。わしは高級客引きを専門にやっている者です。名前は申しません。あんたのお名前も聞きません。この取り引きには名前など必要がないのです。あんたの方では五十万円の現金を出せばいいのだし、わしの方では、その場所へご案内すればいいのですからね」

「それはどこです？」

「中央線の沿線で、荻窪《おぎくぼ》の少し向こうです」

「そこに、そういうものがあることは、誰も知らないのですね」

「もちろんです。五十万を出して、そこを見た人が幾人かありますが、その人たちも、固く秘密を守ることになっています。それから、そこに住んでいる人たちと、このわしのほかには、誰も知りません」

「そこに住んでいる人たちというと？」

「それが秘密です。いまにあんたの眼でごらんになれば、わかりますよ。そこは、われわれの世界とはまったく別の場所なのです。天国と言ってもいいし、地獄と言ってもいいでしょう。ともかく、この世のものではないのです」

「しかし、やっぱり一種の見世物でしょうね。いくら変わった見世物でも、五十万円という入場料は、桁はずれじゃありませんか」

「その場所が桁はずれだからです。それに、滅多な人には見せられない場所です。五十万円さえ出せば、誰にでも見せるというわけではないのです」

「それにしても莫大な見物料を払うからには、何かの歓楽が得られるのでしょうね」

「むろんです。驚愕と、恐怖と、歓楽とです。この世のほかのものです。想像を絶したものです」

「危険も伴いますか」

「或いは危険があるかもしれません。つまり冒険の快味ですね。多少の危険をおかさなくては、最上の歓楽は得られません。あんたは、そういうことがわかるお方だと見て、お誘いするのです。もし、わしの見ちがいでしたら、これでお別かれにしましょう」

白ひげの老人は、そういって、席を立ちそうにした。これも高級ポンヒキのかけひきの一つなのであろう。

「よろしい。あすの晩、五十万円を持ってきましょう。何時にどこへ行けばいいのですか」

「フーン、さすがにわかりが早いですね。こんなに早く決心をしたお客さんははじめてです……場所はこのバーにしましょう。時間は午後の九時です」

そして、翌日の午後九時頃、二人は同じバーで落ちあった。

殿村が千円札で五十万円の束をさし出すと、老人はそれをちょっと調べて、すぐ返した。

「前金ではありません。先方に着いてから、引きかえでよろしい。これは先方の主人の収入で、わしはこのうちのごく一部を貰うだけですからね」

二人は老人が用意してきた自動車に乗った。運転手は老人の仲間のものらしく感じられた。四十分ほど走って、目的地についた。コンクリート塀でかこまれた、ひどく大きな屋敷の門前であった。老人は鍵を出して、唐草模様の古風な鋳物の鉄のとびらをひらいて、殿村を門内へ案内した。

すぐ目の前に、大きな建物が黒くそびえていたが、どこか裏手の方に、ぼんやりあかりがついているだけで、どの窓もまっ暗であった。

「もとは立派な住宅だったが、いまでは荒れはてて、或る会社の倉庫に使われているのです。その番人の老人夫婦がこの広いうちに、ただ二人住んでいるのです。だが、わたしたちは、このうちには、用はありません。裏に池があるのです。その池の中へはいるのですよ」

老人は、そんなことをささやきながら、先に立って歩いて行く。

「池の中へはいるとは？」

殿村がおどろいてたずねると、老人はかすかに笑い声を立てて、

「いや、水の中へはいるのではありません。いまにわかりますよ」

そのまま、二人ともだまりこんで、闇の中を歩き、やがて、広い庭園に出た。樹木の多い立派な庭らしいのだが、常夜灯があるわけでなく、灯籠に火がはいっているわけでもなく、まったくのくらやみだから、その景色を見ることはできない。足もとに雑草が生え茂っているところを見ると、久しく手入れをしない、荒れはてた庭のようである。曇っていても、空はうす明かるく、その余光で、およその物の形はわかる。大きな木が林のように立ちならんでいる中に、広い池の水が見えてきた。

老人は殿村の手をひっぱって、この池の岸に腰をおろした。さし渡し十四、五メートルはあろうか、庭園の中心を占めた、不規則な楕円形《だえんけい》の池である。黒い水が、じっと静まり返っていた。

「いま、ちょっと知らせておきましたから、やがてふしぎなことがおきますよ。池の中

をよく見ててください」

　老人が、やはりささやき声で言った。

　この深夜の古池が、何かしら不思議な見世物への木戸口とすれば、実に奇抜な趣向であった。怪奇に慣れた影男でさえ、異様な好奇心に、胸のときめくのを感じた。

　眼が闇に慣れるにつれて、あたりがだんだんハッキリ見えてきた。思ったよりも広い庭、深い木立ちであった。ふと気がつくと、岸から三メートルほどの池の中に、黒い杭のようなものが立っている。水面から二尺ほどもつき出している。

　だが、よく見ると、それは杭ではなかった。頭がキセルの雁首《がんくび》のように曲がった径四センチほどの鉄管のようなものであった。

「気がつきましたか。あれ、なんだと思います。どっかでごらんになったことはありませんか」

　老人が言うので、考えてみたが、想像がつかなかった。だまっていると、老人が説明した。

「あれは潜望鏡ですよ。ペリスコープですね」

「潜航艇の中から、海の上を眺めるあれですか」

「そうです」

「じゃあ、あの池の中から、誰かが、潜望鏡で覗いているのですか」

「まあそうですね。もっとも、こんなに暗くちゃ見えません。覗くのは昼間だけですがね」

さすがの影男も、あきれかえってしまった。庭の古池の中にひそんで、長い潜望鏡をつき出して、そとの景色を眺めている人物とは、いったい何者であろう。世間の裏側ばかり探し廻っている影男も、こんな変てこなやつに出くわしたのははじめてであった。

「こいつは五十万円のねうちがありそうだぞ」

彼はゾクゾクするほど嬉《うれ》しくなってきた。

見ていると、池の中から突き出した潜望鏡がグングン伸びていた。もう三尺を越す長さになっていた。すると、そのとき、池の水が異様に動いて、何か大きなものが浮き上がってくるように感じられた。

黒い怪物がニューッと頭をもたげた。さし渡し一メートル以上もあるような、黒い円筒形のものである。その表面は平らになっていて、隅の方から、さっきの潜望鏡が突き出ていた。やっぱり潜航艇の司令塔のてっぺんのような感じである。では、こんな小さな池の中に、潜航艇が沈んでいたのであろうか。

「本物の潜航艇ですか」

「いや、そうじゃありません。これだけのものです。あの太い円筒形のシリンダーが、出たりはいったりするだけですよ。そして、これが目的地への、たった一つの出入口になっているのです」

「目的地というと」

「あんたに見せるもののある場所です。天国と地獄です」

機敏な影男は、たちまちその意味を察した。目的の場所は地底にあるのだ。そして、この池の中のシリンダーは、そこへの入口なのだ。いつもは池の中に沈んでいるので、こんなところに出入口があるとは、誰も考えない。そのシリンダーが、夜なかにニューッと水面上に首を出して、そこから人が出入りするのだ。用がすめば又池の底へかくれてしまう。なんという用心深さであろう。それにこのシリンダーを動かすのには、モーターも要ることだろうし、大変な費用がかかる。それほどまでにして、保とうとする秘密とは、いったいどのようなものであろう。影男は、そう考えると、はち切れそうな好奇心に、いよいよ胸が躍るのであった。

地底の大洋

径一メートルの鉄の円筒が水上二尺ほどにのびたとき、その上部の平らな部分の円形鉄板の蓋が、蝶番《ちょうつがい》でパッと上にひらき、その中から、鉄梯子《てつばしご》のようなものが、スルスルと伸びて、池の岸の岩の上にかかった。

その次には、円筒の中から、人間が這い上がってきた。闇に慣れた眼には、その姿が充分見わけられる。その男はピッタリ身についた黒いシャツとズボン下のようなものを着ている。それは夜の保護色であり、また狭い円筒内の身動きに便したものであろう。影男も、こういう保護色のシャツをよく利用するので、すぐにその意味を察することができた。

その黒い男は、今わたした鉄梯子を渡って、岸にあがると、こちらへ近づいてきた。老人が客を連れて、ここにいることを、よく知っている様子である。

老人の方でも立ちあがって、その男を迎え、何かボソボソと立ち話をしていたが、やがて影男の殿村の方に向き直って、やっぱりささやき声で、その黒い男を引き合わせた。

「これからは、この人が案内係りです。お金は、あとで、この人に渡してください。わしはここで失礼します」

「この人は誰ですか」

影男がたずねると、老人は手を振って、

「名前なんかありません。ただ、あんたを不思議の国へ案内する人です。不思議の国には、たくさんの人間がいますが、だれも名前はないのです。あんたの方でも、名前を名乗る必要はありません。この男はわしを信用して、あんたを受け取る。あんたはこの男を信用してついて行けばよいのです。これが即ち冒険の妙味ですよ」

老人はニヤニヤと笑ったらしい。そして、そのまま、どこかへ立ち去ってしまった。

あとに残った黒いシャツの男は、影男の手をとって、

「どうか、こちらへ」

と言いながら、鉄梯子の方へ導く。その声はまだ若々しく、三十前後の感じであった。

だまって、ついて行くと、鉄梯子を渡り、円筒の上にのぼった。そこに丸い口がひらいている。

「この中にも、たてに梯子がついています。それをおりるのです」

黒い男が、足から先に穴の中へはいって行って、下から声をかけた。影男もそれに習って円筒の内側の梯子をおりる。二人が円筒の中へはいってしまうと、自動的に、その鉄梯子が円筒の中へ辷《すべ》りこみ、たての梯子とかさなる。そして、丸い鉄の蓋がしまり、内部は真の闇となった。エレベーターに乗っているような気持になる。つまり、円筒が池の中へ沈んでいるのだ。

二人は狭い円筒の下部に、からだをくっつけ合って、立っていたが、円筒の沈下が止まると、目の前の鉄の壁に、たてに糸をさげたような、銀色の光がさし、それがだんだん太くなって行く。円筒の壁の一部がドアになっていて、それがひらいているのだ。その向こう側には電灯がついているらしく、ドアがひらくにつれて、光がさしこんでくる。

池の底では円筒が二重になっているらしく、出入口も二重ドアで、それがひらいても、

決して水が漏れてくるようなことはない。二人がそこから出ると、二重ドアは自然にしまり、いよいよ地底に密閉された感じになる。

そこはセメントで自然の岩を模した、洞窟のようであった。どこにあるのか、薄暗い電灯の光がその辺を照らしている。その光で見ると、黒い男の着ているのは、黒ビロードのシャツとズボン下であることがわかった。顔にも眼隠しの黒ビロードのマスクをつけている。

洞窟の入口のそばに、岩の枝道《えだみち》があり、鉄のとびらがしまっていたが、男はそれをひらいて、中に案内した。そこは、やはりコンクリートの岩壁で囲まれた小部屋で、簡素なデスクと長椅子が二脚置いてあり、デスクの上には電話器と文房具がのっている。一方の岩壁には、配電盤がとりつけられ、ズラッとスイッチが並んでいる。

二人はそこの椅子にかけて、向かい合った。

「ここで取り引きをします。五十万円をお出しください」

覆面の男が、そっけない事務的な調子で言った。言われるままに、札束を手渡して、さて、質問をしようとすると、相手はそれを止めるように手をあげて、

「いや、何をおたずねになっても、むだです。わたしは門番です。門番は一切お答えしないことになっています。やがて、何もかもおわかりになるときがくるでしょう。サスペンスとスリルというやつですね。先ず地底の別世界をゆっくりお楽しみください。こ

こを出て、奥へ奥へとおいでになればよろしいのです。一本道です。すると、じきに美しい案内者にお出会いになるでしょう……では、これで失礼します」

鉄のとびらをひらいて待っているので、出ないわけには行かなかった。元の洞窟に出ると、うしろでとびらがピッタリとしまった。言われた通り、奥へ奥へと歩いて行くほかはない。

どこに光源があるかわからない薄暗い光で、人工の岩壁は自然の洞窟そのままに見える。そこを一人でトボトボと歩いて行くのは、いかにも心細い。

しばらく行くと洞窟がまがっている角へさしかかった。その角をヒョイと出ると、目の前に白いものが立っていた。それは、さすがの影男もアッと言って立ちどまるほど美しいものであった。

黒い岩肌の前に、全裸の美女が立っていた。黒髪は、うしろに下げたまま、身に一糸もまとわぬ自然の乙女である。日本の女に、こんな均整のとれたからだがあるのかと疑われるほどであった。顔も美しかった。それが少しの恥らいもなく、にこやかに笑って近づいてくる。

あきれて、ボンヤリと突っ立っていると、乙女は彼の手をとって、無言のまま、どこかへ導いて行く。こちらも唖のように、だまりこんでついて行く。

洞窟の少し広くなった場所に出た。乙女が岩壁のどこかへ手を当てる。目の前の岩の一部がユラユラとゆれて、動き出し、そこに大きな穴ができた。つまり岩のとびらがひらいたのである。

頰をかすめる暖かい風、岩穴の中は、もうもうと立ちこめる一面の白い煙、やがて、それが煙ではなくて、湯気であることがわかった。

乙女は影男をその湯気の中へ引き入れたが、すると、今一人の同じ姿の乙女が、どこからともなく、あらわれて、二人がかりで彼の洋服をぬがせはじめた。美しい追剝ぎのように、シャツから猿股まで、剝ぎとってしまった。そして、彼は岩のあいだにたたえられた、温泉のような湯の中につけられ、充分暖まってそこから這い出すと、今度は滑らかな俎《まないたいわ》岩の上に寝かされて、二人の乙女が全身を手の平でこすって、垢《あか》をおとしてくれた。そして、又湯にはいって、あがると、からだの水分を、きれいにふきとってくれ、新らしいシャツと猿股、その上に黒ビロードの、ピッタリ身についた衣裳を着せてくれた。さっきの門番が着ていたのと同じものだ。

乙女たちは、にこやかに笑うばかりで、ひとことも口をきかなかった。影男もわざと物を言わなかった。しかし、お互に充分用は足りたのである。

「人界の言葉を忘れさせ、人界の垢をおとし、人界の衣服もとりかえて、これから地底の別世界の住人となるのだな。この段取りはなかなかよろしい。気に入った。この分だと、この別世界の設計者は、よっぽど気の利いたやつにちがいない」

すっかり悦にいって浴場を出た。すると、彼のうしろで、岩のとびらが、ピッタリしまり、二人の乙女はその中に隠れてしまった。彼は岩をひらくすべを知らないので、そのまま元の洞窟を、入口と反対の方角へ歩いて行くほかはなかった。

行くに従って洞窟の幅は狭くなり、天井は低くなって、やっと人間ひとり通れるほどのトンネルに変わってきた。照明もだんだん薄暗くなり、ついにはまったくの暗闇にとざされてしまった。しかし、影男は引っ返さなかった。これもこの世界の設計者の計算された巧智にちがいないと思ったからだ。

その細い暗い道を、しばらく行くと、ついに行きどまりになってしまった。あたりは真の闇であった。手さぐってみると、右も左も頑丈な岩肌で、通り抜けるような隙間はどこにもない。それでも、彼は引っ返さなかった。何事かを予期して、その暗闇にじっと立ちどまっていた。

彼の予想は的中した。前面の岩がスーッと横に動いて、そこにポッカリ通路ができた。ここにも岩のとびらが待っていて、それが自動的にひらいたのだ。

ひらいた岩の向こうに、急な登りの階段があった。ためらわずそれを登って行った。登り切ると、眼界がパッとひらけた。ああ、なんということだ。そこは、見渡すかぎり、際涯《さいがい》もない大海原のまっただ中であった。あり得ないことが起こったのだ。

クラクラと目まいがした。魔法つかいの目くらましか、それとも、おれはさいぜんから、ずっと夢を見つづけていたのか。

ドウドウと波のうちよせる音がひびいていた。空は青々と晴れ渡り、一点の雲もなかった。遥かの水平線が地球の丸さを現わしていた。目路《めじ》のかぎり島もなく、船もなく、ただ空と水ばかりであった。

足もとを見ると、波が立っているのは、三メートル四方ほどの岩の上である。いつのまに島流しにされたのであろう。大洋のなかの点のような岩の上に、たった一人取りのこされているのだ。

もし彼が、頭の真上を見上げたならば、そこには丸い大きな笠《かさ》のようなものが、或いは屋根のようなものが岩上三メートルほどの空中に、ぶらさがっているのを知り、たちまちこの魔法の秘密を悟ったであろう。その丸屋根のようなものは、いったいどこからさがっていたのか。まさか空中に漂っていたのではあるまい。そこにこの目くらましの一切の秘密があった。

影男ほどの智恵者が、これに気のつかぬはずはない。しかし、とっさには、そこまで考える余裕がなかった。地底の洞窟が、たちまちにして際涯のない大海原に一変した不可思議に、ただあきれ果てているばかりであった。

そのとき、彼のすぐ目の前の海中に、ふしぎな現象が起こった。

その箇所だけ、異様に波立ったかと思うと、恐ろしく巨大な魚類の尾鰭《おびれ》が、白い水しぶきを上げた。その尾鰭は五月《さつき》のぼりの鯉《こい》ほどの大きさがあった。鰭ばかりでなく、魚類の下半身が波間に踊った。銀色に光る鱗《うろこ》の一枚一枚が一寸ほどもあった。

いいや、それよりも、もっと驚くべきことが起こった。その巨大な魚は人間の顔を持っていた。ヒラリと身をひるがえして、上半身を水面に現わしたとき、その上半身は、まばゆいばかり美しい人間の女性であった。黒髪が波に漂っていた。二本の美しい手が、空にひらめいた。鱗のある下腹部の上に、白い二つの乳房が、もり上がっていた。頸の線も美しく、濡れた黒髪のあいだから覗いている顔は、うっとりするほど愛らしかった。その顔が、赤い唇から真珠のような歯を見せて、岩上の彼に、ニッコリと笑いかけた。それは一匹の美しい人魚であった。

水中巨花

やがて、またしても、海面が波立って、水底からスーッと、白いものが浮き上がってくるのが見えた。そして、水面に顔を出したのは、これもまた美しい人魚であった。

「お客さま、ようこそおいでくださいました。これから、わたくしどもが、海の底へご案内いたしますのよ」

一匹の人魚が、小首をかしげて、あでやかに笑いながら、話しかけた。

「海の底だって？　僕は人間だから、海の底なんかへ、もぐれやしないよ」

影男は、岩の岸にしゃがんで、二匹の人魚を、かたみがわりに眺めながら答えた。

「いいえ、それはたやすいことでございます。わたくしたちも、海にもぐるときは、こういうものを使いますの。あなたさまにも、これをあててさしあげますわ」

人魚たちは透明な仮面のようなものをさしあげて見せ、それを自分たちの美しい顔にかぶった。眼、口、鼻、耳を覆いかくす、すき通ったプラスチックらしい仮面であった。その仮面にはやはり透明で柔軟な細い管がついていて、その管の先に、これも透明な小型の酸素ボンベがついていた。人魚たちはそのボンベをわきの下に括《くく》りつけた。

「お客さまも、これをおつけになれば、いくらでも水の底にもぐっていられますのよ」

二匹の人魚は岩の岸に這いあがり、水際に腰かけた形になって、透明仮面とボンベとを、彼の顔とわきの下につけてくれた。影男の殿村は、やさしい人魚たちのなすがままに任せた。

「さあ、わたくしたちが、お手を引いてさしあげます。そして、海の底の不思議を見にまいりましょう」

両方から手をとられて、海中に身を浮かせた。少しも冷たくはなかった。人肌ほどのなま温かい水だ。それに、ピッタリ身についた黒ビロードの衣類は、中にゴムでもはいっているのか、少しも水を通さなかった。頸と手首と足首で、キュッとしまっていて、そこから水がしみ入るようなことはなかった。

黒ビロードの人間の姿が、二匹の美しい人魚にはさまれて、海底へ沈んで行った。ともすれば浮き上がりそうになるからだを、両側の人魚が巧みに下へ下へと引きおろしてくれた。仮面の中へボンベの酸素が適度に漏れているらしく、少しも息苦しくはなかった。

見かけによらず、その辺の海の底は浅かった。底の岩とすれすれに、人魚たちは彼を導いて行った。

行く手には巨大な海藻の林があった。幅一尺も二尺もあるコンブに似た植物が、巨獣のたてがみのように、無数にゆらいでいた。人魚たちは、そのヌルヌルした藻の林をかきわけて進んだ。

しばらく行くと、海藻がまばらになって、向こうの見通しが利くようになったが、そこは、海底の谷間とでもいうような、深いくぼみになっていた。底の方ほど暗くなって、ボンヤリとしかわからなかったが、その青い水の層を通して、世にも異様なものが眺められた。

黒い斜面の岩肌に幾つかの巨大な花が咲いていた。それはどんな植物の本でも、一度も見たことのないような、無気味にも美しい桃色の巨花であった。

だんだん近づくにつれて、その桃色の花は、いよいよ巨大に見えてきた。さしわたし四メートルもあろうかと思われる、奇怪な五弁の花であった。

中心のシベに当たるところに、五つの美しい顔が笑っていた。その顔はみな、例の透明なビニールの仮面をつけていたことが、あとになってわかったが、遠目には、透明仮面は少しも邪魔にならないで、あからさまな五つの美女の顔が、岩肌に密着していた。彼五人の全裸の美女は、そうして頭を寄せ合って、放射状に、長々と横たわっていた。彼女たちの胸から腹、揃えた二本の桃色の足が、それぞれ一枚の花弁となっていた。海底の人花《ひとはな》であった。或いは巨大な美しいヒトデであった。その人花は、谷間のもっと下の方にも、二つほど咲いていた。それより底は、暗くて見えぬけれど、谷間のいたるところに、この巨大な人花が咲いているのではないかと想像された。

薄暗く青くよどんだ水底の、桃色の人花の美しさと恐ろしさは、比喩を絶するものがあった。それはデ・クィンシーの阿片の夢であった。影男はどんな悪夢の中でも、これほど妖異な巨大な美を見たことがなかった。

黒ビロードの影男と二匹の人魚は、真上からその人花に向かって降下して行った。そのとき、もっと別のギョッとするような巨大な長いものが、すぐ目の前を横切って行った。太さは二十センチに近く、長さは五メートルもある錦蛇であった。海中にこんな大蛇が棲んでいるはずはない。いずれはこれも人工のものにちがいないのだが、美女の巨花を背景に、青黒い水中を、ウロコをにぶい銀色に光らせて、大蛇がクネクネと身をよじらせながら、横切って行く光景は、やはり胸躍る妖異であった。

大蛇がその上を通りすぎるとき、巨大な人花は、五対の桃色の足をキューッと上にあげ、腰のところで二つに折れるほど曲げて、花がつぼんだ形になった。ネムの木の葉がつぼむように、或いは虫取りスミレがつぼむように、外部の刺戟《しげき》に反応したのである。それを上から見ると、十本の足の先が、五つの顔を隠して、中心に集まり、五つのハート形のお尻が外輪となった桃色のつぼみの花であった。

蛇が底の方へくだって行くにつれて、そちらの人花も、同じつぼみの形になったが、やがて、大蛇が底深く闇の中へ姿を消すころには、つぼんだ人花が、元の通りに、パッと大きくひらくのであった。

影男は、二匹の人魚の手をはなれて、ニコヤカな五つの顔の花粉を慕う、黒い蜜蜂の姿で、その人花の中心に向かって、スーッと進んで行った。

透明マスクの五つの顔は、赤い唇と白い歯で花のように笑っていた。だが、その笑いが獲物を毒手におとし入れる誘惑であった。彼が五つの顔に近づくと、美女たちの十本の腕が、ヒトデの足のように伸びて、黒ビロードのからだを、四方から、がんじがらめに捉えてしまった。そして、五対の足が、キューッとつぼんで、彼のからだを花弁の中に包みこんでしまった。巨大な桃色の虫取りスミレとなった。獲物を包むヒトデの姿となった。

虫取りスミレもヒトデも、毒液を出して、獲物を殺した上、吸収してしまうのだが、この人花は毒液を分泌するわけではなかった。獲物は身動きもできぬほど、桃色の肉団に包まれているばかりだ。影男の顔は、透明マスクを隔てて、五つの顔の一つに接していた。眼前三寸の近さに、赤い唇が白い歯で笑っていた。愛情にうるんだ大きな眼が、じっとこちらを見つめていた。十本のはだかの腕は彼のからだを抱きしめ、十本の桃色の太腿が、彼のからだをしめつけていた。ムッとする暖かさであった。そして、彼は母の乳房にウトウトとまどろむ嬰児《えいじ》の心を味わっていた。

間もなく、彼は、つぼんだ人花の中で、真実の眠りについていた。人花の一つの手が彼のわきの下のボンベのネジを動かした。そこに何か仕掛けがあって、彼のマスクの中に送られる気体の質が一変し、麻酔の作用をしたのであろう。彼は海底の人肉の花の中で、前後不覚に寝入ってしまった。

彼はそのあいだも、極彩色の甘美な阿片の夢を見つづけていた。カレイドスコープが、ガラッ、ガラッと転回して、あらゆる原色の色彩が彼の脳髄を一杯にしていた。

女体山脈

どれほどの時間がたったのか、ふと気がつくと、そこはもう海の底ではなくて、彼はまったく別の次元にはいっていた。そこに別の宇宙があった。

見渡すかぎりのふしぎな山であった。彼の理性はそれを否定したけれども、眼前の事実をどうすることもできなかった。麻酔の夢ではなくて、現実に山ばかりの世界がそこにあった。彼はそこが東京都内の地下であることを記憶していた。その地下に、見渡すかぎり果てしもない大洋があった。そして、今はまた、その地下に、見渡すかぎり山又山がつづいていた。夢ではない。彼は明きらかに目覚めていた。夢でないとすれば、人智を絶した魔法である。さきほどの五十万円は、地底の魔術の国への入場料であった。

彼はやっぱりビロードのシャツを着ていた。それはもう濡れてはいなかったし、透明マスクもボンベも、いつのまにか取り去られていた。そして、何かしら柔かいものの上に寝そべって、果知《はて》らぬ山の景色を眺めていた。

その山容はこの世のものではなかった。青い木は一本も生えていなかった。ただの禿《はげ》山《やま》でもなかった。ゴチャゴチャとした、目まぐるしい陰影があり、全体におしろいでも塗ったような、ふしぎな山であった。その景色からは、むせ返るような脂粉の香が立ちのぼっていた。そして、もっと不思議なことには、全山が絶えまなく、ウヨウヨとうごめいているかに感じられた。

目の前は、急な山裾になっていて、その底に彼は寝そべっていた。遠くの山容から、前の山裾に眼を移すと、その山には無数の眼と、無数の唇と、無数の手と足とがあることが、わかってきた。かすりのように点々として黒いものが見えるのは、女たちの髪の毛であった。顔の上に太腿がかさなり、腕と腕とがもつれ、滑らかな恰好のよいお尻が、無数に露出していた。それは幾千幾万とも知れぬ裸女を積みかさねた、人肉の山であった。死体の山ではなかった。それは皆生きていた。生きて積みかさなっていた。

影男は、やっとそれを気づいたとき、自然に口がポカンとひらいてしまった。そして、大きな口をあけたまま、痴呆のように、この圧倒的な人外境の風景に見とれていた。

彼が寝そべっていた柔かい谷底が、やはり女体《にょたい》によって構成されていることがわかった。それは揺籃《ようらん》のように幽《かす》かにうごめいていた。暖かくて、脂粉の香に充ちていた。そこにも無数のにこやかな美しい顔が横たわっていた。地面全体が、花のような顔と、すべっこい桃色のからだとで、彼の方に笑いかけていた。

すぐ前の女体は大きく、顔もはっきりわかったが、山裾から彼の眼が上の方へ移るにしたがって、顔は小さく見わけられなくなって、はては、一面に白っぽい女体のつらなりの中へ、溶けこんでいた。それが、遥かかなたの空に霞《かす》む山頂まで、無限につづいている光景は、言語に絶する壮観であり、むしろ神々しくさえあった。この世の裏を見つくした影男にも、東京の地下に、これほどの驚異が隠されていようとは、思いも及ばぬことであった。

地下に無限の大洋を拡《ひろ》げ、地下に無限の山脈をつらね、その山脈を女体によって築くとは！　その女体の数は幾千幾万をかぞえても、まだ足りぬことであろう。いったいこれほどの女を、どこから狩り集めたのであろう。それらの地下の構成のすべては、古来のいかなる王侯の富を以《もっ》てしても、遠く及ばぬところではないだろうか。今の世にあり得ないことだ。しかも、夢ではない。どんな魔法でも、これほどの驚異を生み出すことはできない。

彼はむせかえる女体の匂いに包まれ、うごめく豊満な肢体に接し、人肉の大海に漂う、ただ一人の男性であった。彼はピッタリ身についた黒ビロードの、バレリーナの軽快な姿で、女体の上に立ちあがり、女体のスロープを、山頂に向かって、のぼりはじめた。

足の下には、すべっこく柔かい無数の曲面が連なっていた。乳房がふるえ、お尻が歪《ゆが》み、腿のあいだに危《あぶな》く足がすべり、美しい頬や鼻さえも踏みつけたが、女体どもは痛さをこらえて沈黙していた。叫び声を立てるものは一人もなかった。

女体の数にして五、六人も登ったとき、予期せぬ異変が起こった。二つの女体が、ちょっと身動きしたかと思うと、そのあいだに細い溝ができ、彼の両足がその溝の中にはまった。それと同時に、その辺一帯の女体がグラグラとゆれて、溝はいよいよ大きく口をひらき、アッと思うまに、彼のからだは、人肉の底なし沼に没して行った。

女体の下に女体が、幾層にもかさなり合っていた。下敷きの女体の苦しさが思いやられた。その女体の渦の暗い裂け目へ、影男の全身が徐々に沈んで行くのだ。前後、左右、上下のあらゆる面に、すべっこくて柔かい曲面が連なっていた。男の黒ビロードのからだは、それらの曲面におしつぶされながら、底知れぬ深味へと吸いこまれて行った。女体の熱気と、脂粉と、芳香と、甘い触感の底へ、深く深く吸いこまれて行った。

そのとき、全山をゆるがして、恐ろしいどよめきが起こった。幾千幾万の女体が、声をそろえて、なまめかしく笑い出したのだ。赤い唇の嬌笑《きょうしょう》が、大合唱となって、嶺《みね》から嶺へとこだまし、全世界が途方もない笑いの渦巻きに包まれて行った。

血笑記

影男は、再び失神したのであろう。それから幾ときが経過したのか、ふと目覚めると、そこに又、別の次元があった。別の夢の国があった。

そこは逢魔《おうま》が時《とき》の薄闇の国であった。女体山脈のつづきかと思われたが、必らずしもそうではなかった。彼はそのとき、柔かくて暖かいスロープに、足を投げ出して、よりかかっていた。それはアームチェアでもソファーでもなく、なにかえたいの知れぬ巨大なクッションであった。

彼は立ち上がって、自分がもたれていたものを観察した。白い巨大な曲線が、うねっていた。急には、それがどういう形だか見当もつかなかった。それは一つの大きな部屋のように感じられたが、天井も壁も床もなく、それらのことごとくが、不思議な曲線と曲面に覆われていた。さきほどの連想からであろうか、じっと見ていると、それらの曲面が、阿片の夢に拡大された、巨大な裸女の肢体のように感じられた。天井から鍾乳《しょうにゅう》洞《どう》のように垂れさがっている無数のふくらみは、あれは乳房のむれであろうか。あれは巨大な腕、あれは巨大なわきの下、あれは座蒲団を二枚かさねた女の唇、彼が今までよりかかっていたのは、一人の巨大な裸女のうつぶせの寝姿であった。表面がゴム或いはビニールで覆われているらしく、滑かで弾力があり、どういう仕掛けなのか、それには体温さえもあった。それが実物の十倍の偉大なる体軀《たいく》を、うつぶせに横たえている。

彼はまた元の快適な位置に、足をなげ出した。彼の両側に巨大な大腿部があった。それを肘掛けにして、うしろのうず高い桃われの臀部《でんぶ》の小山に、ビロードの背中と頭とをもたせかけ、夕暮れの薄闇の中に適度の弾力と温度に包まれて、グッタリとしていた。

突然パッと正面の壁が明かるくなった。どこからか舞台照明のライトが光を投げたのだ。正面の壁と言っても、そこもゴムかビニールの巨大なる曲面に覆われていた。すべてが女体のあらゆる部分を、漠然とかたどっているように見えた。

白いライトの中へ、全裸の若い男女が現われた。全身に化粧をほどこしているらしく、女のからだは絖《ぬめ》のように白く光り、男のからだは狐色につやつやと光っていた。二人とも腰に皮のバンドを巻き、それに、銀の柄《つか》、銀の鞘《さや》の短剣がさがっていた。

どこからか、かすかに管絃楽《かんげんがく》が聞こえてきた。男と女は左右にわかれて、舞踊にはいるポーズをとった。楽の音はだんだん音を大きくしながら、ゆるやかに、華やかに、かなでられ、それにつれて、男女の優美な舞踊が進行した。狐色と白との二つのからだは、或いは離れ、或いはだき合い、女体は男の頭上にささげられ、手をとってクルクルと引き廻され、しなやかに倒れ、男はその上にのしかかり、呪文の手ぶりに、女はウットリと夢見る姿。やがて音楽は急調に転じ、女体は引き起こされ、狂暴に抱きしめられ、ふりほどいて突きはなされ、男は飛び上がり、女はうち倒れ、コマのように回転し、蛇のようにのたうち、もつれ合ってころげ廻り、女が風のように逃げ走れば、男は悪鬼のように追いすがる。

音楽が更らに一転して狂気の様相を呈するや、二人は腰の短剣を抜きはなって、相対した。そして、一層狂暴な舞踊がつづき、二人のからだが、或いははなれ、或いは接するたびごとに、スーッと一と筋、また一と筋、狐色の皮膚にも、純白の皮膚にも、まっ赤な血潮の河が流れた。

見つめる影男は、この絶妙の趣向に手を打って感嘆した。これまでのあらゆる驚異に、ただ一つ欠けている色彩があった。それは深紅の色であった。血の刺戟であった。今、その血が流されようとしているのだ。彼の心臓は、何物かから解きはなされたように、ドキドキと躍り出した。原始人の本能が、彼の体内によみがえり、胸一ぱいの快哉《かいさい》を絶叫していた。

音楽も踊りも狂暴の絶頂に達した。白い女体は、こけつまろびつ逃げ廻り、寸隙を見ては、疾風のように男に飛びかかって行った。二本の短剣は空中に斬りむすび、稲妻のようにギラギラときらめき、男体《なんたい》、女体ともに、額にも、頰にも、肩にも、腕にも、乳房にも、腹にも、背にも、腰にも、尻にも、腿にも、全身のあらゆる箇所に、無数の赤い筋がつき、そこから流れ出す鮮やかな血潮が、舞踊につれて、或いは斜めに、或いは横に、或いは縦に、流れ流れて、美しい網目を作り、二人の全身を覆いつくしてしまった。

それほど狂暴な踊りにもかかわらず、男も女も嬉しそうに笑っていた。傷つけ、傷つけられることが、彼らにとっては最上の歓喜ででもあるように見えた。嬉々《きき》として逃げ走り、追いすがり、かさなってころがり、抱き合って転々し、しかし、身動きのたびごとに、二人の傷はますますふえて行った。

もはや、顔もからだも一面の鮮血に濡れて、二人は巨大な紅ホオズキのように見えた。まっ赤に染まった男の顔、女の顔。それが笑っていた。さも楽しげに笑っていた。影男の眼前一尺に近づいて、シネマスコープの大写しになって、赤いよだれをたらしながら、狂笑した。赤き血の笑い。赤き血の舞踊。

ふと気づくと、女体の部屋全体が、ゆれうごいていた。影男のよりかかった巨女の臀部も太腿も、生けるがごとくふるえゆらめき、彼は両側の巨大な人肉に締めつけられ、おしつぶされるのではないかと疑った。

突如として、舞台照明さえも、深紅の光に変わった。まっ赤な中にうす白く見える二つの影が踊り狂った。二人の狂笑のデュエットが、部屋一ぱいに響きわたった。そして、ついに最後がきた。女が先に倒れ、しばらく物狂わしくうごめいていたが、やがて、動かなくなった。死体のように動かなくなった。男の赤い姿はその上にかさなって倒れた。そして、二、三度起き上がろうともがいたが、やはりグッタリとなって、彼も動かなくなってしまった。

二人の狂笑の余韻も消えて、死の沈黙がおとずれた。舞台照明は消えて、真の闇となった。影男がよりかかっている巨女のからだも、もはや微動だもせず、あの温かかった体温さえも、急激に冷却し、死人の肌のように冷たくなって行った。

「お客さま、いかがでした」

闇の中から、男の声が聞こえてきた。

「これでおしまいではありません。もっともっと恐ろしい趣向が残っているのです。しかし、その前に、ちょっとお話がしたいのです。お客さまもお疲れでしょう。あちらの部屋で、何か飲みものをさしあげながら、ゆっくりお話しいたしましょう。では、どうかこちらへ……」

影男は何者かに手をとられた。そして、相手の導くままに、人造女体の丘を踏みこえて、闇の中を、どことも知れず導かれて行った。

最後の売物

導かれたのは豪奢《ごうしゃ》な地底の客間であった。近代様式の明かるい洋室。家具調度のたぐいもアブストラクト風の最新様式のものが揃えてあった。影男はその長椅子の肘掛けに身をもたせて、最も安易な姿勢をとり、彼を導いた男は、その向こう側のアームチェアに、行儀よく腰かけた。まったく露出光のない間接照明で、広い部屋がいぶし銀のように輝いていた。

その男は四十歳ぐらいに見えた。色白で、よく肥っていて、丸々した顔に、恰好のよいチョビひげをたくわえていた。口もとが女のようにやさしくて、異常に赤い唇をしていた。太いけれど薄い眉の下の二重瞼の大きな眼が、敏捷に動いた。意気な仕立てのダブルブレストの新しい服を着て、ブライヤのパイプを口から離さなかった。

そこへ、まっ赤な洋服を着た十五、六歳の可愛らしい少女が、いろいろな洋酒の瓶を並べた銀色の手押し車を押して、はいってきた。

「お好みのものをどうぞ。それからここにフィガロタバコもございます」

影男は、言われるままに、エジプトの紙巻タバコをとり、少女のさし出すライターの火をつけた。それから、ブランデーをつがせて、二た口《ふ》に飲み、お代りを命じた。タバコも酒も極上の口あたりで、さきほどからの刺戟の連続に疲れ果てたからだが、シャンとするような快感を覚えた。

「お客様、いかがでございましたか、わたくしどもの趣向は？」

色白のチョビひげの紳士は、西洋流のゼスチュアで、うやうやしくたずねた。

「すてきです。僕はめったに物に驚かぬ男ですが、きょうは兜《かぶと》をぬぎました。ほんとうにビックリしたのです。ところで、あなたが、ここの御主人ですか。それとも、社長さんというのですか」

影男は少し身を起こして、ブランデーのグラスをテーブルに置いた。

「まずそのような物です。名前はわざと申し上げません。お客さまのお名前も、うかがわないことになっております」

「それはわかっています。しかし、この目くらましの秘密について、少しおたずねしてもいいでしょうか。東京の地下に、こんな恐ろしい別世界を現わすのは、いったいどこの国の幻術なのですか」

チョビひげの男は、ニッコリ笑って、

「それをうかがって安堵《あんど》しました。あなたさまはひょっとしたら、目くらましの種を見破っていらっしゃるのではないかと心配しておりましたが……」

「やっぱり種があるのですね。僕は夢を見せられたのでも、催眠術にかかったのでもありませんね」

「種あかしは、かえって興ざめかもしれません。しかし、わたくしは、あれをごらん願ったあとで、必らずこの部屋で種あかしをすることにしております。まやかしの暴利をむさぼらないことを知っていただきたいからです。わたくしとしましては、いまごらん願ったものが、自慢なのですが、五十万円の売りものは、実はもっとほかにあるのです。これまでのまやかしの世界は、言わばお景物《けいぶつ》にすぎません。そのほんとうの売りものについては、あとでお話しいたします。その前に、わたくしの発明について、ちょっと自慢話をさせていただきたいのですが……」

「それは僕も望むところですよ。あれが夢ではなくて、現実だったとすれば、どうしても種明かしが聞きたい。それでこそ満足するわけです。どうか充分自慢話をしてください」

影男は、かたわらの少女に、四はい目のブランデーをつがせて、また肘掛けによりかかり、ほとんど寝そべった形になって、相手のチョビひげと赤い唇を見つめた。

「一と口に申せばパノラマの原理です。お客さまは日本でも明治時代に流行したパノラマ館というものを御存じでしょうか」

「残念ながら見たことがありません。話に聞いているばかりです」

「実はわたくしも、大正生れなので、明治時代のパノラマ館というものは見ておりません。物の本で読んでいるばかりです。それによりますと、十九世紀のフランス人が、あれを発明したのです。わたくしは偉大な発明の一つだと信じます。その発明者は、この現実の世界の中に、まったく別の世界を創造しようといたしました。演劇、映画なども別の世界を目の前に見せてくれるものにちがいありませんが、舞台の額縁の中やスクリーンの上だけが別世界で、たとえ見物席を暗くしても、そこに現実世界が残っているのですから、『お芝居』とか『絵空ごと』とかいう感じを払拭することができません。見物たちは心の隅で劇場なり映画館なりの見物席を意識しながら、舞台やスクリーンを見ているのです。そこに架空と現実の混淆《こんこう》があり、純粋に架空のリアルに徹することができません。そういう不純な現実面を完全に取りのぞいてしまおうとしたのが、パノラマ館の偉大な着想だったのです。

パノラマ館はガス・タンクのような円形の建物でした。入口をはいると、暗いトンネルのような地下道があって、そこをくぐり抜けて、階段を上がると、われわれの眼から、この東京という現実の世界が、まったく消えうせて、そこに別の一つの世界が出現します。地下道から階段を上がったところは、島のようになった狭い見物席です。そこが円形の建物の中心なのです。見物は暗い地下道を通っているあいだに、現実世界と絶縁します。そして階段を上がって、パッと眼界がひらけたとき、そこに広漠たる別の世界があるのです。東京の現実の町を無視して、見渡すかぎりの大平原や大海原があるのです。小さなパノラマ館の建物の中に無限の空が拡がり、遥かに地平線がつづいているのです。

明治時代の日本のパノラマ館は、多くは満洲《まんしゆう》などの戦争の景色を現わしていました。暗道を出て、パッと眼界がひらけると、そこに満洲の広野が無限のかなたまでひろがっていました。かなたの丘には敵の要塞があり、すぐ目の前には日本軍の野砲の列、兵士が砲弾を運び、砲口は火を吹き煙を吐いています。それが敵の要塞に命中し、そこに火災がおこっています。日本軍の歩兵隊は、砲火の掩護《えんご》をうけて、要塞の丘に進軍し、敵兵団はこれを阻止しようと丘から駈けくだって、そこに白兵戦が起こっています。騎馬の指揮官は縦横にはせまわり、銃剣で刺される兵士、長剣で首をはねられ、その首が中天に舞い上がっている光景、岩石を吹きとばす地雷の爆発、空一面に炸裂《さくれつ》する敵味方の砲火、何千という軍人が、見物の目の前で凄惨な戦いをつづけているのです。

小さな円形建物の中に、どうしてそんな大戦場が実現するのか。それには、パノラマ発明者の巧緻なまやかしがあるのです。この光景のバックは円形建物の壁です。そこに真に迫まった油絵の風景を描くのです。地平線から上の空は、建物の丸天井につらなり、そこにも青空と雲とが描かれています。見物は、場内のどちらを向いても、地平線がつづいています。そして、頭の上には無限に見える大空がひろがっているのです。

その頃はまだ電灯照明を使うことがむずかしかったので、建物の天井に明かりとりの窓をあけなければなりません。その明かりとりのガラス窓を隠すために、見物席のすぐ上に、笠のような小屋根を作ったものです。見物にその小屋根の上は見えませんので、建物のドームの空を、少しの裂け目もない真実の大空と錯覚しました。

戦場の数千人の軍人たちのうち、何十かが実物大の生き人形でした。生き人形というのも、今では見られなくなりましたが、明治時代には、それの名人がいたそうです。桐《きり》の木に細かい彫刻をして、胡粉《ごふん》を塗り、磨きをかけて、人肌そっくりの人形を作ったのです。ですから、パノラマ館の人物共は、ほんとうに生きているように見えたのです。地面にはほんとうの土を敷き、本物の樹木を植え、そこに生き人形の人物を配し、それと背景の油絵との境目を巧みにごまかして、絵にかいた人物も、やはり立体的な生き人形と差別がつかぬようにしたのです。本物の土と、油絵の土とが、そっくり同じに見える工夫をしたのです。この工夫によって、狭い円形建物の内部が無限の広野に見え、数十体の生き人形が、油絵の人物と混淆して、数千人の大軍団に見えたのです。

わたくしは、書物によって、そういうパノラマ館の秘密を知りました。そして、このすばらしい原理を応用して、地底に無限の別世界を創造しようと考えたのです。世界のどこのパノラマ館にもなかったような、美の極致を実現したいと念願したのです。そして四年の歳月と一億の資金を費して、それをなしとげました。わたくしは、密貿易によって、一億以上の資産を稼ぎためておりました。それをことごとく使いはたしたのです。

これでもうおわかりでございましょう……さきほど、あなたさまがごらんになった無限の大洋は、さし渡し十間あまりの円形パノラマにすぎなかったのです。地底に円形の空洞を作り、その円形の周囲と天井とに、巨大なカンバスを張りつめ、空と海との油絵を描かせたのです。あなたさまの頭の上に、小さな丸い屋根のあったことをご記憶でございましょう。あの上にすべての照明が隠されていたのです。明治時代とちがって、今は自由に電力を使うことができます。ガラス張りの明かりとりなどは少しも必要がないのです。

むろん、背景の前には、ほんとうの水があります。しかし、それは小さな池にすぎないのです。一ヵ所だけ海底の谷間のような場所がこしらえてあって、そこに美人の花が咲いているのですが、そのほかは、ごく浅い池なのです。あの美人の花も、無数に咲いているように見えますけれども、ほんとうの人間の花は三つしかないのです。それより底の方にぼんやり見えていましたのは、ビニールの作りものにすぎません。あの部分には、水の中に隠れた照明があります。その照明の工夫によって、谷を無限に深く見せ、無数の花が咲いているように見せかけてあるのです。

もう一つの美女ばかりでできた山脈も、同じパノラマの原理によるものです。あの円形空洞のさしわたしは、実は七、八間しかありません。ほんとうの女は六十人にすぎないのです。あとはマネキン人形と、油絵です。その実物と絵との境目が、巧みにごまかしてありますので、数千数万の女人の山脈に見えるわけです。すべてパノラマの幻術にすぎません……いかがでしょうか。こんなに種明かしをしてしまっては、折角の興がおさめになったのではございませんでしょうか」

チョビひげの社長は、映画俳優アドルフ・マンジュウを肥らせたような顔に、奇妙な微笑を浮かべて、長話を終った。

「いや、興ざめどころですか。ますます感服しましたよ。僕は世間の表面に現われていない裏の秘密をいろいろ研究しているものですが、日本にあなたのような人がおられることは、少しも知りませんでした。地底のパノラマ国の王様というわけですね。いや驚きました。夢を作り、夢を売るご商売ですね。この世で最も贅沢《ぜいたく》なご商売ですね」

影男は真実に感嘆していた。この魅力あるチョビひげの男と親友になりたいものだと思っていた。

「ここをひらいてから、まだ半年にしかなりませんが、あなたさまが十六人目のお客様でございます。ポン引き爺さんの言葉を信用して、五十万円を投げ出す方が、半年に十六人もあるというのは、わたくしにとっても、驚異でございました」

「それにしても、二つのパノラマに百人に近い娘が働いているわけでしょうが、どういうふうにしてお集めになったのです。なみなみの給料では引きとめておくことはできないでしょうが」

「そこにまた、わたくしどもの秘密があるのです。あれらには充分うまいものを食わせ、好きなようにさせていますが、この地下からは一歩もそとへ出ることを許しません。親兄弟とも絶縁です。給料も払いません。いわば牢獄《ろうごく》にとじこめられているわけですが、ふしぎなもので、最初はいやがっていますけれど、だんだん慣れるにしたがって、これほど楽しい仕事はないように感じてくるのですね。親を捨て、兄弟を捨て、恋人さえも捨てて、地下の住人になりきってしまうのです。もっとも、ここには何人かの若い男がおります。彼女たちを引きとめておくための餌なのです。たくましく、美しく、あらゆる愛欲の技巧を会得した不良青年どもです。一人で彼女たち五、六人を、なかには十人以上を、あやつっているものもあります。ですから、そういう青年は十五、六人で充分です。この青年どもは、わたくしの命令には絶対に服従する子分なのです」

「すると、その青年たちが、手分けをして、地上の娘を誘拐してくるというわけですね」

「アハハハハ、その辺はご想像におまかせいたします」

チョビひげ社長は、女のようなはにかみ笑いをして見せた。

「最後に見た血の踊りの男役も、そういう青年の一人なのですか」

「さようです。あれもなかなか美青年でございましょう」

「で、あの二人は、ほんとうに血を流したのですか。これもパノラマ式の目くらましだったのですか」

「いや、ほんとうに血を流しました。深く斬るわけではありませんから、命には別状はありませんが、あれだけの傷が癒えるのには相当の日数が要ります。でも、あの二人は傷つけたり、傷つけられたりすることが、芯から好きなのです。報酬によって、やっているのではございません」

社長はそこで言葉を切って、奇妙な微笑を浮かべて、影男の顔を見た。そして、少し声を低くして、さも一大事をうちあけるような口調になった。

「さて、さきほど、ちょっと申しあげました最も大切なご相談になるのですが、あなたさまは、この女と一日でもいいから一緒になってみたいというような相手はおありになりませんか。あなたさまのお力で自由になる女ではいけません。非常に好きだけれども、どうしても手出しができないというような人です。大家《たいけ》の箱入り娘、頑固にはねつけているジャジャ馬女、或いはご友人の奥様、女社長、女学者、どんな地位の人でも、むずかしければ、むずかしいほど結構です。そういうお方を一人思い出していただきましょう。わたくしどもの秘密の手段によって、必らずそこへ連れてまいります。そして、あなたさまのおぼしめしに叶《かな》うようにいたします」

影男は又してもど胆をぬかれた。チョビひげ社長の奥底の知れぬ悪党ぶりに驚嘆をあらたにした。

「なるほど、そこに五十万円のねうちがあるというわけですね。むろん誘拐でしょうね」

「誘拐にはちがいありませんが、決して手あらなことはいたしません。また、決して人に気づかれる心配もありません。そこが、わたくしどもの秘密の技術なのです」

「つまり、恋人誘拐引受け業ですか」

「さよう、恋人誘拐引受け業でございます。殺人請負業よりは、おだやかでもあり、色っぽくもございますね」

チョビひげ社長は、短い足を組み、腕を組んで、その右手でパイプを口に支えながら、ニヤニヤと笑った。

恋人誘拐業

影男にとっては、今まで見た驚くべき風景だけでも、むしろ安いものに思われたのだが、チョビひげ紳士は、あんなものは景物にすぎない。五十万円は実はこの恋人誘拐の謝礼に引きあてるのだと、サーヴィスぶりを発揮する。

だが、相手が悪かった。名にし負う影男には、「高嶺《たかね》の花」なんていうものは無かった。彼の字引きには「不可能」という文字がないのだから、どんな女性だって、手に入れようと思えば、必らず手に入れる力を持っていた。又、事実手にも入れていた。彼はサルタンの後宮《こうきゅう》にも比すべき、数十人の恋人があった。電話一本で、いつでも馳せ参ずる美姫《びき》の群を所有していた。その中には、普通では絶対に近よることもできないような、高貴、高名の異性も幾人か混っていた。

「恋人誘拐引受け業とは面白いですね。それなら五十万は実に安いもんだ。どんなむずかしい相手でも、即座に誘拐してみせるというのですからね。折角ですが、僕にはその必要がない。僕は自分でやる方が面白い。そして、必らずやってみせる技術を持っているのです。だから、実際に誘拐してくださるには及びません。お話がうかがいたい。あなたのやり方が聞きたい。それだけでいいのです。つまり五十万円の権利を放棄する代りに、最も面白そうな実例を一つ二つお聞かせねがいたいというわけですよ」

影男の恬淡《てんたん》ぶりがチョビひげ紳士をびっくりさせた。彼は西洋流に両手を拡げるゼスチュアをして見せて、

「これは驚きましたな。わたくしは、あなた様のお名前も存じあげませんが、それほどにおっしゃるところをみますと、あなた様は、その道の大先達でいらっしゃる。もうお話し申しあげるまでもありますまい。とっくにお察しでございましょう」

「なるほど、これはあなたの秘密かもしれませんね。秘密をしゃべってしまっては、五

十万円のねうちがなくなる」

「いや、いや、決して話しおしみするわけではございません。何事もあけすけに申し上げて、赤心《せきしん》を人の腹中《ふくちゅう》におくというのが、わたくしのやり方で、悪事はこれに限りますよ。コソコソと内証事をやるのは、いわば素人《しろうと》でございますからね」

「えらい。やっぱり、あなたとは友だちになりたい。どうです。友だちになってくれますか」

「光栄の至りです。わたくしの方からお願いしたいと考えていたところでございます。先生、お手を、ね、お手を！」

二人は手を握りあった。チョビひげの手は女のように白くて、きめがこまかくて、暖かかった。

「では、僕から言ってみましょうか。あなたの恋人誘拐の秘密を」

「えっ、あなた様から？」

「いや、具体的にではありません。その骨法をですね」

「ハイ、うかがいましょう。これは聞きものです」

「西洋にこういうおとぎ話があります。万能の智恵者がありましてね。王様がお出しになる難題を、次々とやってのけるのです。まったく不可能なことをやってみせるのです。そこで王様は、ご自分がその上に寝ておられるベッドのシーツを一と晩のうちに盗み出してみよ、と仰せになった。すると、智恵者は、女官をグルにして、お台所でカレーのような黄色いドロドロの液体を作らせ、それをソッと王様のシーツの上に垂らさせておいたのです。王様は夜中に目をさまして、腰のあたりがベットリしているので、驚いてお調べになると、黄色いドロドロです。や、とんだしくじりをやった、臭い臭いと、鼻をつまんで、そのシーツを丸め、窓のそとへほうり出された。智恵者はそれを拾って、翌朝、ハイ、この通りと、王様にお目にかけるというわけです。すべてこの手ですね。つまり先方の弱点をつくのです。恋人誘拐の場合は、主として相手の好奇心に訴えるのです。こちらを主人公にしないで、先方を主人公にして、先方から謝礼さえ取れる場合もあるわけですね」

チョビひげはこれを聞くと、ハタと膝を叩いた。

「いや、恐れいりました。それです、それです。先方を主人公にして、先方の好奇心に訴える。一つ一つの細かい手法はいろいろですが、帰するところは、それでございますよ。女優とか芸能人は、いくら有名な方でも、わけはありません。有名な方ほど好奇心が強いものですからね。グッと上流の家庭の奥様でも、箱入りのお嬢さまでも、好奇心の強い方は、なんとでも手段はあります。苦手は好奇心の乏しいお方です。そういうお方は、この地底世界へおつれすることさえむずかしい。これには又、まったく別の手段が要るのですが」

「その場合は、お客の男のほうに細工をする」

「えっ、なんとおっしゃいました?」

「多分そうだろうと思ったのです。僕なら僕をですね、その女の人のご主人なり、恋人なりに化けさせる」

「いや、驚きました。あなた様はほんとうに、わたくしの親友です。カムレードです。さあ、もう一度お手を、お手を」

チョビひげの柔かい手が、ギュッと握りしめてきた。豊満な女の手であった。彼はそのままのしゃべりはじめる。

「こういう例がございました。或る老年の高位高官のお方が、ご自分の年の三分の一の若い美しいお嬢さまと再婚なさったことがあります。ここへこられた或るお客さまが、その若い新婦を連れてこいとおっしゃるのです。有名な結婚式から一週間もたっていないのです。それに、新婦になられたお嬢さまというのが、実にしつけのよろしい、封建的な家庭に育ったお方で、ごくごく内気なお方だものですから、このご要求は難題中の難題でございました。

わたくしは、仕方がないので、お客様に変装をしてもらいました。つまりその高位高官のご老人に化けていただいたのです。わたくし、変装術は多年研究しております。特殊の化粧料、カツラ、つけひげのたぐいは、ことごとく揃えております。それでもって、お客様をすっかり変装させたのです。そして、ここから地上世界へつれ出しました。一方、高位高官のご老人を、有名な宗匠のお茶会に連れ出して、或る手段によって、夜ふけまで引っぱっておいたのです。そして、ご老人になりすましたお客様を、その晩、お屋敷へ送りこみました。むろん表門からではありません、裏庭の塀のくぐり戸の錠をはずしておいて、そこから泥棒のように忍びこませたのです。

これには数人の脇役が要ります。お屋敷の女中の一人も味方についていました。あらかじめ、ご老人とソックリの声で電話がかかり、『今夜はおそくなるから、若奥様は先にやすむように』と伝えてある。やすむ前のお茶に適量の眠り薬が入れてある。寝室にはボンヤリした枕電灯がついているだけです。ね、それでうまく行ったのですよ。お客さまはまたコッソリ、庭のくぐり戸から逃げ出しました。そのあとへ、本物のご老人がお帰りになったというわけです。

え、あとでバレたかとおっしゃるのですか。ところが、バレません。ちゃんとその心理が計算にはいっていたのです。内気な、しつけのよい若奥様は、死んでも、そんなことを口外するものではありません。だまされっぱなしというわけです。若奥様に生涯の秘密ができたわけです……この世の裏側には、どんなことがあるか、わかったもんじゃございませんね」

チョビひげは色白の顔を可愛らしくゆがめて、まっ赤な唇でニヤニヤと笑って見せた。

「何事も原理は簡単ですね。しかし、実行がむずかしい。一分一厘の狂いがあっても、大変なことになるのですからね。つまりは、まったく隙のない注意力と、才能ですね。あなたにはその才能がおありになる。やはり、天才を要する事業です」

「いや、おほめで恐れ入ります。まったくさようでございますね。大軍を指揮する注意力と才能が要ります。そこが楽しいところでございます」

「ここへは、女のお客はありませんか」

「一度だけございました。お金持ちの未亡人で、まだ四十に間のある美しいお方でした」

「その注文は？」

「有名な俳優とか芸能人は、いつでも思うままになるから珍らしくないとおっしゃるのですね。角力とり、スポーツ選手、大学生、そういうものは、なで斬りにしているような、おぞましいお方でございました。そして、おっしゃるには、位《くらい》人臣をきわめたお方に、一度逢《あ》ってみたいとおっしゃるのです。つまり高官中の高官でございますね。

　ところが、女のお客さまの場合は、どんなむずかしそうなご注文でも、こちらとしましては、実にたやすいのです。つまり、相手方を主人公にして、その好奇心をそそり、先方から望むように仕向ければ、もう百発百中でございますね。ちょうどあなたさまが、あの白ひげの爺さんの誘いに乗って、ここへお出《い》でになったのと同じことです。適当な誘いてを使って、適当に誘惑すれば、偉い人であればあるほど、引っかかりやすいと申すものです。芸妓《げいぎ》などが、素人の女には思いも及ばない有名な方を、なんなく物にするというのも、まあ同じ心理によるものでございましょう。その高官中の高官のお方も、或る宴席からの帰りがけ、酔いにまかせて、わたくしどもの婦人客の望みをかなえてくださいましたですよ」

地底王国の主人公、チョビひげ紳士は、万能の名医のように、柔和な顔、赤い唇に、おだやかな笑みをたたえて、じっと、こちらの顔を見つめるのであった。

蛇性の人

人生の裏側を探検することを生涯の事業とする影男にとって、地底のパノラマ国の見聞は最も楽しい経験の一つであった。彼はそこでは、いつものゆすりを行なう気にもならず、地底の主人公のチョビひげ紳士と親交を約して別かれをつげ、地上世界に立ち返った。そして、速水荘吉となって、麹町の高級アパートにはいったが、すると、そこには幾つもの用件が待ちかまえていた中に、彼の恋人の一人である山際良子《やまぎわりょうこ》から、急用と見えて、頻々として彼に電話のあったことがわかった。

すぐに良子に電話をかけると、至急にお会いしたい。あなたの喜ぶことだ。今夜、一人の娘をつれてお邪魔するということであった。それまでに、ほかの緊急な用件をすませておいて、からだをあけて待っていると、約束の七時に、良子ともう一人の娘とが、やってきた。影男の速水は、二人をアパートの客間に請《しよう》じて、対座した。

良子は富裕家庭の有閑令嬢であった。S大学の大学院に籍を置いている二十四歳のインテリ娘だが、ふとしたことから影男の速水と知り合い、彼の崇拝者となり、恋人の一人となったもので、戦後型美貌の持ち主であった。

彼女がつれてきた娘は、富豪川波《かわなみ》家の小間使いで、まだ二十を越したばかりの、ういういしい、つつましやかな少女であった。二人の娘は長椅子にかけ、アームチェアの影男と相対した。

「この方、千代《ちよ》ちゃんていうのよ。川波良斎《りようさい》、御存じでしょう。あすこの小間使いなの。あたし、あることで知り合いになって、妹のように可愛がっているのよ。この人、きょうおひるすぎに、あたしのところへ駆けつけてきて、警察へ届けたものでしょうか、どうしましょうって、泣き出すのよ。聞いてみると、あなたの世界だわ。いつもあなたから頼まれている人世の裏側の、飛びきりの事件らしいわ。だから、警察へ言うのはあとまわしにして、連れてきたのよ。お聞きになるでしょう」

良子が小間使いを引き合わせておいて、雄弁に説明した。

「それは、よく来てくれた。今夜は何も約束がないから、ゆっくり話が聞ける。川波さんのうちに、何かあったの？」

川波良斎という漢方医みたいな名の男は、戦後成金として世に知られていた。表面は製薬工場主であったが、裏面では何をやっているかわからなかった。長者番付の三十位までに入るほどの資産家だった。

「川波さんていう人、御存じ？」

良子がたずねる。

「いや、名前しか知らない」

「千代ちゃんに聞くと、なんだか気味のわるい人よ。おそろしく執念深い、蛇みたいな人らしいのよ」

「金儲けの天才には、変わり者が多いね」

「それが並大抵じゃないらしいのよ。じっと見られると身がすくむような眼をしているっていうし、うちの中を歩くのも、蛇のような感じで、足音がしないんですって」

「それで何かあったの？」

「なんだかゾーッとするようなことらしいのよ。千代ちゃん、お話ししてあげて」

小間使いの千代は、それまで、うつむいていたが、呼びかけられて、ハッとしたように顔をあげた。青ざめた顔に、眼だけがギラギラ光っている。

「奥さまが、行方不明になったんです。でも旦那様は、探そうともなさらないのです」

「奥さまって、どんな方？　幾つぐらい？」

良子が横合《よこあい》から口を入れる。

「お若いのですわ。山際さんぐらいに見えますわ。美しい、弱々しい方です。あたしどもにも、それは優しい方ですわ」

「まあ、あたしぐらいなの？　そんなに若いの？」

「旦那さまは、いつも奥さまを嫉妬していらっしゃいました。わたしどもにも、旦那さまのお留守中の奥さまのことを、うるさいほどお聞きになりますの……ゆうべのことです。奥さまのところへ、篠田《しのだ》さんという男のかたが来られました。奥さまより、ちょっと年上の若いかたです。結婚前からのお友だちらしいのです。旦那さまは、この篠田さんを、いちばん嫉妬していらっしゃいました。篠田さんの噂《うわさ》が出ると、旦那さまのお顔色が変わるくらいでした。

その篠田さんが、奥さまのお部屋にいらっしゃるときに、旦那さまが、そとからお帰りなすったのです。誰が来ているんだって、おたずねになったので、篠田さんですと申し上げると、玄関で、旦那さまのお顔色がサッと変わりました。もう夜ふけだったのです」

千代はおびえた眼で、あたりを見廻したが、またしゃべりつづける。

「旦那さまは、そのまま、着更えもしないで、奥さまのお部屋へおはいりになりました。

しばらくすると、コーヒーを持ってこいとおっしゃって、さだ子さんが（あたしと同じ小間使いですの）お台所で作って持っていきました。旦那さまと、奥さまと、篠田さんの三人で、長いあいだ、何か話していらっしゃいました。お前たちはもう寝てもいいとおっしゃるので、わたしたち、やすんでしまいました。別に騒がしいようなことはありませんでした。何かあれば、わたしどもにわかるはずですもの。そして、朝起きてみると、奥さまと篠田さんが、どっかへ行ってしまって、見えないのです。旦那さまにお聞きしますと、ちょっと旅行をしたのだとおっしゃるのですが、うちじゅうの誰に聞いても、お二人が出発されたことを知らないのです。みんな不思議がっていました。

するとね、けさ、妙なことがわかったのです。お屋敷の庭は五百坪もあるのですが、お屋敷の前の庭が、裏手の方につづいて、その境目は狭くなっているのです。その境目の立ち木に、ずっと綱が幾重にも張ってあるのが見えました。裏の方にも綱が張ってあって、その中の裏庭へは誰もはいれないようになっているのです。旦那さまは、あの綱の中へはいってはいけないって、こわい顔をして、わたしどもにおっしゃいました。

庭番の爺やに聞こうとしましたが、いつの間にか、いなくなっているのです。爺やはきのう、旦那さまのお言いつけで、箱根《はこね》の別荘の庭の手入れをするために、そちらへ行ったというのです。

わたし、ふしぎでたまらないものですから、ソッと綱のところへ行って、向こうの方を覗こうとしました。でも、木が茂っていて、何も見えないのです。そのとき、茂みの中に、サーッという音がしました。なんだか大きな蛇が、こちらへやってくるような気がしたんです」

千代はそこでちょっと言葉を切って、ソッとうしろを見た。その辺に怪しいものが隠れてでもいるような、恐怖のしぐさだった。

「すると、不意に、そこへ旦那さまの姿があらわれたのです。そして、じっと、わたしを睨みつけていらっしゃるのです。そのお顔！ ほんとうに、人間の蛇のようでしたわ。何もおっしゃらないで、ジッとわたしの顔をみつめていらっしゃるのです。青ざめた顔に、眼だけが兎《うさぎ》のようにまっ赤でした。口が半分ひらいて、牙のような白い歯が出ていました」

「御主人には、そんな牙のような歯があるの？」

「いいえ、そう見えたのです。ほんとうに牙があるわけではないのです……わたし、みいられたようになって、からだがしびれてしまって、声を立てようとしても出ないのです。しばらくそうしていました。旦那さまは何もおっしゃらないで、ただジーッと、こちらを見つめていらっしゃるばかりです。気がちがったのじゃないかと思いました。わたし、死にものぐるいで、やっと、あとじさりに歩くことができました。そして、母屋《おもや》のほうへ駈け出したのです。

それから、一時間もたったころ、わたしどもみんなが、お座敷へ呼ばれました。そこに蛇のような旦那さまが、坐っておいでになったのです。そして、今夜わたしは長い旅に出るから、お前たちみんな暇をやる。夕方までに、ここを出て行くようにとおっしゃって、それぞれお手当てをくださいました。ですから、みんなお暇をいただいたのです。わたしは、うちに帰る前に、山際さんのところへ行って、ご相談しました。警察へ届けたものでしょうか？　って」

「そういうわけなのよ」良子が引きとって「それで、警察へ届ける前に、一応あなたのお耳に入れておく方がいいと思って」

「ほかの召使いたちはどうだろう。誰かが警察へ行きやしなかっただろうか」

「いいえ、そういうことをした人はないと思います」千代が答える。「旦那さまの怖い姿を見たのは、わたしだけで、わたしは誰にもそのことを言わなかったのです。みんな、旦那さまが突飛なことをなさる癖は、よく知ってました。又はじまったぐらいに思っているのですわ。それにお手当てもたくさん出たものですから、誰も不服を言うものはなかったのです。みんな喜んで、うちへ帰っていますわ」

「店もあるだろうし、工場もあるんだろう？　そのほうは、どうしたのかしら？」

「よく知りませんけど、店や工場はそのままだろうと思います。両方とも主任のかたがいて、旦那さまがお留守でも、ちゃんとやって行けるのですもの」

「よしわかった。あんたは、ともかくうちへお帰りなさい。君もひとまず引き上げてくれたまえ。あとは僕にまかせておけばいい。ア、それから、川波さんのうちの見取図をここへ書いておいてください」

影男の速水は、テーブルに紙をひろげて、千代に鉛筆を渡した。彼女が考え考え、見取図を書き終えると、速水は要所要所の質問をして、屋敷の模様を、すっかり頭に入れてしまった。

「これでよし。さあ、僕は忙しくなるぞ。いろいろ準備が要るからね。じゃあ、二人とも、さようなら」

彼はニコニコして立ち上がった。千代が先に、良子はあとから、ドアを出たが、そのとき、影男は、千代に知られぬように、良子の腰に手を廻し、素早い接吻《せっぷん》を交わすことを忘れなかった。

二つの首

その夜一時、川波家の庭園に、黒い影が動いていた。月も星もない、まっ暗な夜だった。黒い影は塀をのりこしたらしく、夜の木立ちのあいだをくぐって、裏の方へ廻って行った。そのものは、黒の覆面で頭部全体を覆い、二つの眼と口のところだけに、穴があいていた。からだには、ピッタリくっついた黒のシャツと、ズボン下を着て、黒い手袋、黒い靴下、黒い靴をはいていた。いうまでもなく、闇夜の保護色を装った影男である。

庭園には大小の樹木が森のように茂っていた。二ヵ所ほど常夜灯がついているけれど、木の葉にさまたげられて、遠くまで光は届かない。黒い影は、その闇の中を、忍術使いのように、チロチロと消えたり現われたりしながら、綱をめぐらした裏庭へ、はいって行った。

裏庭には、樹木にかこまれた十坪ほどの空き地があった。この辺は座敷から見えないので、手入れが行き届かないのか、一面に雑草が生えていた。

影男は一本の太い木の幹にかくれて、その雑草の空き地をじっと見つめた。常夜灯の光はほとんど届かないが、眼が慣れるにしたがって、曇り空にもほの明かりがあるので、地面が見わけられるようになってきた。

そこに生えているのは、二、三寸の短い雑草ばかりだったが、その平らな空き地に、二つの丸い大きな石ころが、ころがっていた。よく見ていると、その石ころが、生きもののように、かすかに動いていることがわかった。

影男は木の蔭にしゃがんで、二つの石ころに眼を凝らした。石ころには眼と鼻と口とがあった。一つは男の顔、一つは女の顔をしていた。男のほうはモジャモジャに乱れた髪の下に、濃い眉と、大きな眼と、彫刻のような鼻と、くいしばった口があった。女の方は、カールの髪が乱れて、顔にかかっていた。ゾッとするほど美しい顔だった。闇の中にも、彼女の顔だけが、白く浮き出しているように見えた。

二つの首は一間ほどへだたって向かいあっていた。男は二十七、八歳、女は二十四、五歳であろうか、夜目のためにそう見えるのか、珍らしいほどの美男美女だった。不思議な地上の獄門であった。切断された二つの首が、そこにさらしものになっているのかと思われた。だが、それにしては、かすかにうごめいているのは、なぜであろう。胴体から切り離されても、残る執念のために、まだ死にきれないでいるのだろうか。

二つの首は、向き合って、お互の顔をじっと見つめているように見えた。何か物言いたげであった。しかし、双方とも口は利けなかった。四つの眼は千万無量の意味をこめて、見つめ合っていた。

影男は、上半身を前に出して、二つの首と地面との境を凝視した。首のまわりには草が生えていない。地面が露出している。首と土との境目は、どうも切断された切り口のようには感じられなかった。血も流れているようではなかった。

ああ、なんという残酷な刑罰だ！　さすがの影男も、その着想の無残さに、愕然《がくぜん》とした。それは生き埋めであった。そうとしか考えられなかった。姦夫姦婦《かんぷかんぷ》をはだかにして、庭にうずめたのだ。そして、首だけを地上に残して、お互に眺め合えるようにして、彼らの恐怖を最長限に引き延ばそうとしたのだ。

だが、彼らは、なぜ叫ばないのであろう。この屋敷がいくら広いといっても、大声を立てれば付近の家や道路に聞こえないこともなかろう。そして、誰かが救い出してくれるかもしれないのだ。それを、あんなにだまりこんでいるのは？　ああ、わかった。そとからは見えぬが、口の中に布か何かが、丸めて押しこんであるのだろう。それを吐き出す力がなくて、口が利けないのであろう。

影男は今にも木蔭から飛び出して行って、地面を掘りおこし、二人を助けようとした。そして、一歩踏み出そうとしたとき、向こうの茂みが、サーッと音を立てた。風ではない。大きな蛇のようなものが、近づいてくる音だ。小間使いの千代の言葉を思い出した。いや、蛇ではない、この屋敷の主人川波良斎が、深夜仇敵《きゆうてき》をこらしめるために、忍びよってきたのにちがいない。

かき分けられた茂みに、薄黒い人の姿が現われた。茶っぽいネルの寝間着を着た四十男だ。影男は素早く木の幹に隠れたし、闇の保護色に包まれているので、相手は少しも気づかない。彼はノソノソと二つの首に近づいてきた。見ると、手に妙なものを持っている。大きな鎌だ。もう一つは大きな草刈り鋏《ばさみ》だ。鎌は普通の倍もあるような巨大なもので、その研ぎすました半月形の刃が、闇の中でも白く光っている。草刈り鋏の方も、それに劣らぬ大きさで、長い木の柄《つか》がつき、二つに割れた鋏の先が、二本の出刃庖丁《でばぼうちよう》のように光っている。

　こいつは気ちがいだ。妻の不義に目がくらんで、気がちがったのだ。あの鎌と鋏で、地上に生えた二つの首を、草でも刈るように、ちょん切るつもりかもしれない。

　しかし、すぐには斬らなかった。余り早くやっては、もったいないという様子で、二つの光る道具を見せびらかしながら、首と首の中間に、うずくまった。

「ウフフフ」

　気味のわるい笑い声が、蛇のように地面を這って行った。

「これを見たかね」

　そういって、二つの首斬り道具をガチャガチャといわせた。三本の青白い刃が草の上にきらめいた。

「だが、まだ殺さない。おれの恨みは、もっと深いのだ。きさまたち、ここへうずめられるときには、気を失っていた。ゆうべ女中が持ってきたコーヒーに、おれがソッと眠り薬を入れておいたからだ。きさまたちは、おれがここへ穴を掘って一人ずつうずめてしまうまで、グッタリとして、何も知らないでいた。気がつくと、からだ全体が、重い冷たい土で、しめつけられているのを知って、驚いただろう。目の前に恋人の首がある。え、きさまたち恋人だからね。主人の目を盗んで、ちちくり合った恋人同士だからね。お互の顔がよく見えるようにしておいてやった。そうすれば、きさまたちの怖さ苦しさが二倍になるのだ。ウフフフフ、ざまあ見るがいい。なんて恰好だ。きさまたち、可哀《かわい》そうに、首だけになっちまったじゃないか」

復讐鬼は蛇のように、自分の頸をニューッとのばして、男の首の前に近づけた。顔と顔とが三寸の近さで睨み合った。

「ヤイ、なんとか言えっ！　その眼はなんだ。くやしいのか。口をモグモグやってるな。おれの猿ぐつわは、そんなことで取れるものじゃないぞ。よくも、おれの目を盗んで、おれの命から二番目の女を横取りしやがったな。畜生っ、思い知ったかっ！」

彼はいきなり立ち上がると、下駄ばきの足で、ゴツン、ゴツンと、男の首の額のあたりを蹴りつけた。逃げることも、叫ぶこともできない植物のような首は、ただ眼をつむって歯を食いしばっていた。おそらく皮膚が破れて、血が流れたことであろう。額から頬にかけて、一面に黒くなっているのが、かすかに眺められた。

狂人川波は次に女の首に近づいた。やっぱり蛇のように無気味に頸をのばして、顔と顔とが、くっつくばかりにした。

それを、うしろから、半面黒あざになった男の首が睨んでいた。今は眼を飛び出すほどもひらいて、憎悪に燃えて睨んでいた。その眼球が血を吹いて、サッと川波の頸筋へ飛びついて行くかと怪しまれた。

「やい、美与子《みよこ》、虫も殺さぬ顔をしてやがって、よくもおれを裏切ったな。昔から言う憎さが百倍というやつだ。もう未練はない。ちっともないぞ。ウフ、泣いてるな。まるで、噴水のように涙が湧き出るぞ、いい気味だ。やい、その眼はなんだ、今さら哀願するのか。おれに媚《こび》を売るのか。売女《ばいた》め。ウン、きさまが泣くと可愛い顔になる。どうだ、接吻してやろうか。そこにいる男の目の前で、熱烈な接吻というのをしてやろうか。きさま、それに応えるか」

狂人の顔が女の首に密着した。両手をついて、地面に腹這いになって、ほんとうに巨大な蛇の恰好で、女の唇をむさぼった。唇と唇がヌメヌメと交錯した。

「フフン、やっぱり媚《こ》びてやあがる。唇でおれをごまかそうとしてやあがる。それほどいのちが惜しいのか」うしろをふりむいて「オイ、篠田、見たか。この女はおれに接吻を返したぞ。唇で、ほんとにおれが好きだったと言っているぞ。ざまあ見ろ。女ってこんなもんだ。だが、お気の毒だが、そのくらいのことで、おれの虫は納まらないぞ。殺してやるのだ。二人とも存分にいじめた上で、殺してやる。鎌と鋏で、雑草のように、その首を刈りとってやる。そして、二つの首は離ればなれに地中深くうずめて、その上からコンクリートを流してやる。コンクリートの池を造るのだ。きさまたちの首は、池の下で、蛆虫《うじむし》にくわれるのだ」

狂人はそれだけしゃべると、いくらか虫が納まったのか、しばらくだまりこんでいたが、ゆっくりと立ち上がった。そして、そこにほうり出してあった大鎌を拾いとった。

曇り空の薄明かりが、巨大な鎌を揮《ふる》う死神の姿を写し出した。刃わたり二尺もある大鎌が、その研ぎすました刃が、青白くきらめき渡った。狂人はそれを縦横に振り廻しているのだ。振り廻すたびに、風を切る音がピューンと物凄《ものすご》く聞こえ、鎌の刃はプロペラのように輝いた。

クモの糸

「さあ、覚悟をしろ。いま貴様たちの首を、この鎌でチョン切ってやるからな。ワハハハハハ、首が宙に舞い上がるぞ。サーッと血の噴水だぞ。どっちを先にチョン斬ろうかな。篠田！　貴様だっ。美与子はよく見ていろ、お前の大好きな男の首が、宙に飛ぶんだ。それから、それから、ゆっくりと、お前の方を料理してやるからな」

執念の鬼と化した川波良斎は夢中に毒口を叩きながら、大鎌をクルクルと頭上にふりまわした。その巨大な刃が、遠くの常夜灯のにぶい光を受けて、キラキラと物凄くきらめいた。

そのとき、あわや大鎌が篠田青年の首に向かってふりおろされるかと見えたとき、とほうもない奇怪事がおこった。

大鎌が良斎の手をはなれて、フワフワと宙に浮いたのである。まるで生あるもののように、闇の大空に向かって、スーッと昇天したのである。

良斎はびっくりして、両手をひろげて、大鎌に飛びつこうとしたけれど、及ばなかった。鎌はあざ笑うように、ヒョイヒョイと空中に躍った。「ここまでおいで」と、気ちがい良斎をばかにした。

神が残虐殺人者を罰しているのかもしれない。広い庭園の木立ちに包まれた空き地、空には星もない闇夜、遠くの常夜灯のほのあかりの中に奇蹟《きせき》がおこったのだ。しかし、気ちがい良斎には神を恐れる心もなかった。妻を奪われた復讐にこりかたまり、恐れを感じている余裕さえないように見えた。彼は昇天する鎌はあきらめて、地上に投げ出してあった第二の武器を取ろうとした。巨大な草刈り鋏を取ろうとした。

すると、不思議、不思議、その草刈り鋏がまた、ヒョイヒョイと躍り出したのである。躍りながら、スーッと空中にのぼって行く。

「畜生め、畜生め!」

良斎は呪いの叫び声を発した。踊り上がった。草刈り鋏をつかもうとして、気ちがい踊りを踊った。だが、空中の大鋏は、キラキラ光る二枚の刃を、チョキンチョキンと動かしながら、あざ笑っている。空中を左右に浮游《ふゆう》して、今にも手が届きそうになると、ヒョイと飛び上がる。また下がってきて、スーッと昇天する。

気ちがい良斎の気ちがい踊りが、はてしなくつづいた。地上の二つの首も、この不思議な光景を、驚きの眼で見つめていた。

　やがて、大鎌も草刈り鋏も、思う存分良斎をからかったあとで、ついに闇の空中に消え去ってしまった。良斎は地上に尻餅をついて、グッタリとなっていた。気ちがい踊りに疲れはてたのだ。

　すると、そのとき、またしても不思議なことがおこった。闇の木立ちの中に、一匹の巨大なクモが現われたのだ。

　全身まっ黒で、眼と口のところだけ三角の小さな穴があいている。手足は四本しかない。そいつが立ち上がって、歩いているのだ。手から黒い糸がくり出される。お尻ではなくて手の中からクモの糸が出る。その糸で、気ちがい良斎のからだをグルグルまきつけているのだ。

　良斎は尻餅をついたまま、ぼんやりしていたので、闇の中の黒い怪物を見わけることができなかった。二本足で立ちあがった巨大なクモが、彼のまわりをグルグル廻っているのを、少しも気づかなかった。

　そのうちに、良斎のからだが、グイグイと、一方の大きな木の幹の方へ、引っぱられて行った。黒い絹糸のようなもので、彼のからだを十重《とえ》二十重《はたえ》にまきつけて、それで木の幹の方へ引っぱられるので、痛さに、知らず知らず、ジリジリとその方へいざって行く。そして、ついには、太い幹にしばりつけられた恰好になってしまった。

巨大なクモと見えたのは、全身まっ黒な衣裳をつけ、頭部も黒覆面で包んだ影男であった。彼は川波の屋敷に忍びこんで、二つの首の怪事を見ると、すべての事情を察して、闇の木蔭にかくれていた。そこへ気ちがい良斎が大鎌と草刈り鋏を持って現われたのだ、影男はその大鎌と草刈り鋏の柄に、ソッと黒い絹糸を結びつけておいて、その糸玉を持って、そばの大木の上によじのぼり、その上から、絹糸で二つの武器を吊《つ》り上げたのだ。

強くて太い絹糸にはさまざまの用途がある。影男は隠形術七つ道具の一つとして、長い糸玉を、いつも身につけていた。それが、この暗中奇術の役に立ったのである。

彼は二つの首斬り道具を、樹上に隠してしまうと、スルスルと幹を伝い降りて、今度は絹糸の玉を持って、尻餅をついている良斎のまわりを、グルグル廻りはじめた。そして、良斎のからだに絹糸を捲《ま》きつけ、それを木の幹の方へグイグイと引きしめて、とうとう幹にしばりつけてしまった。

「ワハハハハ、どうです、このクモの糸は。絹糸でも何十回と捲きつければ丈夫なものですよ。川波さん、もうあきらめるんですね。二人を助けてやりなさい。土埋めにして、これだけ苦しめたら、もう充分ですよ」

影男は、そのまっ黒な姿で、良斎の前に立ちはだかっていた。

闇の中の黒坊主だから、なかなか見わけられない。しかし、そいつが人間の声でしゃべったので、良斎にもやっと事情がわかってきた。

「き、きさまは、いったい、何者だっ」

気ちがいの声でどなりつける。

「あんたとは一度も会ったことはない。見ず知らずの他人だが、これはほうっておけなかった。いくら不義を働いたからといって、あんまり可哀そうですよ。まあ助けてやることにしましょう。それについてね、あんたに相談があるんだが、この二人の当座の小遣いと、僕に口止め料がいただきたい。あんたの小切手帳と実印のあるところを教えてください。僕が取ってきますよ」

「いやだ。貴様などに金をやるような義理はないっ」

良斎は、まだ自由になっている両手を、むやみにふりまわして、どなり返した。

「義理はないかもしれないが、そうしないと、あんたの身の破滅なんだ。わかりませんか。もし小切手帳のありかを教えなければ、僕はこのまま警察へ届けますよ。そうすれば、あんたは殺人未遂罪だ。とらわれの身となるんだ。川波良斎が捕縛されたとなれば、世間は大騒ぎですよ。そして、あんたの信用はゼロになって、商売も何もできなくなる。どうです。それでも構いませんか。それよりも有り余る財産を少しばかり減らした方が得じゃありませんかね。よく考えてごらんなさい」

復讐の鬼となった気ちがい良斎でも、利害の観念は失っていなかった。しばらくだまりこんで考えていたが、

「わかった。すると、君は今夜のことは誰にも言わないと言うんだね」

と、念をおした。

「もちろんですよ。小切手帳に適当な金額さえ書いてくだされればね。さあ、小切手帳のありかです」

「小切手帳も実印も、書斎の金庫の中だ」

「書斎は知ってます。で、金庫の暗号は？」

「み、よ、こ、だ」

「み、よ、こ、ああ、ここに埋められているあんたの奥さんの名ですね。それほど愛していたのですね。いや、無理はない。無理はないが、こんなめにあわせることはないでしょう。それに、この二人を殺せば、いつかは発覚する。あんた自身が死刑にされる。そんなばかな取り引きはおよしなさい。日がたてば忘れますよ。奥さんは好きな男にやってしまいなさい。あんたの金力なら、かわりの女は思うままじゃありませんか。では、しばらく待っていてください。縄をかけさせてもらいますよ。絹糸だけでは、逃げられる心配がありますからね」

影男はどこからか一本の細引《ほそび》きを取り出して、良斎を厳重に木の幹にしばりつけ、両手も動かないようにしてしまった。そして、すばやく闇の中へ消えて行ったが、しばらくすると、いろいろな物をかかえて戻ってきた。埋められている二人の衣類、シャベル、それからポケットに小切手帳と実印と万年筆。衣類とシャベルを地上に置くと、良斎の縄を少しゆるめて、両手を自由にしてやった上で、懐中電灯を照らしながら、小切手帳と万年筆を、突きつけた。

「僕が代筆をしてもいいが、やっぱり、あんた自身で書く方が安心でしょう。洗いざらい貰おうとは言いません。あんたの財産のホンの何十分の一でいいのですよ。今、金庫の中の当座預金通帳を見てきたが、五百万円あまり残ってますね。そのうちの二百万円でよろしい。この二人に百万円、僕に百万円です。安いものでしょう」

良斎は小切手帳を手に取ろうともせず、だまっている。

「アハハハハハ、二百万円が惜しいのですか。それとも、この二人の命を助けた上、金までやるのが口惜しいのですか。だが、よく考えてごらんなさい。この二人は生活能力がないのです。このままほうり出したら、やけになってあんたを警察に訴えるかもしれない。その口ふさぎですよ。楽な生活ができれば、恨みも忘れようというものです。これもみんなあんた自身の安全をはかるためだ。そう思えば安いものじゃありませんか。さあ、署名をしてください。金額は二百万円です」

良斎は金儲けの達人だから、利害の打算は早かった。言われてみれば、結局その方が得だと考えたのであろう。しぶしぶ小切手帳を手に取ると、金額を書き入れ、署名をした。

影男は、それに捺印して、その一枚を切り取ると、実印と小切手帳と万年筆を良斎のふところにねじこみ、また細引きを厳重に縛りなおして、身動きもできないようにした上、手拭いを取り出して、猿ぐつわまではめてしまった。

「このうち百万円は、たしかに二人に渡します。そして、今夜のことは水に流すように申しつけます。決して御心配には及びません」

影男はそれから、シャベルをふるって、土を掘りはじめた。そして、三十分あまりで、はだかの二人を土の中から救い出すことができた。二人がからだをふいて、そこに置いてあった服を着おわり、いよいよ立ち去ろうとするとき、影男は良斎にこう言いのこした。

「じゃあ、二人は僕が引きうけました。どこかに住まいを見つけて、百万円を渡し、当分楽に暮らせるようにしてやります。あんたは、しばらく、そうして我慢していてください。あす銀行から、この二百万円を引き出したあとで、誰かをここへよこします。この者があんたの縄を解いてくれるでしょう。そのとき、泥棒がはいって、しばられたとうそを言うのですよ。そうしないと、かえってあんたが不利になる。わかりましたね。あすの午前までの辛抱です。じゃあ、さよなら」

そして、まっ黒な怪物は、篠田青年と美与子を引きつれて、闇の中を、いずこともなく消えて行った。

小男の来訪

影男は約束をたがえなかった。その翌日午前十時、一人の浮浪者のような男が、川波家の庭にはいってきて、縄を解いてくれた。

「君はゆうべの男の手下かね」

猿轡《さるぐつわ》がとれたとき、良斎の口から最初に出た言葉はそれであった。

「手下だって？　僕はそんなもんじゃありませんよ。この先の銀行の前で日なたぼっこをしていると、変なやつが来て、五百円くれたんです。このうちへ行って、門はあいたままになっているから、裏庭へ行くと、寝間着を着たここのうちの旦那が、木にしばられているから、縄を解いてやれっていうんです。そうすりゃ、たんまりお礼がもらえるからってね。それで、やってきたんですよ」

良斎は立ち上がってにが笑いをした。あの黒いクモみたいな男は何者だろう。なんて抜け目のないやつだ。

「そうか。そりゃありがとう。じゃあ、こっちへ来たまえ。お礼をあげるから」

良斎は家にはいって、数枚の紙幣を持ってきて、男に与えた。愚かものらしいその男は、深くも疑わず、それ以上の欲も出さないで、そのまま帰って行った。

それから数日のあいだ、良斎は悶々《もんもん》として楽しまぬ日々を送った。雇い人を全部追い出してしまったので、会社に電話をかけて、家政婦を二人よこすように命じ、やっと食事にありついたが、気分がわるいからと言って、会社へも工場へも行かなかった。客もみな断わって、一と間にとじこもり、酒ばかり飲んでいた。

すると、五日ほどたった或る日、取り引き銀行の支店長が訪ねてきた。折り入ってお話があるというので、利害関係のあることだから、追い返すわけにもいかず、応接間に通させておいて、行ってみると、見も知らぬ小男が、大きなアームチェアにチョコンと腰かけていた。

「あなたは？　……支店長が替られたのですか」

良斎が不審顔に尋ねると、小男は椅子から立って、ニヤニヤ笑いながら、おじぎをした。

「非常に重大な用件でうかがったのです。じつは私はこういうものです」

と言って、名刺をさし出した。受け取ってみると、それにはギョッとするような肩書きが印刷してあった。

殺人請負会社専務取締役

須　原　　正

読者は御存知の名前である。いつか影男が人工底なし沼の殺人技術を教えてやった、あの殺人会社の須原正であった。しかし、良斎はそういう不思議な会社の存在をまったく知らなかったので、こいつ精神病者ではないかと、びっくりして相手の顔を見つめた。

「いや、お驚きはごもっともです。いきなりこんな物騒な名刺を誰にでも出すわけじゃありません。銀行支店長の名を騙《かた》ったりして、あなたに追い返されては困ると思いましてね。その予防策に、ちょっとお驚かせしたのです。しかし、この名刺はでたらめじゃありません。わたしは、こういう会社を経営しておるのです。多分あなたは、こんな事業に興味をお持ちになると思いますが……」

小男の須原は、いつかと同じ黒い服を着ていた。猿のような顔をした風采のあがらぬ男だ。その猿の顔でニヤニヤ笑いながら言うのである。

「殺人請負会社というのは、つまり人殺しを引き受ける会社という意味ですか」

良斎はあきれた顔で聞き返した。ズバリとそんな名刺を出した大胆不敵さに、まだ納得ができないのだ。

「そうです。料金をいただいて、人殺しを請負うというわけですよ」

ますます恐ろしいことをいう。やっぱり気ちがいではないのかしら。

「で、わたしがそういう会社に興味を持っているというのは？」

良斎はむずかしい顔をして、相手を睨みつけた。

「アハハハ、それはもう、蛇《じゃ》の道はへびですよ。わたしは五日ばかり前の晩の、ここのお庭での出来事を、何もかも知っているのです。だからこそ、おうかがいしたのですよ」

良斎は今度こそ、ほんとうにギョッとして、思わず顔色が変わった。しかし、さりげなく、

「ここの庭で、どんなことがあったというのです？」

「いや、お隠しになることはありません。わたしはすっかり知っているのです。それに、他人に漏らすようなことは決してありません。わたしの会社としては、だいじな財源ですからね。あなたは大きなお得意さまになられる方ですからね。しかし、ただこう申しても、ご信用がないかもしれません。では、わたしがどれほど知っているかということをお話しいたしましょう。

あなたは奥さんと、奥さんの情人とを、庭の土の中へ生埋めになさった。そして、首だけを土の上に出しておいて、大きな鎌でその二つの首を刈り取ろうとなすった。ところが、そこへ不思議な人物が現われた。黒い覆面をして、まっ黒なシャツのようなものを着たやつです。あなたはそいつに縛られてしまった。そいつは土に埋められていた二人を助け出して、どこかへ連れ去ってしまった。どうです。これだけ言えば、もう御信用くださるでしょうね」

良斎はそう言われても、まだ相手を信用する気になれなかったので、だまっていた。小男須原はしゃべりつづける。

「もう一つ、わたしはあなたの御存知ないことまで知っています。それは、あのとき、あなたをひどい目にあわせたまっ黒の怪物の正体です……」

「えっ、君はそれを知っているのですか？」

良斎は思わず聞き返した。須原は相手の驚きを見て、それみたことかと、一層落ちつきはらって、

「あれは恐ろしい男です。名前を五つも六つも持っていて、変幻自在の奇術師です。自分では悪事を働きませんが、犯罪者をゆすって、その上前をはねるという、凄い男です。つまり世の中の裏側を探検して、莫大な金をもうけ、またそれを材料にして、一つの変名で小説まで書いているのです。まず天才でしょうかね。実はわたしの会社も、あの男の智恵をかりて仕事をしたことがあるのです。ちょっと残酷な復讐殺人でしたがね。あの男はその案を授けておきながら、こんな残酷なことはいやだと言って、われわれから離れて行きました。惜しいことに、真の悪人ではないのですね。しかし、われわれの会社としては、いろいろな意味で注意すべき人物ですから、できるだけ彼の情報を手に入れる努力をしているのです。あなたの事件に、彼が関係したことは、そういうわけで、われわれも知っているのですよ」

須原は何もかも正直にぶちまけて語ったが、むろんそれは、彼が善人だからではない。真の悪人というものは、この人ならば大丈夫という見通しをつけた場合は、まるでお人よしのように、隠しだてをしないものだ。こういう話し方をするからには、彼は川波良斎が、必らず会社の依頼人になるという確信を持っていたにちがいないのである。

良斎も商売上の取り引きにかけては、わかりの早いのを自慢にしているほどの男だから、ここまで聞けば、もう躊躇《ちゅうちょ》することはないと思った。須原という猿面《さるめん》の小男は、見かけによらぬ大胆不敵な悪党で、信頼するに足るという感じがしてきた。

「それで、君がきょう、わたしを訪ねてくださった意味は？」

わかり切ったことを、わざと尋ねてみた。

「この際、殺人請負業者に御用がおありだと思いましてね」

相手もすましている。

「そんなにやすやすとやれますか」

「相手によって、むろん難易はあります。しかし、わたしどもの会社は、いまだかつて、途中で手を引いたことはありません。必らずなしとげるのです。しくじれば、われわれ自身のいのちにかかわるのですからね。また、万一われわれが逮捕せられるようなことがありましても、そして、たとえ死刑の宣告を受けようとも、決して依頼人の名は出しません。その保証がなければ、この商売は成りたちません。大枚の報酬をいただくのですから、それは当然のことですよ」

「大枚の報酬というのは、いったいどれほど……」

良斎はなにげなく尋ねたが、その眼に真剣な色がチラッときらめいた。

「それも場合によります。仕事の難易と依頼者の資産から割り出すのです」

「すると、わたしの場合は？」

たとえドアのそとで、家政婦が立ち聞きしていたとしても、二人の声は決して聞きとれないほどの低さであった。

「篠田ですか、美与子夫人ですか」

「両方です。そのほかにもう一人あります」

「あのまっ黒な怪物ですか」

「そうです。あいつは、いったい、なんという名前なんです」

「わたしにもわかりません。わたしが会ったときには佐川春泥という小説の方のペン・ネームを使っていましたが、そのほかに速水荘吉、鮎沢賢一郎、綿貫清二など、いろいろの名を持っています。住所もそれぞれ違いますし、名によって、顔つきまで変わってしまうのです。変装の名人です」

「そんなやつが、君の手におえますか。それに、その男は君の会社の顧問のようなことまでやった関係がある。それでもやっつけることができるのですか。商売上の徳義というものもあるでしょう」

それを聞くと、小男はニヤリと笑った。ふてぶてしい笑いだった。

「あいつは、先方からわれわれを捨てて逃げたのです。今はなんの縁故もありません。ああいうやつを敵に廻せば、大いに張り合いがあるというものですよ」

「それで報酬は？」

「三人ともこの世から消せばいいのでしょうね。そして、それがあなたにはっきりわかればいいのでしょうね。消し方についての特別の御注文はないのでしょうね。それによって報酬がちがってくるのです」

「注文をつけないとしたら？」

「あの黒い怪物だけは別です。普通の場合の数倍いただかなければなりません。最低二千万ですね。ほかの二人は、三百万円ずつでよろしい。むろん仕事が成功して、その結果をあなたが確認したあとで、お払いになるのです。着手金などはいただきません」

「あとになって支払わない場合はどうなさる？」

「ハハハ、それは少しも心配しません。依頼者その人を消してしまうからです。つまり、いのちが担保ですよ。どんな莫大な報酬でも、いのちには替えられませんから、結局は支払うことになるのです。今までにもそういう例が幾つかあります。この事業は決して報酬を取りはぐる心配がないのです」

彼らのあいだの丸テーブルの上には、良斎がさっきからチビチビやっていたウィスキー瓶とグラスがあったが、良斎はそのとき、立って行って、飾り棚からもう一つグラスを出してきて、須原の前に置いた。

「一杯いかがです」

と瓶の口をとると、小男は舌なめずりをして、グラスを手にした。

「目がない方です。しかし、このグラスなら三杯ですね。それ以上はやりません。酔うからです。酔っては商談にまちがいがおこります」

「じゃあ、乾杯しましょう」

二つのグラスがカチンとぶっつかり合った。

「御依頼しました。三人とも消してください。そして、その確証を見せてください。幾日ほどかかりますか」

「二人は一と月もあれば充分です。しかし、あの黒いやつは、その倍も見ておかなければなりません。まず全体で二ヵ月というところでしょうね」

「よろしい。それじゃ約束しましたよ」

良斎はそう言って、グイとウィスキーを飲みほすと、さも楽しそうに笑い出すのであった。

殺人前奏曲

篠田昌吉《しょうきち》と川波美与子の二人は、あの晩は覆面の男の麹町のアパートに一泊して、その翌日、百万円を預金通帳にしてもらって、それを受け取ると、黒覆面の世話で、その日のうちに、隅田《すみだ》区（注・墨田区）吾嬬町《あずまちょう》の小さなアパートに一と間を借りて二人で住むことになった。篠田青年はそれまで渋谷のアパートに住んで、丸《まる》の内《うち》の東方鋼業に通勤していたのだが、そのアパートを引きはらって、行く先も告げず移転した。会社も無断でやめてしまった。良斎の執念深い復讐を避けるためである。

覆面の男は速水荘吉と名乗った。あの晩、川波邸から二、三丁はなれた町角に、自動車が待っていて、三人でそれに乗りこむと、男は覆面をとり、クッションの下から変装用の大カバンを引き出して、車内で背広を着た。覆面の怪物が立派な青年紳士に早替りをしたのだ。そして、速水荘吉と名乗り、二人をひとまず麹町のアパートへ連れて行ったのだ。

吾嬬町のアパートへ引っ越して一週間ほどたった或る日、篠田昌吉が、びっこを引いて帰ってきた。友だちを訪ねての帰途、建築中のビルの下を通りかかったとき、突然、上から鉄筋の断片が落ちてきて、足先に当たったたというのだ。

靴下をぬいでみると、小指の辺が恐ろしく腫れ上がって、紫色になっていた。

「ちょっとのちがいで助かった。もしあれが頭に当たっていたら、死んでしまったかもしれない」

「で、それを落とした人は、わからなかったの？」

美与子が尋ねた。

「建築事務所へどなりこんでやったが、先方はあやまるばかりで、技師は、そんなものが人道へ落ちるはずがない。おかしい、おかしいと首をかしげているばかりさ」

さっそく、医者に見てもらったが、心配したほどのこともなく、十日もすればなおるだろうといって、手当てをしてくれた。でも、しばらくは靴もはけず、草履ばきで、びっこを引いて歩かなければならなかった。

そのびっこがなおらないうちに、彼はまた外出した。ちょっと足ならしに、散歩するつもりのが、つい遠くまで行ってしまった。見なれない大通りだった。ステッキにすがってゆっくり歩いていると、向こうから一台の自動車が走ってきた。余り交通のはげしくない通りなので、恐ろしいスピードを出している。

アッと思うまに、もう目の前に近づいていた。瞬間の出来事だったが、左へよければ、先方も左へ、右によければ、先方も右へ、こちらの逃げる方へ迫まってくるように思われ、道のまん中で、ドギマギしたが、とっさに心をきめて、相手にかまわず、一方へ駈け出した。足の痛みも忘れて走った。しかし、傷ついた足は、やはり思うままにならず、パッとステッキが飛んで、彼のからだは、アスファルトを叩きつけるように、ころがっていた。

自動車のタイヤは、彼のからだとスレスレのところを、唸りを生じて飛び去って行った。うしろの番号を見るひまも何もなかった。たちまち向こうの町角を曲がって、見えなくなってしまった。

幸い大したけがはなかったけれど、無理に走ったので、足の傷が痛み出した。アパートへ帰りつくのが、やっとだった。

「どうもおかしい。あの自動車は、僕の逃げる方へ追っかけてきた。僕をひき殺そうとしているような見幕だった。車には人相のわるい運転手が一人乗っているばかりだった。タクシーじゃない。ハイヤーか自家用車らしい」

篠田がそれを話すと、美与子も心配そうに、

「へんだわねえ。あなたがそとへ出るたんびに、危ないことがおこるのだわ。ねえ、もしかしたら……」

「えっ、もしかしたら？」

「川波が、あたしたちがここに住んでいることを気づいたのじゃないかしら。そして、誰かにたのんで、あなたのいのちを、つけ狙っているんじゃないかしら。あの人、まる

で気ちがいなんだから、何をするかわかりゃしないわ」

「まさか、このアパートを気づくはずはないよ。あの人にはまるで縁のない方角だもの。それに、元の僕のアパートにも、会社にも、ここのことは何も言ってないんだからね」

「でも、あたし、なんだか不安でしかたがない。この二、三日、買物に出るたびに、誰かに尾行されているような気がするのよ」

毒チョコレート

「君は神経質だよ。まさか、このアパートを気づいてはいまい。おそらく偶然だ。ビクビクしているもんだから、そんな気がするんだよ」

必らずしも偶然とは思っていないのだけれど、昌吉はわざと呑気《のんき》らしく言ってみせた。しかし、彼も良斎が殺人請負会社に依頼して、二人のいのちを取ろうとしていることまでは、想像もしていなかった。

「でも、気味のわるいことがあるのよ。ちょっとでもそとへ出ると、きっと誰かが、あたしをじっと見つめているような気がするの。歩けば、あとからついてくるのよ。で、不意にヒョイと振り向いてやるんだけど、いつでも向こうの方がすばやいらしいわ。パッとどこかへ隠れてしまうのよ」

美与子は、気味わるそうに、うしろを見た。

「それも気のせいかもしれないぜ。僕の場合と同じで、ハッキリしたことは何もないじゃないか」

「だから、怖いのよ。相手がハッキリわかってれば、速水さんに相談もできるんだけど。まるで幽霊みたいに正体を現わさないでしょう」

昌吉は、復讐の悪念に燃えた川波良斎の顔を思い出した。蛇のようにサーッと音を立てて、草むらを歩くという、あの男のことを思い出した。彼は立って行って、ソッと窓のガラス戸を細目にひらき、前の往来を見おろした。

自転車に乗った御用聞きらしい小僧が通って行った。アパートの隣家の娘が盛装をして、どっかへ出かけて行くのが見えた。保険の勧誘員みたいな、鞄《かばん》をさげた脂っこい顔つきの中年男が、テクテクと通りすぎた。自転車のうしろに大きな金網の籠をつけた郵便配達が、アパートの前で自転車を降り、籠の中から幾つかの小包郵便を取り出して、下の入口に姿を消した。どこにも、うろんな人影はなかった。電柱の蔭にも、向こう側の露地の中にも、人の隠れている様子はなかった。

「怪しいやつは、いないよ」

それが当然だという顔をして、もとの席に坐った。

「そうよ。あたしも、ときどき、そこから覗いて見るんだけれど、怪しい人はいないわ。

それでいて、そとへ出ると、誰かが、あたしをじっと見ているのよ」

もしかしたら、その怪しいやつは、アパートのそとではなくて、中にいるのではないか。こうしている今も、ドアのそとの廊下で、じっと聴き耳を立てているのではないだろうか。ふと、そんなことを考えると、ゾーッと背中が寒くなった。

そのとき、コツコツと、ドアにノックが聞こえた。ちょうどそのドアのことを考えていたので、二人ともギョッとして、おびえた眼を見合わせたが、ドアがひらいて顔を出したのは、アパートの主人の奥さんだった。四十五、六の愛想のよい奥さんが、ニコニコして、何か大きな小包をさし出した。

「これ、今来ましたのよ」

さっきの郵便配達が置いて行ったのにちがいない。

昌吉が受けとって、美与子に渡した。薄べったい大きな箱だ。差出人は速水荘吉となっている。気ちがい良斎の大鎌から二人を助けてくれた、あの人物だ。包みを解くと、きれいなチョコレートの大函《おおばこ》が出てきた。二人が世を忍んで窮屈な思いをしているのを慰める意味で贈ってくれたのであろうか。それにしては、なんとなく唐突な贈り物であった。

昌吉は蓋をとって、丸いチョコレートを一つつまんで、口へ持って行こうとした。

「アラ、ちょっと……」

美与子が、それを止めるようなしぐさをしながら、妙に喉につまったような声で言った。

「なぜ」

と眼で聞くと、

「気のせいでしょうか。なんだか変だわ。探偵小説のことを思い出したの。西洋の探偵小説に、毒入りチョコレートを贈って、人を殺す話があるでしょう。このあいだから、あんなことが、つづいたんだから、気になるのよ。このチョコレート、危ないと思うわ」

昌吉は笑い出した。

「ハハハハハ、君はほんとうに、どうかしているよ。速水さんは僕らを助けてくれた人じゃないか。その速水さんが、僕らを殺そうとするはずがないよ」

「だから、速水さんの名を騙って、あたしたちを油断させようとしたのかもわからないわ」

「じゃあ、これを送ったのは速水さんじゃないと言うの？」

昌吉も真剣な顔になった。

「速水さんに電話をかけて、たしかめてみるわ。それまで、たべないでね」

美与子は大急ぎで下の電話室へ降りて行ったが、しばらくすると、青ざめた顔で戻ってきた。

「やっぱりそうだったわ。速水さん、送った覚えがないんですって。そして、アパートを替る方がいいって言ってたわ。僕が別のアパートを探してあげるって」

二人は、しばらく顔を見合わせて、だまっていた。良斎の恐ろしい顔が、すぐ近くに漂っているような気がした。

「でも、速水さんて人、よくわからないわね。わたしたちを助けてはくれたけど、やっぱり悪人にはちがいないわ。良斎をゆすって、お金を取るために助けたようなもんだわ」

「そうだよ。僕もなんだか安心ができないような気がする。このチョコレートは、ほんとうは警察に届けたほうがいいんだがね」

「でも、そんなことしちゃ、速水さんが迷惑するでしょう。困ったわね。いのちを助けてくれた人が、まともな世渡りをしていないなんて」

「それに、僕たちの方にも、弱味があるんだしね」

「あたし、このあいだから考えていることがあるのよ」

美与子の眼に、妙な輝きが加わったので、昌吉は、ふしぎそうに、その顔を見つめた。

「明智小五郎《あけちこごろう》っていう私立探偵知ってるでしょう？　あの人ならば、警察じゃないんだから……」

「相談してみるというの？」

「ええ、このチョコレートも、あの人のところへ持って行って、分析してもらえばいいと思うわ」

「僕が行ってみようか」

「そうしてくださる？　でも、尾行される心配があるわ。よほど注意しないと」

「タクシーを幾つも乗りかえるんだよ。逆の方角へ行って、別の車に乗って、又、別の方角へ行くというふうに、何度も乗りかえて、尾行をまけばいい」

「そうね。じゃあ、あなた行ってくれる？」

　相談がまとまったので、美与子は下へ降りて行って、電話帳で明智探偵事務所を探して、電話をかけた。すると、明智は幸い在宅で、待っているからという返事だった。昌吉はチョコレートの函を新聞紙に包んで、出かけて行った。

　二時間ほどして帰ってきた。もう夜になっていた。

「大丈夫？」

　美与子が心配そうに、彼の顔を見上げて、たずねた。

「尾行のことかい？」

「ええ」

「タクシーを乗りかえるたびに、充分あたりを見廻して、ほかに車のいないことを確かめたから、絶対にその心配はないと思う。だがタクシー代はずいぶんかかったよ」

昌吉はそこに坐って、タバコをつけた。

「あのチョコレートには、やっぱり青酸化合物がはいっていた。明智さんが簡単な反応試験をやってくれた」

「まあ、やっぱり……」

「君が注意してくれたので、いのち拾いをしたよ」

だが、美与子には、いのち拾いをしたということよりも、今後の恐怖の方が大きかった。

「で、明智さんは、なんておっしゃるの？」

「アパートを替るのもわるくはないが、相手に見つからないように替るのは、ちょっとむずかしいだろうと言うんだ。明智さんは速水さんのことも知ってたよ。あれは不思議な男だと言ってた。なんだか速水さんのことを、前から調べてるらしいんだよ。あの人は、やっぱり相当悪いことをしているんだね。それからね、明智さんは、毒チョコレートを送ったり僕に自動車をぶっつけようとしたのは、川波良斎自身じゃない。第三者が介在していると言うんだよ。その第三者というのが、なんだか恐ろしいやつらしい。明智さんは、そいつに非常に興味を持っているように見えた」

「良斎がその男に頼んだのね」

「ウン、明智さんはそうらしいと言うんだ。なにかいろいろ知っている様子だが、僕にはハッキリしたことは言わなかった」

「で、あたしたちは、どうすればいいの？」

「なるべく外出しないようにしていろって言うんだ。速水さんがアパートをかわれというなら、かわってもいいが、引っこしのときは、充分気をつけるようにと言うんだ」

「それで？」

「どういう方法か知らないが、明智さんが僕らを守ってくれるというんだ。報酬なんかいらない。速水という男も良斎が頼んだもう一人の男も、非常に興味のある人物だから、進んで調べてみるというんだよ」

「それだけで大丈夫かしら？」

「僕が不安な顔をしているとね、明智さんは、絶えずあなた方の身辺を見守っているから、わたしに任せておけばいい。少しも心配することはないと、請合ってくれた」

二人は一応それで満足しておくほかはなかった。警察に届けられないとすれば、これ以上の方法は考えられないからだ。

だが、そういううちにも、悪魔の触手はすでにして、この可憐なる恋人たちの身辺に迫まっていたのである。

壁紙の下

それから三日ほどは、何事もなく過ぎ去った。二人は注意に注意をして、アパートにとじこもっていた。

四日目の午後、速水から電話がかかってきた。港区《みなと》の麻布《あざぶ》に素人家の離れ座敷を見つけたから案内する。一時間もしたら自分の自動車が迎いに行くから、それに乗ってくるように、自分は先方で待っている、というのであった。むろん二人でいっしょに行くことにした。少しでも離ればなれになっているのは心細かったからだ。

やがて、キャディラックが表に着き、一人の運転手が速水の手紙を持って上がってきた。手紙には、一度家を見てから、改めて引っこせばいいのだから、荷物は持ってくるに及ばないと書いてあった。又、この運転手は長くわたしが使っていて、気心の知れたものだとも書いてあった。運転手は四十五、六歳に見える実直そうな男だった。服装もキチンとしていた。

二人は自動車に乗るとき、充分町の右ひだりを見廻したが、近くに別の自動車はいなかったし、怪しい人影もなかった。

車は隅田川を越して、浅草から上野へと走った。

「速水さんは、向こうに待っていらっしゃるのでしょうね」

美与子が確かめると、運転手はニコニコした顔で振り返って、

「向こうの御主人とお話があるといって、わたし一人でお迎いにあがったのです。まちがいなく向こうにいらっしゃいますよ」

と答えた。

五十分近くかかって、六本木《ろっぽんぎ》に程近い住宅街にとまった。門内に庭のある古い西洋館だった。車を降りて玄関をはいると、三十前後の背広を着た男が出てきて、「どうかこちらへ」と先に立った。

「速水さんはいらっしゃるのでしょうね」

「ハイ、あちらでお待ちになっています」

長い廊下を通って、奥まった一室に案内された。男は、

「しばらくお待ちください」と言って、ドアをしめて出て行ってしまった。

なんとなく異様な部屋であった。広さは六畳ぐらい。まん中に小さな丸テーブルと、粗末な椅子が二脚置いてあるばかりで、飾り棚も何もない殺風景な小部屋だった。窓というものが一つもないので、昼間でも電灯がついていた。四方とも壁にかこまれていて、それにけばけばしい花模様の壁紙が貼りめぐらしてある。部屋全体はひどく古めかしいのに、この壁紙だけが新らしいのが、妙に不調和だった。

いつまで待っても誰もやってこない。さっきの男は、いったいどうしたのだろう。速水荘吉はどこにいるのだ。二人はだんだん不安になってきた。

昌吉がドアのところへ行って、ひらこうとした。だが、いくらノッブをまわし、ガチャガチャやっても、ドアはひらかない。

「そとから鍵がかかっている」

彼は美与子を振り返ってつぶやいた。顔色がまっ青になっている。

「誰かいませんか。ここをあけてください。速水さんはどこにいるのです」

どなりながら、ドアを乱打した。しかし、なんの反応もない。家の中はヒッソリと静まり返っている。いよいよただ事でない。

さては良斎のわなにはまったのかな。二人はどちらからともなく駈けよって、手を取り合った。

すると、そのとき、どこからともなく変な声がきこえてきた。

「気の毒だが、速水はここには来ていない。ちょっとあれの名を使って、君たちをおびき出したんだよ」

それは電気を通した声、つまりラウドスピーカーの声であった。昌吉は思わず天井を見まわした。ああ、あれだ。天井の一方の隅に細かい金網が張ってある。声はその拡声器から漏れてくるのだ。

「僕たちは速水さんに用事があって、やってきたんだ。ここに速水さんがいないとすれば、一刻もこんな部屋にいる必要はない。早く帰らせてくれたまえ」

昌吉は、むだとは知りながら、ともかくも叫ばないではいられなかった。すると、その声が相手にきこえたとみえて、またラウドスピーカーから、ぶきみなしわがれ声が漏れてくる。

「そっちに用がなくても、こっちに大事な用があるんだ。苦労をしておびきよせた君たちを、帰してたまるものか」

「僕たちになんの用事があるんだ。そして、君はいったい何者だ」

こちらはもう慄《ふる》え上がっているのだけれど、虚勢を張ってどなり返す。

「おれは人殺しのブローカーだよ」

「えっ、なんだって?」

「人殺し請負業さ。わかったかね」

「それじゃ、きさま、川波良斎にたのまれたというのか」

「誰にたのまれたかは言えない。営業上の秘密だよ。いま川波良斎とかいったな。そんな人は知らないよ。聞いたこともないよ」

そのとき、美与子が昌吉の袖を引いた。ふりむくと、彼女のおびえた眼が、ドアのがわの壁の天井に近いところを見つめている。昌吉もその視線を追った。今まで少しも気づかなかったが、その壁の上部に、一尺四方ぐらいの小さな窓があった。窓といっても通風のためのものではなくて、厚いガラス板がはめこんである。ひらかない窓だ。その四角なガラスの向こうに、何かモヤモヤとうごめいていた。よく見ると、人間の顔であった。見知らぬ中年男の顔であった。それが薄気味わるく、ニヤニヤと笑っていた。昌吉はその顔を下から睨みつけて、

「オイ、君は僕たちをどうしようというのだ？」

すると、ガラスの向こうの男の口がモグモグ動いた。そして、見当ちがいのラウドスピーカーから、いやらしい、しわがれ声がきこえてきた。

「それが聞きたいかね。よろしい、聞かせてやろう。君たちはその部屋へはいるときに、ドアのところだけが、廊下の壁から深くくぼんでいるのを気づかなかったかね。壁からのくぼみが六、七寸もあるんだ。そのアーチのようになった内側は、ちかごろ塗りかえたように、漆喰《しっくい》が新らしくなっているのを見なかったかね。

この部屋はね、つい一と月ほど前までは、そのドアのそとも壁になっていたのさ。わかるかね。ドアのそとの壁のくぼみ一ぱいに煉瓦《れんが》を積んで、漆喰でかためて、廊下の壁と見分けがつかぬようになっていたのさ。つまり、そとから見たのでは、こんなところに部屋があることは、少しもわからなかったのだよ。ハハハハハ、まあ、ゆっくり考えてみるがいい。それが何を意味するかをね」

そして、ガラスのそとの顔が消えると、その四角な窓がまっ暗になってしまった。蓋をしめたらしい。

昌吉は、もう一度ドアにぶつかって行った。

勢いをつけて走って行って、肩で突き破ろうとした。しかしドアはびくともしない。よほど頑丈な板でできているらしい。

彼はあきらめてグッタリと椅子にかけた。美与子もその前の椅子にかけていた。二人はだまって眼を見交わすばかりだった。

「さっきの電話は、たしかに速水さんの声だったのかい？」

「ええ、速水さんとそっくりだったわ。でも、そうじゃなかったのね。誰かが速水さんの声をまねてたんだわ」

二人は速水の筆蹟を知らなかったけれど、あの運転手が持ってきた手紙も、速水の筆ぐせがまねてあったのかもしれない。

あいつはさっき「おれは殺人ブローカーだ」と言った。気ちがい良斎が頼んだのにきまっている。だが、こんな部屋へとじこめて、どうする気なのだろう。二人が餓え死にするのを待つのだろうか。それとも……

あいつは変なことを言った。ドアのそとに煉瓦が積んであったと言った。それはどういう意味なのだ。餓え死によりも、もっと恐ろしいことではないのか。

ああ、残念だ。ピストルさえあったらなあ。たまをドアの錠にぶちこめば、わけなくひらくのだが、せめてナイフでもあれば錠を破ることができるかもしれないのだが、それさえ持っていない。

昌吉はまたイライラと立ち上がって、部屋のまわりをグルグル歩いた。そして、けばけばしい花模様の壁紙を叩きまわった。壁紙が何かを隠しているかもしれない。もしやその下に、秘密の出入口でもあるのではないかという空頼みからだ。

その壁紙はひどく不完全な貼り方なので、叩いたり、引っかいたりしているうちに、その一ヵ所が破れた。紙の下には白い壁があった。その表面に縦横に傷がついている。そのよごれを隠すために、壁紙を貼ったのかもしれない。

「オヤッ！」

昌吉は、壁紙の破れた個所《かしょ》を見つめた。縦横の掻《か》き傷は落書きの文字であることがわかった。

「ここは人殺しの」

と読まれた。誰かが釘《くぎ》のようなもので壁に字を書いておいたのだ。昌吉は急いで壁紙をもっと大きくはがしてみた。そこにはこんな恐ろしい言葉がほりつけてあった。

ここは人殺しの部屋だ。おれはこれほどの恨みをうける覚えはない。あいつはおれを人殺し会社の手に渡した。おれはいま殺されようとしているのだ。

この部屋には先客があったのだ。そして、苦しまぎれに、こんな落書きを残して行ったのだ。まだほかにも書いてあるかもしれない。昌吉は手当たり次第に壁紙をはがしはじめた。すると、あった、あった。また別の言葉がほりつけてあった。

ドアのそとに妙な音がしている。もう一時間もつづいている。恐ろしい。人殺しの専門家が、おれを殺す準備に忙殺されているのだ。ドアのそとへ煉瓦を積んでコンクリートでかためているのだ。あれが完成したら、この部屋は完全に密閉される。空気が通よわなくなる。おれは餓え死にかと思っていたが、窒息だった。人殺しのやつは、おれを窒息させるつもりなんだ。

ああ、そうだったのか。煉瓦積みは、そういう意味だったのか。昌吉は急いでドアの前に行って、耳をすました。まだ聞こえない。煉瓦積みの作業はまだはじまっていない。だが、やがてはじまるのだ。そして、二人は、この先客と同じ運命におちいるのだ。

そうとわかると、もっと落書きが見たかった。まだ書いてあるにちがいない。また壁紙破りをつづけた。美与子も、さっきの落書きを読んでいた。そして、昌吉といっしょになって、壁紙を破りはじめた。糊《のり》がよくついていないので、はがすのはわけもなかった。

美与子が指さすところを見ると、また別の文字があった。

「ここ、ここ!」

ガラス窓から、あいつが覗いた。今までは人殺し会社のやつだったが、煉瓦積みがおわって、いよいよおれの最期が近づくと、とうとう、あいつが顔を出した。おれを殺させようとしている張本人だ。復讐にひんまがった醜悪な顔。人間の顔が、あんなにもみにくくなるものだろうか。

その横手をはがすと、つづきの言葉があった。二人は顔をくっつけるようにして、息もつかず、それを読んだ。

あいつは怨《うら》みのありったけを並べやがった。そして、最後に恐ろしい宣告をした。ガスだ。毒ガスだ。おれは浅はかにも、一度は餓え死を想像し、二度目には窒息を想像したが、やつの刑罰はそんな生やさしいものではなかった。この部屋のどこかに、毒ガスの吹き出す口があるのだ。あいつは、その毒ガスの中で、おれが気ちがい踊りを踊るのを、ガラス窓から見物してやると、ぬかしやあがった。道理で、この部屋には、電灯がついているのだ。おれたちのためじゃない。そとから覗いて楽しむためなんだ。

二人は手の届くかぎり、四方の壁紙を破った。壁という壁がボロで覆われたような醜い姿になった。二人は壁に顔をつけるようにして、落書きを探し廻った。

ああ、ここにもあった。釘書きの文字は、ひどく乱れて読みにくくなっていた。


ああ、音がする。シューシューと、かすかな音がする。ガスが漏れているのだ。部屋の隅の床に近いところに鉛管がひらいている。そこから黄色い毒煙が吹き出しているのだ。それが蛇のように床を這って、おれの方へ近づいてくる。ああ、もう逃げられない。黄色い蛇が、足を這い上がる。


「ここよ、ここよ」

美与子が、泣き声で叫んだ。そこには、見るも無残なたどたどしい字で、断末魔の一句がしるしてあった。

もうだめだ。黄色い煙は部屋一ぱいになってしまった。苦しい。くるしい。たすけてくれ。

その最後の行は、もうほとんど文字の形をなしていなかった。もがき苦しむ釘のあとにすぎなかった。

昌吉と美与子は、ひしと抱き合って、部屋の隅に立っていた。そして、どんなかすかな音も聞きもらすまいと、耳をすましていた。いまにもドアのそとに、煉瓦積みの作業がはじまるのではないかと思うと、生きた空もないのだ。

そのとき、どこかで音がした。ドアのそとらしい。コツコツとつづいている。ああ、いよいよ煉瓦積みがはじまったのであろうか。

だが、そうではなかった。スーッとドアがひらいた。何者かがはいってきた。それはさっき、二人をここに運んできた自動車の運転手であった。大きな新聞紙の包みを小脇にかかえていた。

彼はニヤニヤ笑いながら、無言のまま、二人のほうへ近よってきた。こちらは一層ひしと抱き合って、ジリジリと部屋の隅へ、あとじさりして行くばかりだった。

消えうせた部屋

それから少したって、部屋のそとでは煉瓦積み作業がはじまっていた。さっきの運転手が、上衣をぬいで、ミックスしたセメントを鏝《こて》ですくいながら、一つ一つ煉瓦を積み上げていた。

「やあ、ご苦労、ご苦労、なかなかはかどったね。うまいもんだ。煉瓦職人をやったことでもあるのかい」

殺人請負会社の専務取締役、小男の須原がチョコチョコとやってきて、声をかけた。

「へへへへへ、ご冗談でしょう。こう見えたって、子供からのヤクザですよ。煉瓦なんかいじくるのは、今がはじめてですよ。しかし、人のやっているのを見たことはある。見よう見まねってやつですね」

この運転手は、須原の手下の斎木《さいき》という男であった。よほど信任を得ているらしい。

「おれも手つだうよ。君は鏝の方をやってくれ。おれは煉瓦を並べるから」

「オッケー」

職人が二人になると、みるみる仕事がはかどって行った。

「だが、中のやつら、どうしてる。ばかに静かじゃないか」

「さっき専務さんが覗いたあとでね、やつら、すっかり壁紙をはがして、あれを読んじゃったんですよ。まるで幽霊みたいな顔をしてましたぜ。二人が抱き合って、すみっこに、うずくまってまさあ」

「壁の落書きというやつは、なかなか利目《ききめ》があるね。やつら、耳をすまして煉瓦積みの音を聞いてるだろうな。落書きでチャンと暗示があたえてあるんだから、まさか聞き漏らすことはあるまい」

「ウフフ、地獄ですねえ。鼠捕りにかかった鼠みたいに、心臓をドキドキさせてるこってしょう。ですが、専務さん、依頼者はもう来ているんですかい？」

「ウン、さっきから応接間に来ている。今まで僕が応対していたんだ。これができ上がったら呼ぶつもりだよ」

「ずいぶん執念深いもんですねえ。だが、ああいうお客がなくちゃ、会社の経営は成り立ちませんからね」

彼らは、室内には聞き取れぬほどの小声で、ボソボソ話し合いながら、せっせと仕事をつづけていたが、間もなくドアの部分のくぼみが煉瓦で一ぱいになった。あとはそと側に、廊下の壁と同じ漆喰を塗ればよいのだ。

「じゃ君、漆喰の方をはじめてくれ。僕は依頼者を呼んでくるからね」

小男の須原は、そう言いのこして、廊下の向こうへ立ち去ったが、やがて、依頼者川波良斎と肩を並べて戻ってきた。

「いよいよ密閉されました。まるで金庫の中へとじこめたようなもんですよ」

「で、その覗き窓というのは、どれです」

「このキャタツにおのりください。ホラ、あの窓です。蓋を上にひらくと、中に厚いガラスがはめこんであります。八分《ぶ》も厚味のある防弾ガラスですから、中からピストルをうっても、突きぬけるようなことはありません。少しも危険はありませんよ」

気ちがい良斎は、舌なめずりをしてキャタツの上にのぼり、窓の蓋をひらいて、中をのぞきこんだ。

「オヤッ、誰もいないようだが」

ちょっと見たのでは、無人の部屋のようであったが、あちこち視線を動かしていると、

「アッ、いる、いる。こちら側の壁にもたれて、うずくまっているので、顔が見えない。服の裾と足が見えてるばかりだ……オイッ、美与子、篠田、わたしの声がわかるか」

だが、部屋の中の二人は、何も答えなかった。壁の落書きで、こういうことが起こるのをチャンと予知していたので、今さら驚くこともないのだ。

「オイ、お前たち、ドアのそとに煉瓦の壁ができたのを知ってるだろうな。ここは気密の部屋になったのだぞ。だから、ほうっておいても窒息するのだが、それではお待ちどおだ。ガスだよ。黄色い毒ガスが、この部屋一ぱいになる。その中で、お前たちは悶《もだ》え死ぬのだ。これも自業自得というものだぞ。わしの恨みのほどがわかったか。どうだ。ワハハハハハ、ふるえているな。ホラ、耳をすまして、よく聞くがいい。どこかでシューシューという音がするだろう。鉛管から毒ガスが吹き出しているのだ。お前たち、いくら強情にだまりこんでいても、今に見ろ、毒ガスの苦しさに、気ちがい踊りを踊るの

だ。……さあ、ガスを、ガスを」

と須原を見おろして催促する。

「もうネジをあけました。ガスは吹き出していますよ」

「そうか。もう吹き出しているのか。ウン、ウン、黄色い毒蛇が床を這い出した。美与子、怖いか。今こそお前の断末魔だぞ。ウフフフフ、ブルブルふるえているな。ざまあ見ろ。いくら篠田にとりすがったって、そいつはお前を助ける力なんぞありやしない。ワア、ガラスの前まで黄色いけむりが這い上がってきたぞ。もう部屋の中は毒ガスで一ぱいだ。ハッキリ見えなくなった。美与子、篠田、どこにいるんだ。気ちがい踊りをはじめたか。アッ、チラチラ見える。踊っている。踊っている。ワハハハハ、わしは二度復讐をとげたんだぞ。一度は土の中にうずめて獄門のさらし首にしてやった。今度は黄色い毒蛇だ。ガスの中の気ちがい踊りだ。速水とかいうやつのお蔭で、わしは二度の楽しみを味わったというもんだ。ワハハハハ、ワハハハハハ」

あやうくキャタツの上からころがり落ちそうになった。須原が素早く駈けよって、助けおろした。

「わが社の仕事ぶりがわかりましたか。まずこういった具合です。ごらんなさい。ドアの前の煉瓦は、すっかり漆喰で塗りつぶされました。これが乾けば、廊下の壁と見わけがつかなくなるのです」

須原は得意らしく、そこを指さした。運転手が、やっと仕上げの鏝を置いたところである。

「あとは、あの窓を塗りつぶすだけです。君、すぐに窓の方にかかってくれたまえ」

言われて運転手は、漆喰のバケツと鏝を持って、今まで良斎が使っていたキャタツの上へのぼって行く。

「どうです。二人の死骸だけでなく、部屋そのものを抹殺してしまうのです。この建物の中から、一つの部屋が消えうせてしまうのです。これがわれわれのやり口です。思い切ってずばぬけた着想、これが最も安全な道です。ビクビクして、こまかいことを考えていたら、かえって失敗します。つまり世間の意表を突くというやつですね。

この計画のために、わたしはこの家全体を買い入れたのです。そして、今後は決して人に売ったり貸したりはしません。わたしの別宅として使うのです。ですから、この消えうせた部屋の秘密は永久に保たれるわけですよ。

それから、御安心のために、もう一つ説明しておきますが、きょうの仕事は、わたしと、この運転手をつとめた男と、二人だけでやったのです。われわれの会社には、わたしのほかに二人の重役がおりますが、一人は女ですし、こういう仕事には不向きなのです。むろんきょうの仕事は知らせてあります。しかし直接関係はしなかったのです。人間関係としても、この秘密は決して漏れることはありません。

この男ですか？　むろん運転手が専門じゃありません。わが社創立当時からの幹部社員です。斎木というのですが、曲馬団出身の冒険児で、わたしの第一の腹心です。一生面倒を見てやるつもりです。斎木の方でも、わたしからは生涯はなれないと言っております。ですからもしこの事件がバレるとすれば、川波さん、あなたの口からですよ。くれぐれも注意してください。お互のいのちにかかわることですからね」

須原の長い説明がすむと、良斎は感に堪《た》えて、

「フーン、おそれいった。さすがはその道の専門家だね。死骸を隠すために一軒の邸宅を買い入れて、その中の一室を消してしまうとは、思い切った手段だ。ずいぶん資本もかかるわけだね。しかし、まだ一人残ってますぞ。速水とかいう怪人物だ。あれはきょうの二人とはちがって、よほど手ごわいだろうからね」

「手ごわいだけに面白いですよ。いよいよ次はあいつの番です。まあ見ていてください。斬新な手口をお目にかけますよ……ごらんなさい。これでもう、あとかたもなく、一つの部屋が消えうせました」

斎木という男は、もうすっかり窓を塗りつぶして、キャタツを降りてきた。ドアも覗き窓も消えて、そこには廊下の壁があるばかりだった。

「建物の中の部屋部屋の内のりを計って合計した長さを、建物の外側の長さから引くと、壁の厚さの合計が出ます。それを壁の数で割れば、平均の壁の厚さが出るわけです。こ

の建物をそうして計算してみますと、壁の厚さの平均が恐ろしく厚いものになるでしょう。なぜといって、今塗りつぶしたこの部屋が、やはり壁として計算されるからです。これが昔から秘密の部屋を探し出す手段なのです。わたしはそれをよく知っています。ですから、そういう計算をするような人間は、決してこの家に入れませんよ。しっかりした執事を置いて、わたしの留守中も間違いのないように計らいます。その点は、わたしをお信じください」

こうして、川波良斎は、その目的を達し、満足して引き上げて行った。

海上の密談

影男は小説家佐川春泥として小説執筆のための風変わりな書斎を建築したばかりであった。影男は東京にも地方にも多くの家を持っていたが、世田谷区の蘆花《ろか》公園の近くにも樹木の多い広い地所と、隠居所風のささやかな日本建ての家があった。その庭の林の中に、十坪ほどの赤煉瓦の書斎を建てた。

尖《とんが》り帽子のようなスレートぶきの屋根もでき上がり、完成もまぢかに見えた。青々とした大樹にとりかこまれた、奇妙な赤煉瓦の建物は、いかにもうつりがよくて、大昔の西洋の風景画を見るような感じだった。

影男の佐川春泥は、厚手の縞セビロに、十九世紀のフランスの詩人がつけていた大型のリボンのような黒い蝶ネクタイを、胸にフワフワとさせていた。

彼はでき上がった書斎の家具などを、さも楽しそうに見廻ったあとで、母屋の玄関前に置いてあった自動車を、自分で運転して、遠く隅田川の川口に向かった。

午後二時ごろ、霊岸島《れいがんじま》の魚仙《ぎよせん》という舟宿に着いた。座敷に通ると、そこに約束していた殺人会社専務の須原正が待っていた。ちょっと一口やってから、ボートを頼んだ。船頭を雇うのは具合がわるいし、二人とも和船は漕《こ》げなかったので、ボートを借り出してもらったのだ。

影男は、殺人会社の仕事はもうごめんだと思っていたが、須原から執拗に呼び出しの手紙がきた。影男の本拠の一つであるアパートへ、数回手紙が来て、留守中の机の上に積み上げてあった。

影男は或る理由から、それに応じることにした。極秘の話だというので、電話で打ち合せて、海の上で話し合うことにした。

小男の須原は力がないので、影男の方がオールをあやつって、ボートをお台場《だいば》の方に向けた。

「遠くへ行くこともない。このへんでいいでしょう」

影男はオールを横にして、漕ぐのをやめた。ボートは波のまにまに漂っている。天気がよく、風がないので、海は湖水のように静かだ。はるかに数艘《そう》の釣り舟が見えるくらいのもので、彼は広い海面にたった二人ぼっちだった。

「いつかは観覧車の空の上で密談しましたが、あれよりも、この方が一層安全ですね。海上の密談とはいい思いつきだ」

小男の須原が、晴ればれとしたあたりを見廻しながら、ニヤニヤして言った。

「そのかわり、命のやりとりにも、絶好の場所ですね。須原さん、あなた泳ぎができますか？」

影男の佐川春泥が、これもニヤニヤして、気味のわるいことを言い出した。

「できますとも、三里ぐらいは平気ですよ。あなたは？」

「青年時代に東京湾を横断したことがあります。すると、お互に溺死させられる心配は、まずないわけですね？」

「次に兇器《きょうき》ですか？」

「そう。なにかお持ちですか」

「これを持ってますよ」

小男はそう言って、ポケットから黒っぽい小型のピストルを出して、手の平の上でヒョイヒョイと躍らせて見せた。そして、またニヤリとする。

「ウフフ、お互に護身の道具は忘れませんねえ。実は僕も持っているのですよ」

影男もポケットから、それを出して見せた。まったく同型のコルトである。

「フフン、さすがですね。二五口径のコルトでしょう。すっかり同じだ。握りに馬の跳ねてる模様が浮き彫りになってますね。ドレ、見せてごらんなさい」

お互に取り替えっこをして、見比べたが、すっかり同じ型のピストルであることがわかった。

「というわけですな」

影男も笑い返した。

「そこで、兇器でも五分五分というわけですね」

「実に公平です。打ち合えば、どちらが早く火を吹くかだが、素早さではひけはとりませんよ」

「では、こんなものは、ポケットに収めておきましょう。きょうは決闘をやりにきたのではありませんからね」

二人はお互のピストルを取り返して、もとのポケットに入れた。

「ところで、きょうは、また一つ、あなたの智恵が借りたいのですがね。この前の『底なし沼』のトリックは実にすばらしかった。もう一度だけ、ああいうのを考えていただきたいのですよ」

小男の須原が、ご機嫌とりの猫なで声で言った。

「それはわかってますよ。そのほかに用事があるはずはない。しかしね、僕はこの前の底なし沼で懲りたのです。あまり残酷で、どうもあと味がわるい。それで、実はあなたがたから逃げていたのですが、今度は、ちょっと相談に乗ってみようかなと言う気が起こった。ちょっとわけがあってね」

影男も愛想がよかった。

「では、さっそく用件にとりかかりますがね。或る富豪から、一人の青年紳士をやっつけてくれと頼まれたのです。これには相当の報酬が出ます。ですから、あなたの立案料も、今度は五百万円まで奮発しますよ。そのかわり、会社の方へ絶対に疑いのかからないような、飛びきりの名案を一つ考えていただきたいのです」

ボートはユラユラと快適に揺れていた。風はなく、空は青々と晴れて、暖かい陽光がサンサンと降りそそいでいた。そのボートの中の二人は、にこやかに笑いかわしながら、のんびりと、とりとめもない世間話でもしているように見えた。

「よろしい。取っておきの名案をさし上げましょう。それにしても立案料が五百万とは奮発しましたね。あなたの受け取る報酬はその何倍ですか」

影男が、やっぱり笑いながら、皮肉に言った。

「どういたしまして、だいたい同額ですよ。今度の件は、相手がしたたかなものなので、余程慎重にやらないと危ないのです。だから、立案料に半分出そうというわけです」

須原はぬけぬけとうそをついた。読者も知るように、川波良斎への要求額は二千万円であった。つまり、影男を抹殺する代金が二千万円だった。なんということだ。このずぶとい小男は、これから殺そうと思っている当人に、その殺人方法を立案させようというわけなのである。

危ない、危ない。さすがの影男も、そこまでは気がつくまい。いくらなんでも、自分を殺そうとしているやつが、その殺し方を自分に教わりにくるとは、考えも及ばないであろう。

「あなたは今、取っておきの名案があるとおっしゃいましたね。それを一つご伝授願いたい。さだめし、すばらしい名案でしょうな」

小男は両手をこすり合わせて、舌なめずりをした。

「僕の名案というのは、密室ですよ」

「え、密室？」

「探偵小説の方で有名な、あの密室の殺人というやつです」

「フン、フン、わかります。わかります。それで？」

「つまり、その部屋の内部から完全な締まりができていて、犯人の逃げ出す隙間が絶対にない。それにもかかわらず、その部屋には、被害者の死体だけが残されて、犯人の姿は見えないというやつですね。古来いろいろな犯人が、この密室の新手を考えた。百種に近い方法がある。しかし、僕の秘蔵しているのは、いまだかつて誰も考えたことのない新手です。五百万円では安いもんだ。しかし、教えてあげますよ。なんとなく、あんたが好きになったからだ」

「ありがとう、ありがとう。ぜひ教えてください。恩に着ますよ」

小男の顔が、まるで好々爺《こうこうや》のように笑みくずれた。

「それにはね、ちょうど今、僕は煉瓦建ての書斎を建てている。これがもう二、三日であがる。それを提供しますよ。むろん一時お貸しするだけだが、殺人の現場となっては、あとは使えない。この建築費が三百万円かかっている。これは実費として別途支出ですよ。いいでしょうね」

「三百万円！　すると、合わせて八百万円のお礼ということになりますね。それは、ちと高い。もっと安い建物はありませんか」

「アハハハハ、家を買う話じゃない。その僕の書斎でなければ、うまく行かないのです。説明すれば、すぐわかるんだが、まず報酬を先にもらわなくてはね。僕の売り物は形の無い智恵なんだから、それを先に話してしまっては、取り引きにならない。きょうでなくてもよろしい。報酬の用意をしていただきたい」

「それはもう、ちゃんと用意しております。あなたがそう言われることは、わかっていましたのでね。しかし、こちらは五百万ときめていたのだから、それだけの小切手しかありませんが」

小男はそう言いながら、内ポケットから、大きな札入れを出して一枚の小切手を抜き出した。

「これです。僕の振り出しじゃありません。大銀行から都内の支店宛ての小切手だから、間違いのあろうはずはない。取りあえずこれだけをお渡ししますから、その名案というやつを聞かせてください。残金の三百万は、実行に着手する前に必らずお払いしますよ」

影男はその小切手を受け取って、ちょっと調べてから、内ポケットに収めた。

「よろしい。あんたを信用して、伝授することにしましょう。断わっておくが、密室というものの利点はですね、情況判断からして、どんなに疑わしい人物があっても、それを処罰することができない。密室の謎が解けるまではどうすることもできないという点にある。だから、絶対に解くことのできない密室さえ構成すれば、それは完全犯罪になるのです。わかりましたか。しかも、僕の考えているやつは、犯罪史上にまったく類のない新手で、絶対に解けない密室なのです。それはね、こういう方法なのです……」

影男はそれから二十分ほど話しつづけた。

小男須原はそれを謹聴していたが、すっかり聞き終ると、ハタと膝を叩いて、「フーン、なるほど考えましたね。いかにも斬新奇抜の名トリックですよ。これなら、どんな名探偵だって、わかりっこありませんよ。ありがとう。ところで、それはいつ実行しますかな」

「もう建物はでき上がっているんです。早い方がよろしい」

「で、そのあなたの煉瓦建ての書斎はどこにあるのです」

「世田谷区のはずれの蘆花公園のそばですよ」

「一度、下検分をしておきたいものですね」

「よろしい。それではあさっての夜八時頃がいいな。世田谷の僕のうちをたずねてください。その頃には書斎の家具などもはいっているでしょう」

と言って、自宅への道順を教えた。

「では、そういうことにしましょう。いや、お蔭で、わしも安心しました。やっぱりあんたの智恵袋は大したもんだ。そういう名案があろうとは思わなかったですよ」

須原は褒め上げながら、心中ではペロリと舌を出していた。この男は自分が殺されるのも知らないで、完全犯罪の手段を教えてくれた。さすがの智恵者も一杯喰《く》ったな。おれの方が役者が一枚上だわいと、ほくそえんでいた。

須原はすでに篠田昌吉と、川波美与子を毒煙でたおして、その死体を小部屋の中に塗りこめてしまっていた。この方は首尾よく目的を果たした。残る影男は、とても手におえまいと思ったが、逆手《ぎやくて》を用いて、犠牲者自身に、殺人方法の智恵を借りてみたら、その意表外の度胸が、まんまと成功して、相手は少しもそれに気がつかず、うまい方法を教えてくれた。やっこさんも存外あまいもんだな。

須原は小さなからだが、はち切れるほどの自信で、その日は一と先ず帰ることにした。ボートを舟宿に戻して、又一杯やったあとで、あさってを約して別かれた。

影男はこの小男のために、うまくしてやられたのであろうか。裏には裏のある曲者《くせもの》同士、影男のほうにだって、どんな秘策が用意されていまいものでもない。この悪智恵比べ、最後の勝利を得るものは、両者のいずれであろうか。

お前が被害者だ

それから二日後の午後八時、須原は約束通り、蘆花公園に近い影男の隠れがを訪ねた。影男は母屋の日本間の方へ須原を上げて、チャブ台の上に出してあったウィスキーを勧めた。

玄関へも主人自から出迎えた。いつまでたっても、女中も書生も現われない。うちじゅうがシーンと静まり返って、まるで空き家にでもいるような感じだ。

「だれもいないのですか」

つい聞いてみないではいられなかった。

「僕がここに滞在するときには、召使いを連れてくるのですが、今夜はそういうものものいないほうがいいと思ったので、僕一人でやってきて、君を待っていたのですよ」

二人はウィスキーをチビチビやりながら、しばらく話したあとで、いよいよ庭の煉瓦造りの書斎を検分することになった。

「このあいだのお話で、理窟《りくつ》はよくわかっているのだが、やっぱり実地に当たって、見ておきませんとね」

小男の須原はそう言って立ち上がった。

二人は懐中電灯を持って、まっ暗な庭へ出て行った。林のような木立ちの中を歩いて、その奥にある奇妙な煉瓦建てに近づいた。

それから三十分ほど、影男は建物の内そとを歩きまわって、詳しく説明した。

「よくわかりましたよ。実に奇抜なトリックだ。これなら大丈夫です。きっとうまくやってみせますよ」

須原は一切を了解して、ホクホクしている。

検分をすませると、もう九時になっていた。二人は鬱蒼と茂った林の中を、母屋の方へ引っ返しはじめた。あたり一帯は淋しい場所なので、街灯は遠くに立っているばかりだし、自動車の警笛も聞こえず、まるで山の中でも歩いているような気持だった。

「なんだか変だな。今まで、僕はそれを一度も聞いていない」

影男の佐川春泥が、何か思い出したようにつぶやくのが聞こえた。

「え、なんです。なんとおっしゃった？」

「その人は、いったい、どういう人物なんだね」

「その人って？」

「君の会社が依頼されている人物、つまり殺される人物さ」

「ああ、そのことですか。わしも言うのを忘れてましたがね、実に恐ろしい相手です。悪智恵にかけては、まず天下無敵でしょうね。その男は、幾つも名前を持ってましてね。まるで想像もつかないような別人に化けて、悪事を働いている。まあ悪質なユスリですね。不正な金儲けがうまいこと驚くばかりです。それに、実にすばしこくってね、まだ一度もつかまったことがないというやつです。あんた、そいつは小説家にさえ化けるんですよ」

小男の須原は闇の中でクスクス笑った。

「なんだって？　それじゃ、まるで僕とそっくりじゃないか」

影男は、びっくりしたように立ち止まった。

「そういえば、なるほど、そっくりですね。不思議なこともあるもんだ」

「で、名前はなんというんだ」

「いろんな名があるんですよ。速水荘吉、綿貫清二……それから佐川春泥……」

それを聞くと、影男がパッと飛びのいて身構えをした。

「それが、君が殺そうとしている男か」

「そうですよ。今度の事件の被害者というのは、お前さんなのさ」

言うかと思うと、須原はポケットからピストルを出して構えていた。

「オイッ、おれを殺すと後悔するぞっ、恐ろしいことがおこるぞっ」

影男はジリジリとあとずさりしながら、叱りつけるように叫んだ。

「ワハハハ、おどかしたってだめだよ。お前さん、自分が殺されるとも知らないで、おれに完全犯罪のやり方を教えてくれたじゃないか。おれのたくらみを、少しも気づかなかったじゃないか。なんの用意ができているものか。さあ、覚悟しろっ」

空気を裂くような鋭い音がしたかと思うと、影男のからだが、地上にドッと倒れていた。須原はピストルを構えたまま、じっと見ていたが、影男は少しも動かない。一発で息が絶えたのであろうか。

須原は懐中電灯を点じて、死体に近づいて行ったが、電灯の丸い光があおむきに倒れた影男の顔を照らすと、思わず、「ウーッ」と唸って、あとずさりした。ピストルのたまは顔面に当たって、顔一面がドロドロした赤い液体で覆われていたからだ。

しばらくためらっていたが、光を顔に当てないようにして、また近づいて行った。そして、死体のそばにしゃがんで、胸に手を当ててみた。鼓動はとまっていた。念のために右の手くびをおさえてみたが、そこにも脈はまったくなかった。

「あっけないもんだなあ。さすがの悪党も、これでお陀仏《だぶつ》か。ウフフフ、じゃあ、これから、君のおさしずに従って、絶対に処罰されない手段にとりかかることにするよ」

須原は死体はそのままにしておいて、母屋に引き返し、どこかへ電話をかけた。そして、勝手元から、一枚のゴザを探し出すと、それを持って、林の中へはいって行った。死体を動かすまで、それをかぶせて、蔽《おお》い隠しておくためである。

それから十分ほどして、一人の男が母屋の玄関へはいってきた。殺人会社の重役の一人が、近くに待機して、須原の電話を待っていたのだ。その男は四十ぐらいの、痩せて背の高い男で、わざと労働者のような服装をしていた。

須原はその男を出迎えて、しばらくささやき合ったあとで、二人づれで、まっ暗な庭の林の中へ消えて行った。密室構成の仕事をはじめるためだ。それから、二人は煉瓦建ての書斎のあたりで、夜明け近くまで、何かゴトゴトと、しきりに働いていた。

密室の謎

須原が影男を射殺した翌々日の昼頃、京王電車の蘆花公園駅に近い交番へ、妙な爺さんが駈けこんできた。

「たいへんです。わしの主人が殺されました」

日に焼けた皺《しわ》だらけの顔に、白い口ひげと顎ひげを生やしている。服は二、三十年前に流行したような、つんつるてんの黒い背広。汚れたワイシャツは着ているが、ネクタイもしていない。子供のように小柄な、しなびたような爺さんだ。

交番の警官は、爺さんの姿をジロジロ見ながら、疑わしそうに聞き返した。

「殺されたって、どこでだ。そして、君の主人というのは、いったいどこの誰なんだ」

「主人は烏山町《からすやまちょう》××番地の佐川春泥という小説家です。わしは、そこに長年使われている谷口《たにぐち》というものです。主人は変わりもので、庭の林の中に、煉瓦建ての書斎を作って、その中で仕事をはじめたんじゃが、それが、おとといから書斎を出てこんのです。

主人は、今も言う通り変わりものじゃから、書斎へはいったら、飯も食わんで、一日じゅうとじこもっていることがよくある。そこで、わしも、きのう一日はほうっておいたが、けさになっても出てこん。十時になっても、十一時になっても出てこん。これはどうも変だと思ったので、書斎の裏の窓に梯子をかけて覗いて見た。すると、どうじゃ、主人はジュウタンの上に、ぶっ倒れている。うつぶせに倒れているんじゃが、その顔に血が流れている様子じゃ。いつまで見ていても、身動きもせん。死んでいますのじゃ。

わしは、書斎の中へはいって、確かめようと思った。ところが、入口のドアに中から鍵がかかっている。頑丈な戸じゃから、ぶちやぶることもでけん。窓はたった一つしかなくて、それには鉄格子がはまっている。わしの力ではどうにもなりませんのじゃ。急いで見にきてください」

爺さんの説明を聞くと、交番の警官も、もう疑わなかった。すぐに電話で本署に連絡しておいて、爺さんと一緒に現場にかけつける。少しおくれて、所轄警察の署長自から数名の係り官をつれて、自動車でやってきた。

広い庭の林のような木立ちにかこまれて、古風な煉瓦建てがポツンと立っていた。尖り帽子のようなスレートぶきの屋根。窓というものが、たった一つしかなく、それに鉄格子がはめてある。まるで牢獄のような不思議な建物だ。広さは十坪ぐらいであろうか。正面のたった一つの出入口のドアには、中から鍵がかかっているので、署長や係り官も、爺さんが裏側の高い窓にかけておいた梯子をのぼって、その窓から内部を覗いてみた。爺さんの言う通り一人の男が、うつぶせに倒れている。その恰好が、死んでいるとしか思えない。

窓から正面のドアを見ると、これはまたなんという厳重な戸締まりであろう。内側に幅の広い鉄の閂《かんぬき》がガッシリとかかっている。これでは合鍵があったとしても、とてもドアをひらくことはできない。

窓の鉄格子を破った方が早いかもしれぬと、よく調べてみたが、これが又、ひどく頑丈にできていて、どうすることもできない。また正面の入口の前に戻って、警官たちが、体当たりでドアを破ろうとしてみたが、これもまったく見込みがないことがわかった。厚い板戸で、要所要所には、鉄板がうちつけてある。

「まだ建って間もないようだね」

署長が谷口爺さんに尋ねる。

「ハイ、まだ使いはじめてから三、四日にしかなりません。それに、もうこんなことが起こるというのは、方角がわるかったのじゃ。わしがいくらとめても、主人は耳にもかけず、とうとう建ててしまった。見るがいい。案の定この始末じゃ」

爺さんは、ぶつくさと無遠慮にこぼしてみせる。

「君は、ここの主人に長く使われているのかね」

「ハイ、十年の余になります。わしの主人は不思議な人で、幾つも名を持っておりましてね、住まいも方々にあるのです」

「主人の職業は？」

「それが、わしにも、とんとわかりませんのじゃ。まあお金持ちの坊ちゃんですかね。ずいぶん贅沢な暮らしをして、遊び廻っている。そうかと思うと、何か書きものをすると見えて、そのためにこんな書斎を建てましたのじゃ」

「フン、よほど変わった人だね。この建物だってそうだ。窓はあんな小さいのが一つしかなくて、部屋の中はまっ暗だし、入口のドアのこの厳重な締まりはどうだ。いったい、どういうわけで、こんな用心をするのだ。この中には、何かよほど大事なものでも置いてあるのかね」

「わしもよくは知らんが、大事なものなんて、何もありゃしない。本が少しばかり置いてあるだけです。この戸締まりを厳重にしたのは、そういうことではない。主人は勉強している時に誰かがはいってくるのが、おそろしくきらいじゃった。だから、鍵をかけただけでは気がすまないので、でっかい閂までつけさせたのです。わしには主人の気持はわかりません。何かを怖がっていたようでもある。主人には敵が多かったらしいからね。いや、わしは知らんが、主人がときどきそんなことを言っていた。敵が多いから用心しなくちゃ、とね」

「窓の鉄格子もそのためにとりつけたというわけだね」

「そんなこってしょう」

爺さんはそれ以上何も知らなかったので、ともかくドアを破って室内を調べることにした。

署長は部下に命じて仕事師を呼んでこさせた。若い仕事師は大きな掛矢《かけや》をかついでやってきた。この掛矢でドアがこわされ、署長たちは室内を調べることができた。

被害者はピストルで顔面をやられ、顔じゅうがまっ赤に染まっていた。死体は動かさないで、室内が隈《くま》なく調べられた。ドアの鍵は中からかけられ、閂も完全にかかっていた。鍵は机の上に置いてあった。ただ一つの窓の縦横に組んだ鉄棒は、深く窓枠のコンクリートの中にはめこんであって、少しの異常も認められなかった。鉄格子の内側にガラス戸が密閉され、掛け金がかかっていた。壁は厚い煉瓦積みで、室内のがわには漆喰が塗られ、楢《なら》の腰板がうちつけてあった。天井にも床にも、怪しむべき個所はまったくなかった。完全無欠の密室である。

そうしているところへ、本署から通報をうけた警視庁の捜査課と鑑識課の人たちが自動車で到着した。

室内の再調べが行なわれ、室内外の写真がとられた。鑑識課の医員が被害者を検診した上、ひとまず母屋の方へ運んだ。

被害者はピストルでやられているのに、室内にはそのピストルが発見されず、室外からピストルを打ちこむ可能性もまったくなかった。唯一の窓にはガラス戸が密閉され、そのガラスにはなんの傷あともないのだ。すると、犯人は室内で被害者を撃ったと考えるほかはないのだが、その犯人はどこから出て行ったのか。そういう隙間はどこにもなかった。

鑑識課の係り員は、密室構成の知識を持っていた。ドアの鍵穴を通して行なわれる、種々のトリックにも通暁していた。ところが、調べてみると、この建物のドアには、そういうトリックを行なうことが、絶対にできないことがわかってきた。

普通のドアは、外側からも同じ鍵で開閉できるように、鍵穴はドアを貫通しているものだが、ここのドアは特別の構造になっていた。内側からの鍵穴と外側からの鍵穴が、別々にできていて、両方とも、ドアを貫通せず、先の方がふさがっていた。鍵そのものも、内側のと外側のとまったく形がちがっていた。これは変わり者の被害者が、合鍵で、そとから勝手にドアをあけられることを恐れたのと、もう一つは、鍵穴から覗かれるのを防ぐために、こういう内外別々の鍵穴という構造を考えついたものであろう。

ドアのトリックは、鍵穴ばかりでなく、ドアの下部の隙間がなくてはできないのだが、ここのドアにはそういう隙間もなかった。ドアの上下左右とも、ピッタリ外枠に喰いこむようにできていて、細い絹糸を通すほどの隙間さえないのだ。

人々はただ顔見合わせるばかりだった。いくら考えても、この密室の謎を解くことはできなかった。そこで、ともかく被害者を病院に送って解剖することにした。致命傷は顔面から頭部の貫通銃創とわかっていても、こういう異様な事件では、一応解剖の手続きをする慣例であった。

やがて、救急車が呼ばれ、死体が運び出されたが、それと引きちがいに、一人の妙な男が、一同の集まっている庭の方へ、ノコノコとはいってきた。目がねをかけ、濃い口ひげのある三十五、六歳の立派な紳士だ。被害者の友人が、何も知らないで訪ねてきたのかもしれないと思ったので、一人の警官が、その方に近づいて声をかけた。

「どなたですか。今、重大な事件がおこって、ごらんの通り、とりこんでいるのですが」

「わたしはこの近所に住んでいる、松下東作《まつしたとうさく》というものです。職業は弁護士です。ここの御主人とは知り合いでもなんでもありません。実はさっき、作蔵《さくぞう》という出入りの仕事師が、わしのうちへやってきて、殺人事件のことを話して行ったのです。あなた方に頼まれて、掛矢でドアを破ったあの男ですよ。あれの話によると、被害者の倒れていた部屋が、内側から完全に締まりができていて、犯人の逃げた方法がわからないということですね。つまり密室事件というわけでしょう。それについて、ちょっと、わたしの考えをお耳に入れたいと思いましたのでね」

それを聞いた警官は、向こうへ行って警視庁のおもだった人々や、所轄警察の署長などに、松下氏の来意を伝えたが、立派な紳士だし、職業が弁護士だというので、ともかく話を聞いてみようということになった。

「どういうお話があるのでしょうか」

署長が松下氏に近づいて尋ねた。他の警察官たちも、そこへ集まってきた。その中に佐川春泥の召使いだという谷口爺さんもまじっていた。

松下という紳士は、一同の作った円陣のまん中に立って、まるで講演でもするような、気取った調子で話しはじめた。

「僕は密室の犯罪というものを、日頃からいささか研究しているのです。作蔵の話によって、その事件の密室がどういうものであるかも詳しくわかっております。そこで、この密室の謎について、ご参考までに、僕の意見を申しあげてみたいと思って、実は、わざわざ出向いてきたわけです。

この建物は、ドアに仕掛けるトリックはまったく不可能な構造であること、又、窓にも完全な鉄格子がはまっていて、なんら策をほどこす余地のないこともわかっております。すると、犯人はいったいどこからそとに出ることができたか。これが与えられた問題ですね。

ところが、アメリカに、ドアにも窓にも関係なく密室を作ることを考え出した犯人があります。それは屋根です。屋根の横木を、ジャッキの力で上にあげて、そこに人間一人出入りできる隙間を作るのです。そして、出たあとは元の通りにしておくのですから、ちょっと気がつきません。密室トリックには、こういう新手があるのですね」

それを聞くと、警視庁鑑識課の主だった一人が、思わず口をはさんだ。

「ところが、あの書斎の天井は白い漆喰で塗りかためてあるのですよ。漆喰をこわさないでは絶対に出入りできない。そして、その漆喰には少しもこわれたあとがないのです」

松下という紳士は、少しも騒がず、それを受けて、

「わかりました。しかし、僕はこの事件の犯人が、屋根から出入りしたと申したわけではありません。こういう奇抜な例もあるということを、お話ししたまでです。屋根といえば、もっと奇抜な手を使った犯人が日本にあります。つい五、六年前のことです。山形県の田舎で、小さな家の屋根にロープをかけて、その家の上に太い枝を張っている大きな樫《かし》の木に、幾つも万力《まんりき》をつけ、屋根全体を上に持ち上げて、その隙間から逃げ出し、屋根は又もとのようにしておくという、気ちがいめいたことをやった犯人がありました。

ところが、これも四、五年前のことですが、今度はアメリカに、それに上越す突飛なトリックを考えついたやつがあるのです。その男は、或る原っぱで人を殺しました。そして、それを不可能な犯罪に見せかけるために、という意味は、そうすれば犯人の物理的なアリバイが成り立つわけですからね。そのために、その原っぱの死体の上に、一と晩のうちに一軒の家を建てたのです。ドアにも窓にも、中から鍵をかけておいて、それから板壁をうちつけたのです。そうすれば密室の謎が出来上がります。犯人はドアや窓からではなくて、壁から出入りしたのです。そして、外側から板壁を打ちつけたのです。まさか、人を殺しておいてから、その上に家を建てるなんて、誰も想像しませんからね。いかがです、この話は今度の事件のご参考にはなりませんか」

そのとき、警官たちの中にまじって、この話を聞いていた谷口爺さんが、コソコソと、どこかへ立ち去ろうとしたが、松下紳士は目早くそれを見つけて、声をかけた。

「そこの白ひげのお爺さん。あなたはここのうちの人でしょう。あとでちょっとお話があります。どこへも行かないで、もうしばらく僕の話を聞いていてくれませんか」

その一とことで、立ち去りそうにした爺さんが釘づけになってしまった。爺さんは気まずいにが笑いをして、元の場所に戻った。

「人を殺してから、家を建てる。この着想は実に面白いと思う。ここの煉瓦建ての離れ家は、聞けば、ごく最近出来上がったということです。皆さんは建築が完成してから、殺人が行なわれたとお考えになっている。まことにもっともなお考えです。人は全部建築ができてからでなければ、そこに住まないのが普通ですからね。ところが、それを逆にしてみたらどうでしょう。犯罪者のトリックというものは、いつも常識の逆を行って、人の虚を突くものです。つまり常識の盲点を利用するわけですね。今度の殺人は、建物が完成するかしないかの、きわどいときに行なわれました。もしトリックを弄する余地ありとすれば、そこにこそあるべきです。

僕は見ていたわけではありませんから、どこをどうしたという具体的なことは言えません。ただ原理を申しあげるにすぎないのです。あの離れ家の壁が全部でき上がらないうちに、ドアや窓を完成したと仮定します。そして、ドアには中から鍵をかけ、閂をおろし、窓には鉄格子をはめ、ガラス戸に掛け金をかける。しかし、まだ壁には人間の出入りできるほどの穴があいているのです。その穴から犯人が逃げ出して、そとから煉瓦で、その穴をふさいでしまう。これも一つの着想です。建築の方式にない順序ですから、人の意表を突くのです」

そのとき、またさっきの鑑識課員が、口をモゴモゴやって、何か言い出しそうに見えたので、紳士はそれを手で制して、

「あなたのおっしゃろうとしていることはわかります。それをこれからお話しするのです。今申しあげた方法は、今度の場合には当てはまりません。なぜと言って、壁は煉瓦だけでなくて、室内のがわには、煉瓦の上から漆喰が塗ってありますし、又、板の腰張りがあります。犯人がそとに出てから、こういう内側の細工をすることは、とてもできません。ですから、今度の場合には、この方法は除外しなければならないのです。

では、ほかにどんな方法があるのか。実に簡単な方法があるのです。煉瓦職人でも左官屋でも構いません。それを一人だけ残しておいて、殺人のあとで仕事をさせるのです。どこの仕事か――窓の鉄格子をはめる仕事です。おわかりですか。鉄格子をはめる前に殺人をやるのです。そして犯人は窓から逃げ出す。そのとき窓のガラス戸の掛け金は、まだかかっておりません。

それから、どうするのか。犯人は職人に死体を見せては大変なので、逃げ出す前にシーツのようなものを、死体の上にかぶせておきます。そして、そのシーツのどこかに太い糸を結びつけて、その糸のはじを、窓のそとから手をのばせば摑めるような個所に、

ちょっと結んでおくのです。ガラス戸の掛け金に結びつけても構いません。

さて、窓から出たら、ガラス戸をしめて、それから職人を呼んで鉄格子をはめさせるのです。聞けば、格子の鉄棒は一本ずつセメントの中に深く埋めてあるということですから、そのセメント塗りの仕事をやるわけですね。そして、鉄格子が完成して、職人が帰ったあとで、そとから窓のガラス戸をひらき、さっきの糸のはじを引っぱって、シーツをそとへ引き出してしまう。それから、ガラス戸の掛け金を上にあげておいて、静かに戸をしめてから、掛け金の外側を強く叩くと、掛け金がその響きで受け金の中に落ちて、戸締まりができるというわけです。乾燥剤を入れたセメントを使えば、一日で乾きます。そして、二、三日たってから事件を起こせば、建物全体が新らしいのですから、どこが最後に仕上げられたか見わけられるものではありません。これなら、どこにも不合理なところはありますまい。いかがです。これはただ一例ですが、こういう方法も可能だということを、申し上げたかったのです。

それから、もう一つだけ申しそえることがあります。今仮定したのは、室内で殺人をやって、犯人がそとへ逃げる場合ですが、その逆も考えうるということです。あらかじめ屋外で殺人をやっておいて、工事の進行のちょうど適当なときに、職人が帰ったあとで、その死体を、今の例で言えば、窓から室内に持ちこむという方法です。この場合も、ほかの点は、すべて前と同じ順序なのです。

僕の申し上げたいことは、これだけです。では、皆さん、失礼します」

松下という紳士は、そこで丁寧に一礼すると、あっけにとられている人々のあいだを、くぐるようにして、門の方へ歩いて行った。

門を出ると、一丁ほど向こうを、つんつるてんの黒背広を着た、谷口爺さんが、チョコチョコと小走りに歩いて行くのが見えた。爺さんは、いつのまにか、庭の人々のあいだから逃げ出していたのだ。

松下紳士は、駈けるようにして、そのあとを追い、たちまち爺さんに近づいて行った。

「やっぱり逃げ出しましたね。あれほど僕が言っておいたのに」

うしろから、声をかけられて、爺さんはギョッとしたように振り返った。

「オヤ、あなたは、さっきのお方」

「しらばっくれてもだめだよ。折角の密室トリックも、すっかり種が割れてしまったんだからね」

紳士の言葉が俄かにぞんざいになった。

「と、言いますと?」

爺さんはキョトンとしている。

「ハハハハハ、お芝居はうまいもんだね。だがね、さっきの死体がにせものだってことは、もう今頃、病院でバレてるころだぜ」

「え、え、なんとおっしゃる。あの死体がにせもの……」

爺さんは、ほんとうにびっくりした様子だ。

「ハハハハハ、おどろいているな。オイ、爺さん、もうそのひげを取ったらどうだ」

「え、このひげを？」

まだしらばくれようとするのを、紳士はいきなり爺さんに飛びかかって、白い口ひげと顎ひげを、むしりとってしまった。すると、その下から現われたのは、意外にも、殺人会社専務、須原正の泣き出しそうなしかめ面であった。

「須原君、さすがの君も、まんまとしくじったね」

だが、須原には、この紳士が何者だか、まだ判断がつかなかった。

「で、あんたは、あんたは、いったい誰です？」

哀れな声で尋ねた。

「わからないかね。僕だよ、この口ひげと目がねがないものと思って、よく見てごらん。ホラ、ね。ウフフフフ」

裏の裏

「あんた変装していなさるのか。はてな、どうもよくわからんが……」

小男の須原は、まぶしそうに、眼をパチパチやっている。

「ハハハハハ、わからないかね、ホラ、おれだよ」

弁護士は、そう言って、目がねをはずし、口ひげを取り去って、ヌッと顔をつき出して見せた。

「ヤ、ヤ、あんたは佐川春泥!? これはどうしたというのだ」

須原は、狐に化かされでもしたような顔つきで、茫然《ぼうぜん》と、相手を見つめるばかりであった。

「どっかで、ゆっくり話をしよう。おれの方じゃ、まだ貰うものがあるんだからね」

影男の佐川春泥は、発案料の残金三百万円を、まだ取り上げようとしているのだ。

「よろしい。わしの方でも、聞きたいことがある。ああ、あすこに神社の森がある。あの中で話そう。こういう話は家の中じゃあぶないからね」

すぐそばに、神社の深い森があった。二人は、まるで仲よしの友だちのように、肩をならべて、その森の中へ、はいって行った。

「このへんがよかろう。君もかけたまえ」

小男の須原が、大きな樫の木の根に腰かけると、影男も向きあって腰をおろした。

「いったい、これはどうしたわけだ。残念ながら、わしにはまだわからないよ。まんまと一杯くわされたね」

須原がふしぎそうな顔で言うと、影男はニヤニヤ笑いながら、説明をはじめた。

「東京湾のボートの中で、お互にピストルを見せあったね。君が二五口径のコルトを持っていることは、前から知っていた。それで、おれも同じコルトを手に入れたが、それがまったく同じ型かどうかを、あのとき確かめたのだよ。そして、このあいだの晩、君がたずねてきたとき、ソッと君のポケットのピストルとすり替えておいたのだ」

「えっ、すりかえた？　いつのまに？　これはおどろいた。君は奇術師だ」

「奇術師だよ。おれのような世渡りには、奇術が何より大切だからね。専門家について習ったものだ。そういうわけで、君のポケットへ、すべりこませておいたピストルの最初の一発は空弾《くうだん》だった。あとは実弾だが、おれは一発で死ぬつもりだったから、それでよかったのだ。君があとになってピストルを調べても、残っているのは皆実弾だから、まさか最初の一発だけが空弾だったとは、気がつくまいからね」

小男須原の顔に驚嘆の色が現われた。

「おそろしい度胸だ。わしがもし二発目を撃ったら、君はほんとうに死んでいたのだぜ」

「ハハハハハ、そこが心理学さ。一発で相手が倒れて、動かなくなったら、二発目は撃たないものだ。犯人は音を立てることを、ひどく恐れるからね。

君はおれのすり替えておいたピストルで、おれを撃った。君が撃つだろうということは、ちゃんとわかっていた。だから、おれは芝居の血のりを用意しておいてね、君がピストルを撃つと、すぐに倒れながら、自分の顔に血のりを塗りつけて、ピストルが顔に中《あた》ったように見せかけた」

そこまで聞いても、須原には、まだ合点がいかなかった。

「ちょっと待ってくれ。それはおかしいよ。わしの目の前で倒れたのは、たしかに君だった。ところが、わしはあのとき、心臓にさわってみたし、手首の脈もとったが、どちらも完全にとまっていた。わしはぬかりなく確かめたつもりだ。それが生き返るなんて、考えられないことだ」

「あれも奇術さ」

「えっ、奇術で脈がとまるのか」

「心臓をとめるのはむずかしい。だから、おれはシャツの中に、胸の形をしたプラスチックの板を当てておいたのだ。そうすれば、さわっても鼓動は感じない。手首の方はプラスチックをかぶせるわけにはいかない。これは昔から奇術師のやっている方法を用いた。わきの下にピンポンの玉より少し大きいぐらいの固いゴム玉をはさんで、腕の内側の動脈にあてがって、グッとしめつけているんだ。そうすると、それから先の手の脈はとまってしまう。ちょっとのあいだ脈をとめてみせるなんて、わけのないことだよ」

「ウーン、そんな手があるとは知らなかった。さすがに君は『影男』だよ。で、わしが君の死骸にムシロをかぶせておいて、仲間へ電話をかけているあいだに、君はノコノコ起き上がって、別の本物の死体と入れかわったってわけか」

「君のたくらみは、海の上でピストルを見せあったときから、ちゃんとわかっていたので、医科大学の実験用の死体の中から、おれに近い年配、背恰好のものを盗み出させ、煉瓦の書斎のそばの木の茂みの中へ隠しておいた。この死体の方は、ほんとうに顔を傷つけて、血だらけにして、それに、おれの服を着せておいたので、君はうまくごまかされたのだよ」

須原はいよいよ感に堪えた顔つきであった。

「君みたいな奇術師にあっちゃあ、かなわない。そもそものはじめから、わしはやられていたんだね。わしの方では、犠牲となる君自身に完全犯罪の計画を立てさせ、その君の計画で君を殺そうという、思いきった手を考えついたんだが、君は早くもそれを察して、裏の裏の手段を用意していた。わしの方が底が浅かったことを認めるよ。だが、わしはまだ負けたわけじゃない。裏の裏には、またその裏があるかもしれないからね」

小男の須原が、顔じゅうを皺だらけにして、ニヤニヤと笑った。

影男はその表情を見て、「しまった」と思った。思わずポケットに手をやったが、ピストルは持っていなかった。立ち上がろうとしたが、もうおそかった。うしろから、頑丈な腕がニューッと頸に巻きついてきた。木の蔭に、もう一人の敵が隠れていたのだ。

それを見ると、須原も前から飛びかかってきた。小男の須原はたいしたこともなかったが、うしろの敵はおそろしい力を持っていた。鋼鉄のような腕を持っていた。

影男は、全身の力をふるって、頸に巻きついた腕を、もぎはなし、すばやく立ち上がった。それから五分ばかり、烈しい死闘がつづいた。

敵は二人、味方は一人、それに、新らしく現われたやつが、恐ろしく強いので、さすがの影男も、とうとう組み伏せられてしまった。うしろにねじあげられた両の手首に、細引きがグルグル巻きついてきた。それから、両方の足首にも。そして、ご丁寧に、猿ぐつわまではめられてしまった。

「ハハハハハ、君にも似合わない油断だったね。まさかこの森の中に伏兵がいようとは、思いもおよばなかっただろう。これで、つまるところ、わしの勝ちというわけだね」

小男は息を切らしながら、毒口を叩いた。

もう一人の男は、影男は知らなかったけれども、昌吉と美与子の二人を、小部屋の中に塗りこめたとき、ドアのそとの煉瓦積みをやった、あの斎木という運転手であった。

「さあ、急いで、車まで運ぼう」

小男のさしずで、二人がかりで影男を抱え、森の奥深くはいって行った。そして、神社の境内を囲む生垣の破れから、道路に出ると、そこに一台の自動車が待っていた。

影男はその後部席に押しこまれ、須原がとなりに腰かけて監視役をつとめた。運転手は前部席にはいって、ハンドルを握った。車はゆっくりと辷り出した。

徐行させながら、運転手はうしろを振り向いて殺人会社専務取締役の須原に話しかけた。

「専務さん。実はちょっと心配なことがあるんです。こいつを車にのせるのを急いだので、今までだまっていましたが、大敵が現われたのですよ」

「えっ、大敵とは？」

須原は驚いて、運転手の横顔を見つめた。

「こいつに聞かれても構わないでしょうね。猿ぐつわははめたけれど、耳はきこえるんだから」

「構わないとも、こいつは、もうのがしっこないからね。間もなく、この世をおさらばするやつだ。何を聞かせたって、構やしない」

須原は、今度こそ、余程の自信があるらしい。

「それじゃあ言いますがね、明智小五郎のやつが、われわれの事業を感づきやがったのですよ」

「えっ、明智小五郎が？」

「僕はここへくるまで、六本木の事務所にいたんですが、専務さんが出かけられて間もなく、変な電話がかかってきたんです。相手はだれだかわかりません。明智小五郎が感づいたから注意しろという警告です。からかいかもしれません。しかし用心に越したことはありませんからね。六本木のうちへはいるのは、よくあたりを調べてからにした方がいいでしょう」

「そうか。それがほんとうだとすると、薄気味のわるい話だな。明智が動き出せば、そのうしろには警視庁がいる。そんなことになったら一大事だぞ。で、ほかの二人の重役は、それを知っているのか」

「符牒《ふちょう》電話で知らせておきました。お二人さんは、もう今ごろは、安全地帯へ逃げ出していますぜ」

須原は腕組みをしてだまりこんでしまった。

運転手も正面を向いて自動車の速度を増した。

「よし、この辺でとめろ。君は降りて、ちょっと、家の近くを見てきてくれ」

六本木にはいると、須原がさしずを与えた。運転手は、車をとめて、一人で降りて行ったが、しばらくすると、真剣な顔つきになって、帰ってきた。

「いけません。うちの裏表に、五、六人はりこんでいやあがる。刑事かどうかわかりませんが、とにかく、われわれの帰るのを、待ち伏せしているのはたしかですよ」

「そうか、それじゃあ、品川の事務所へやれ。御殿山《ごてんやま》の家だ」

車は再び走り出した。御殿山にも殺人会社の事務所があるものとみえる。事務所というのは、つまり彼らの隠れがなのだが、この調子では、そういう隠れがを方々に持っているらしい。それほどの用意がなくては、殺人会社などという大それた事業はできないのであろう。

御殿山の近くまで走ると、又、車をとめて、運転手だけが物見に出かけて行ったが、間もなく、顔色をかえて、走り戻ってきた。

「だめだ。ここも張りこんでいやあがる。こんどはどこにしましょう」

「尾久だ」

須原は一こと言ったきり、だまりこんでしまった。車は矢のように走った。品川から尾久までは相当の距離であった。尾久の隠れがに近づくころには、もうあたりが薄暗くなっていた。

驚いたことには、尾久の隠れがにも、見張りがついていた。

小男須原の顔には、四方から追いつめられた野獣の相貌が現われてきた。

車はさらに、三ヵ所の隠れがに走ったが、どこにも、手まわしよく見張りの者がついていた。これはもう、私立探偵単独の行動ではない。警視庁も力を合わせているのだ。右に左に逃げまどっていた野獣が、ついに逃げ場を失ったように、須原たちの自動車は世田谷区の、とある街道に立往生をしてしまった。

須原は長いあいだ考えこんでいた。この分では、もう非常線が張られているかもしれない。東京からそとへ出ようとするのは危険だ。といって、都内の大道路でも、いつ検問を受けないとも限らない。早く、どこかへ隠れなければならぬ。

須原はとうとう兜をぬいだ。こういう場合には何よりも鋭い智恵が頼みだからである。彼は後部席の隅にグッタリとなっている影男の肩を、ソッとつついて、話しかけた。

「様子は君も聞いていただろう。わしがつかまれば、君も同罪だ。君はわしの仕事を手伝ったばかりじゃない。君自身でも、ずいぶん悪事を働いている。つかまったら、当分日の目を見ることはできまい。だからね、物は相談だ。隠れ場所を教えてくれ。明智の手も、警視庁の手も、絶対に届かぬような、安全な隠れ場所を教えてくれ。教えてくれる気なら、猿ぐつわをといてやるが、どうだ」

それを聞くと、影男が深くうなずいて見せたので、すぐ猿ぐつわを解いてやった。

「また仲直りか」

影男は口が利けるようになると、ただちに皮肉の一矢をはなった。

「ウン、仕方がない。お互の利害が一致すれば、一時休戦だ。とにかく、今は君もわしも、身の安全を計らなければならない。こういう場合、いつも名案を持っているのは、君の方だ。お互のために、一つ智恵をしぼってくれ」

「窮余の講和というわけか。君もずいぶん勝手なやつだな。まあいい、それほどに言うなら、一つ名案をさずけてやろう。影男はどんな場合にも窮するということを知らない人間だからな」

「たのむ、たのむ。こうなれば、君の智恵にすがるばかりだ」

「それじゃあ、この細引きを解いてくれ。からだの自由が利かなきゃ、名案も浮かばないよ」

「ウン、解いてやる。だが、大丈夫だろうな。わしを裏切って、逃げ出す気じゃないだろうな」

「そんなに疑うなら、よしたらいいだろう。おれの方から頼んだわけじゃない」

「わかった、わかった。それじゃあ、解いてやる。そのかわり、もし逃げようとすれば、わしもやけくそだ、ピストルをぶっぱなすよ。ホラ、これだ。今度は空弾じゃないぞ」

須原は例のコルトを見せておいて、細引きを解いてやった。

影男は、自由になった両手をさすりながら、

「ここはどこだ」

「下高井戸《しもたかいど》の近くだよ」

運転手が、ふりかえって答えた。

「荻窪まで、どれほどかかる？」

「十五、六分だな」

「よし、荻窪だ。荻窪から青梅《おうめ》街道を少し行ったところだ。その前に電話をかける。公

衆電話があったら、とめてくれ」

　車は走り出した。西の空の夕焼けが、だんだん薄らいで街灯の光が目立ちはじめていた。

　じきに公衆電話のボックスがあった。影男は、ポケットの中でピストルを構えた須原に、つき添われて、車を降り、ボックスにはいった。

「うまい具合だ。隠れ場所が見つかったぞ。これから、君に面白いものを見せてやる」

　影男は、やがて、ボックスを出ると、ニヤニヤ笑いながら、そんなことを言った。

　再び車は矢のように走り出した。国鉄の線路をこえて、青梅街道に出ると、影男が右、左と、さしずをした。そしてとまったのは、高いコンクリート塀でかこまれた、大きな屋敷の門前であった。電話で知らせてあったためか、車がとまると、アラベスクのすかし模様の鉄の門扉が、音もなく一ぱいにひらいた。車はその中へ辷りこんで行った。すると、門扉は静かに、再びとざされた。

艶樹の森

　門内に車をとめて、三人が降りると、どこからか、黒ビロードのシャツとズボンを着けた男が、影のように浮き出してきて、影男と何かささやき交わしたかと思うと、そのまま先に立って、裏庭の方へ廻って行った。

そこには森のように木が茂っていた。そして、大きな池が黒く見える水をたたえていた。黒い男の手まねで、三人はその池の岸に立ちどまった。影男は、これから何が起こるかを、よく知っていたけれども、須原と部下の運転手は、はじめてここに来たのだから、一種異様の不安を感じないではいられなかった。

「妙なところへ来たが、これからどうなるんだね」

須原が影男の耳に口をつけるようにして、心配そうにささやいた。

「この池の中へ隠れるんだよ」

影男は、自分自身の経験を思い出して、心の中でクスクス笑いながら、わざと思わせぶりな答え方をした。

「えっ、なんだって？　この池へはいるのかい」

「ウン、はいるのだよ。水の中へもぐるんだよ。ウフフフフ、だが安心したまえ、直接もぐるんじゃない。それにはうまい方法があるんだ。今にわかるよ。まあ見ていたまえ」

みなだまりこんでいた。広い邸宅ばかりの淋しい場所だし、この庭そのものが、森林のように広いので、なんの物音も聞こえてこない。夕闇は刻々に迫まり、一つの灯火も見えず、あたりはもう見分けられぬほどの暗さになっていた。闇と静寂とが、異常な別世界を感じさせた。

黒い池の表面が、かすかにゆれているように見えたが、突然、そこから棒のようなものが現われてきた。棒の先がキセルの雁首《がんくび》のように曲がっている。ペリスコープだ。それが三フィートほども伸びると、池水はさらに烈しくゆれ動いて、直径五フィートもある、まっ黒な円筒形のものが、池中の怪獣のように、ヌーッと巨大な頭をもちあげてきた。

鉄の円筒が水上二フィートほどで静止すると、その上部の円形の蓋が静かにひらき、その中から、鉄梯子がスルスルとのびて、池の岸に懸けられた。

「じゃあ、どうか」

黒ビロードの男が、ささやくように言って、まっ先にその梯子をわたり、円筒の中へもぐりこんで行った。

「あの中へはいるんだ。これが別世界への入口だよ。別世界へはいってしまえば、もうこの世とは縁が切れるのだ。絶対の安全地帯だよ。さあ、おれについてくるんだ」

影男は須原と運転手に、そう言って、梯子をわたりはじめた。二人はそのあとにつづく。

鉄の円筒の内側には、まっ竪《たて》の梯子がついていた。一人ずつそれを伝い降りて、円筒の底に立った。狭い場所なのでからだをくっつけ合っている。

影男は経験ずみだが、須原と運転手は、はじめてなので、まっくらな円筒の底にとじこめられ、これからどうなることかと、異様の不安に襲われないではいられなかった。どこかでモーターの音がして、円筒がユラユラと揺れたかと思うと、なんだか眼がくらむような気がした。ちょうどエレベーターの下降する感じだった。

円筒が池の底へ静かに沈下しているのだ。円筒が再び静止すると、目の前の鉄の壁に、竪に糸を張ったような銀色の光がさし、それがみるみる太くなって行く。円筒の壁の一部がドアになっていて、それがひらいている。向こう側の電灯が、ドアがひらくにつれて、さしこんでくるのだ。

「こちらへ」

池の底では円筒が二重になっていて、出入口も二重ドアなので、決して水が浸入するようなことはない。人々が円筒を出ると、二重ドアは自然にしまって行く。

黒ビロードの男が先に立って、地底の洞窟を奥へ進んで、岩肌と見わけのつかぬ一枚のドアをひらくと、そこに接客用の小部屋があり、椅子やテーブルが置いてあった。

「これはようこそ。お電話がありましたので、お待ち申しておりました」

丸々と肥った色白の顔に、チョビひげのある紳士が、椅子から立ち上がって、西洋流のゼスチュアで挨拶した。

「僕は二度目ですが、この二人は、はじめてです。例の極楽を見せてやりたいと思いましてね」

影男が二人を引き合わせて、みなが席につくと、案内役をつとめた黒ビロードの男が、一礼して立ち去ろうとするので、影男はこれを呼びとめた。

「僕らの乗ってきた自動車は、ガレージに入れておいてください。門のそとから見られないようにね」

男はうなずいて、又一礼して引きさがって行く。

「ところで、規則に従って、先ず観覧料をお支払いします。前の通りでよろしいですね」

「ハイ、さようで」

色白のチョビひげ男は、もみ手をして答える。

影男は、ポケットから小切手帳と万年筆を取り出し、百五十万円の金額を書き入れて、さし出しながら、

「僕の小切手ですが、まちがいはありません。もうお馴染《なじみ》になっているんだから、ご信用願えるでしょうね」

「もちろんでございます。あなたさまの莫大なご収入については、わたくしどもの方でも、よく承知いたしておりますので」

チョビひげはちょっとウインクをして、ニヤリと異様に笑って見せた。

「では、三人いっしょに、奥へ行ってもよろしいですか」

「もちろんでございます。ですが、ちょっとお断わりしておきますが、あなたさまが、この前ごらんになりました景色は、ガラリ一変いたしておりますよ。この前は海でございましたが、今度は森でございます。艶樹の森と申しまして、別様の風景を作り上げたのでございます。それから、第二のパノラマ世界もまた、すっかり変わっております。それは荒涼たるこの世のはてでございます。そこへ行く通路は……いや、これは説明いたしますまい。艶樹の森をさまよっておいでになれば、自然と、そのもう一つの別世界に出られるようになっております……では、どうか廊下を奥へお進みいただきます。案内のものは、この前と同じように、途中までお出迎えしておりますから」

チョビひげに送り出されて、三人はトンネルのような洞窟の中を、奥の方へ進んで行った。どこかに隠し明かりがついていると見えて、洞窟のゴツゴツした岩肌が、ぼんやりと見えている。

しばらく行くと、洞窟の奥から、まっ白なものが現われてきた。この前と同じ全裸の美女である。三人はこの裸女の案内で、岩屋の湯にはいり、着替えをすませた。すべて前のときと同じである。三人のうち、斎木運転手は、なぜか湯にはいらないで着替えだけにした。こうして三人が着替えたのは、例のピッタリと身についた黒ビロードのシャツとズボンである。

それから三人は、例のまっ暗な洞窟の中へ、はいっていった。トンネルはだんだん狭くなり、ついには四つん這いにならなければ、通れないほどになった。そして、やがて行きどまりだ。だが、影男は経験ずみなので、迷わなかった。じっと待っていると、正面の岩がスーッと横に動いてそこにポッカリ通路がひらいた。

ひらいた岩の向こうに、急な登りの階段があった。それを登って行くと、そこに不思議な世界がひらけていた。

三人が這い出した穴は、眼の届く限り果てしも知らぬ大森林のまんなかであった。

ここは地上ではない。むろん地底世界のつづきなのだ。地底にこんな大森林があるはずはない。むろん、この世界の経営者の巧みな目くらましにちがいない。この前には、地底に無限の大洋がひろがっていた。それはパノラマ原理の応用であった。この大森林も、おそらく、それに似た幻術なのであろう。

だが、この森は地上では見ることのできない、不思議な森であった。そこの巨樹たちも、いかなる植物学者も目にしたことのない、異様の妖樹であった。

その二た抱えもある太い幹は、白、桃色、又は狐色の複雑な曲線に覆われ、それが絶え間なく、ムクムクとうごめいていた。うごめく樹幹の上には、巨大な棕櫚《しゅろ》の葉のようなものが、空を隠して繁茂していた。

森の中には生暖かく甘い芳香が、むせ返るように漂っていた。それは若い女性の肉体から発散する香気であった。

三人は手近の一樹の幹に近づいて、こわごわそれを観察した。その幹は裸女の肉体の密集から成り立っていた。おそらく中心に一本の堅い棒が立っているのであろう。その棒の頂上から棕櫚の葉が四方にひろがっているのであろう。だが、幹は生きて動いている。棒の下から頂上まで、裸女がそれに取りすがって、折りかさなり、ひしめき合っているのだ。そして、うごめく白と桃色と狐色の幹が出来上がっているのだ。

からだとからだとが、すき間なく密着し、かさなり合っているので、全体が、なまめかしい曲線を持つ一本の太い柱になっている。古代印度《インド》の石窟の柱には、これに似た彫刻がきざまれていた。しかし、あれは動かぬ石の彫刻、ここのは、生きてうごめく肉の彫刻である。

よく見ると、一人の女のわきの下にはさまれ、別の女の顔が、こちらを向いて、にこやかに笑いかけていた。一人の女のゆたかなお尻の下に、別の女の乳房が震えていた。腕と腕とがねじれ、足と足とがからまり、ある腕や足は、肉の枝となって、横ざまに伸び、ふりみだした黒髪は、巨木にまといつく蔦葛《つたかずら》とも見えて、それらが、つとめて静止してはいるのだが、若い生きもののことだから、ムクムクと、絶えずどこかが動いている。

それがただ一本の幹ならば、さして驚くこともないのだが、何百何千本、同じような裸女の巨木が眼もはるかに、無限のかなたまでつづいている。こんなことが果たしてあり得るのであろうか。

一本の木に十数人としても、数百本、数千本となっては、ほとんどかぞえきれない裸女を動員しなければならない。この地底世界に、それほどの巨資があるのであろうか。この前にチョビひげが言っていたのでは、地底世界の女の数は百人ぐらいのはずであった。そのくらいの人数で、この見る限り裸女で埋まっている森林が出来上がるはずはない。

やっぱりパノラマの原理で、遠方の木は壁画にすぎないのであろうか。だが、それにしては、遥かかなたの小さく見える木々までも、みな生あるもののごとくうごめいているのは、どうしたわけであろう。

三人は余りの妖異に、物言うことも忘れて、フラフラと、裸女の幹から幹へと、さまよって行った。彼らの右ひだりを、白、桃色、狐色の、あらゆる曲線が、送りまた迎えた。顔を外向けにしているのは、ごくまれであったが、その顔は皆、三人の旅行者に、みだらな微笑《ほほえ》みを送った。顔のまわりには、ふくよかな腰、腹、乳、肩、尻、腿、腕が、ひしひしと取りかこんで、微妙に蠕動《ぜんどう》していた。或る肌は白く滑らかに、或る肌は桃色に上気し、或る肌はにおやかに汗ばんでいた。

「オヤッ、見たまえ、あっちから、黒ビロードの見物人がやってくるぜ」

須原が、地底にはいってから、はじめて口をきいた。

見ると、向こうの樹間に、チラチラと、黒い人影が見える。やっぱり三人づれで、こちらへやってくる。

「アッ、あっちにもいる」

その方を見ると、そこにも同じような三人づれ、

「ごらんなさい。うしろからもやってくる」

運転手の声に、ふり返ると、後方の樹間に、やっぱり三人の黒い人影。

「ヤ、あすこにも！」

「オヤ、こちらからも！」

三人はグルグルまわりながら、四方を眺めまわしたが、四方八方の立ち木のかなたに、無数の黒い人影が、ちらついていることがわかってきた。そればかりではない。二十メートルほどのところに立っている三人の黒衣のはるか向こうに、また同じような人影がちらつき、そのまた向こうの、かすんで見わけられぬほどの遠方にも、小さな人影が見えている。四方八方その通りなのだから、この森の中にいる黒ビロードの見物人は、ほとんどかぞえきれないほどの数である。

いよいよ、ただごとではない。こちらが気でも狂ったのではないか。恐ろしい夢を見ているのではないか。

「アハハハハハ」

突然、影男が笑い出した。ほかの二人はギョッとして、その顔を見つめる。

「わかった。手品の種がわかったよ。鏡だ、鏡が四方に張りつめてあるんだ。いや、四方じゃない。ここは八角形の部屋で、八方が鏡になっているんだ。だから本物の女体の木は十本ぐらいで、あとは鏡に写ったその影なんだ。八面の鏡に反射し、逆反射するので、無限に遠くまでつづいているように見えるんだ。黒ビロードの見物もその通り、本物はわれわれ三人きりだが、それが八方の鏡に写って、あんなに多勢に見えるんだ。

地上世界の見世物で、こんなことをやれば、すぐに種がわかってしまうが、地底の洞窟という好条件がある。それに照明が実にうまくできている。そこへもってきて、女ばかりでできた木の幹という、ずば抜けた着想だ。ヒョイとここへ入れられた見物は、どぎもを抜かれて、手品の種に気がつかないのだ」

しかし、手品の種がわかっても、目の前の不思議な眺めは、少しも魅力を失わなかった。ともかくも、何十人という本物のはだかの娘が、巨木の幹の代理をつとめているのだ。その一つ一つにちがった肌の色、肉のふくらみ、曲線の交錯、サイレンのようにみだらな笑顔、それらの細部を見つくすまでは、男心を飽きさせることはないのだ。

そのとき、どこからともなく、おどろおどろしく太鼓の音が聞こえてきた。怪談作家ブラックウッドが、アマゾン川の流域の無人の境で聞いたという、あの別世界の音響のように、所在不明の太鼓の音が響いてきた。

三人は慄然として立ちどまり、互の眼を覗き合った。

太鼓につづいで、静かに起こる弦楽の音、十数張りのヴァイオリンのかなでる、この世のものならぬ妖異のしらべ。それにつれて、裸女の森林をゆるがす大音響が湧き上がった。美しく、雄大きわまる女声の四部合唱。木々の幹なる裸女どもが、口を揃えて歌っているのだ。その歌声は洞窟にこだまし、八方の鏡にはねかえされて、不思議な共鳴を起こし、無限のかなたまでつづく大森林全体が、歌に包まれ、歌に揺れているように感じられた。

耳を聾する歌声は、或いは低く、或いは高く、いつまでもつづいた。そのリズムに取りまかれ、リズムに身も浮き上がり、三人のからだが、徐々に、調子を合わせて動揺しはじめたのも無理ではなかった。

ピッタリ身についた黒ビロードのメフィストたちは、しなやかに手を振り、静かにステップを踏んで、うた歌う裸女どもの幹から幹へと、身ぶりおかしく、めぐりはじめた。めぐりめぐれば、次々と笑いかける、愛らしい眼、におやかな唇。木の枝になぞらえて、バレーのように高々とあげた裸女の足、裸女の手も、歌声に合わせて、ゆるやかに律動していた。その中を、踊りながらめぐり歩く黒ビロードのメフィストは、ゆらぐ裸女の手に触れ、足に触れ、肩を撫《な》で、乳房をかすめ、はては、うた歌う唇にさえ触れるのであった。

「ヤ、あれはなんだ？」

須原の頓狂な声に、指さす方を一と目見ると、さすがの影男も、アッと声を呑んで、立ちすくんでしまった。

妖異の森には妖異のけだものが棲んでいた。かなたの樹間に現われたのは、裸女の幹と同様、一見してはなんともえたいの知れぬ怪獣であった。

前にも、横にも、うしろにも、美しい人間の顔がついていた。そして十本の腕、十本の足、巨大な桃色の怪獣が、その十本の足をムカデのように動かして、こちらへ近づいてくるではないか。

前後左右の五つの顔は、赤い唇で歌を歌い、十本の手は、なよなよと、それに合わせて拍子をとり、十本の足も、巧みにステップを踏んでいる。それは五人の裸女が、からだを異様に組み合わせ、ねじり合わせて、一匹の艶《なまめ》かしい巨獣となったものであった。

洞窟にはいってから二時間あまり、黒いメフィストは、時を忘れ、追われている身を忘れ、地上の一切の煩いを忘れ、艶樹の森と、地底世界をどよもす音楽と、歌声と、踊り狂う五面十脚の美しい怪獣とに、果てしもなく酔いしれていたが、ふと気がつくと、またしても、ただならぬ奇怪事が起こっていた。

八方の鏡に写る黒ビロードの人影が、刻一刻、その数を増して行くかに感じられた。

はじめのうちは誰も気づかなかったが、こうも人数がふえてきては、もう気づかぬわけにはいかぬ。影男が先ず立ちどまり、つづいて須原が立ちどまった。運転手はどこへ行ったのか、その辺には姿が見えなくなっていた。

「これはどうしたことだ。おれの眼が酔っぱらっているのか。それとも、またしても何か地底の魔術がはじまったのか」

「わしの眼もどうかしている。鏡の影が倍になった。いや、三倍四倍になった。見ろ、木の幹のすきまというすきまは黒い人間で一ぱいじゃないか。おかしいぞ。ホラ、わしは今手をあげた。だが、手をあげないやつが一ぱいいる。わしらの影じゃない。別の人間がはいってきたのか？」

二人は手を上げ足を上げて、八方の鏡を見廻した。手足をあげている影は、全体のほんの一部分にすぎない。やっぱり、別の黒ビロードがはいってきたのだ。一人や二人ではない。五人、十人と、新米の客がつめかけてきたのであろう。

音楽も歌声も、少しも途切れないでつづいていた。耳を聾する音響が、彼らの思考力を昏迷《こんめい》させたのであろうか。

いや、そうではない。鏡の影ではない実物の黒ビロードが、前から、うしろから、右から左から、二人の方へ近づいてくるのが、ハッキリ認められた。その近づきかたが、ただごとではない。賊を包囲した警官隊が、包囲の環《わ》をジリジリとせばめてくるあの感じであった。しかも、その包囲陣は少なくとも十人をくだらないように見えたではないか。

二人はもう身動きができなかった。いまわしい予感がヒシヒシと迫まってきた。

だが、音楽と歌声は最高潮に達していた。木々の裸女たちのゆらめきも、物狂わしくなっていた。ワーン、ワーンという響きに八方の鏡もゆらぎ、洞窟そのものも揺れ動いているかと感じられた。

その大音響が、一瞬にしてピタリととまった。裸女どもも、人形のように静止した。何かただならぬ鋭い物音が聞こえたからである。それは銃声であった。ピストルの音であった。そのあとの余りの静けさに、耳鳴りだけがジーンと残っていた。

ハッとして見廻すと、四方から迫まった黒ビロードの人々の手に、ことごとくピストルが構えられていた。実物は、七、八人だが、八方の鏡に写る何百何千人。そのおびただしい黒衣の人々が、百千の銃口を、こちらに向けておびやかしているのだ。

「手を上げろ」

まっ先に進んだ一人が、死の静寂を破ってどなった。

影男も須原も、すなおに両手を高く上げた。妖異な環境と、見事な不意討ちが、さしもの悪党どもを、一刹那、無力にしてしまったのだ。

「殺人請負会社専務、須原正、通称影男、速水荘吉を逮捕する」

それは警官の声であった。どうしてこの地底世界へ、警官がはいりこんできたのか。そんなことは不可能ではないか。第一、警察官がピッタリ身についた黒ビロードのシャツなど着ているというのは、考えられないことだ。

「君たちは、いったい誰です」

「僕は警視庁捜査一課第一係長の中村《なかむら》警部だ。逮捕状もちゃんと用意している」

黒ビロードの人は、そう言って、二人の前に一枚の紙片を差し出して見せた。一見して正規の逮捕状であることがわかった。

これはいったい、どうしたことだ。地底世界の経営者が内通したのだろうか。あのチョビひげが、友誼《ゆうぎ》にそむいて、警察に知らせたのであろうか。そんなことはあり得ない。この地下装置による不当営利事業を、その筋に知られたら、彼も重い処罰を受けるはずではないか。彼ではない。彼が内通するはずはない。では、いったい誰のしわざか？

「オイ須原君、君の部下の運転手はどこへ行ったのだ。その辺に見えないじゃないか」

影男が、恐ろしい顔で須原を睨みつけた。

「ウン、わしも、さっきから、それが気になっていたのだ。オーイ、斎木、斎木はいないか」

その呼び声に、うしろの方から、黒衣の人々をおしわけて、運転手の斎木が顔を出した。そして、両手をさし上げている二人の滑稽な姿を見ると、驚く様子もなく、ニッコりと笑って見せた。

「お二人とも、もう年貢の納めどきですよ」

腹心の部下と信じきっていた斎木が、思いもよらぬセリフを口にしたので、小男の須原は、アッと仰天した。顔は紫色になり、瞼から飛び出さんばかりの眼で、喰い入るように相手を睨みつけた。

明智小五郎

「オイ、斎木、なにを言ってるのだ。きさま、気でもちがったのかっ」

小男の須原が、満面に怒気を含んで、どなりつけた。

「気がちがったのじゃない。君の方で、とんでもない思いちがいをしていたんだよ」

斎木運転手は、社長にむかって、ぞんざいな口をきいた。そして、そばの刑事たちに、ちょっと目くばせすると、二人の警官が、それぞれ、影男と須原のからだをしらべて、兇器のたぐいを隠し持っていないことを確かめた。

「思いちがいだって?」

須原が、眼をむき出して、一種異様の渋面を作った。

「僕を斎木だと思いこんでいたのがさ」

「えっ、それじゃ、君は斎木じゃないのか」

そのとき、斎木と呼ばれる男が、片手で、自分の頭の毛をつかむと、力まかせに、それをひきむいてしまった。カツラだった。その下から、あぶらけのない、モジャモジャ頭が、あらわれた。

彼は、今度は両手で自分の顔を覆って、しばらく何かやっていたかと思うと、ツルリと、その手をなでおろした。すると、その下から、斎木とよく似ているけれども、しかし、どこかまったくちがった顔があらわれた。

影男はその顔を知っていた。新聞や雑誌の写真で見たことがある。モジャモジャ頭が目じるしだった。

「アッ、君はもしや……」

「私立探偵の明智というものだよ」

相好の変わった運転手が、ニコニコ笑っていた。あたりがシーンと静まりかえった。影男も須原も、急には物が言えなかった。

やっとして、須原が、ふしぎにたえぬ顔つきで、口を切った。さすがに彼は、一瞬の狼狽《ろうばい》から、もう落ちつきを取り戻していた。

「フン、あんたが音に聞く明智先生ですかい。お見それしました。だが、いったい、いつのまに？……変装の名人とは聞いていたが」

「六本木の毒ガスと塗りこめ事件の少し前からね。斎木がどこか僕と似ているのをさいわい、僕は斎木を或る場所に監禁して、こっちが斎木になりすまし、君の忠実な部下となった。そして、たった今まで、忠勤をぬきんでていたというわけだよ」

明智はやっぱりニコニコ笑っていた。

「ハハハハハ、これはおかしい。すると、君は人殺しの手伝いをしたわけだね。篠田昌吉と川波美与子を毒ガスで殺して、部屋の中へ塗りこめたとき、君は煉瓦積みまでやったじゃないか。ガスのネジをあけたのも君だ」

「それが大変な思いちがいだというのさ」

「えっ、なんだって?」

「ガスのネジをひらいたり、煉瓦を積んだりしたときには、二人はもう、あの部屋にはいなかったのだよ」

「バカなことを。おれたちは、絶えずドアのそとで見はっていた。出入口は、あのドアのほかには絶対になかった」

「見張ってはいたさ。君と僕と替りあってね」

「え、替りあって?」

「二人をあの部屋にとじこめて、君はのぞき窓から、しばらくからかっていた。いやがらせを言っていた。それから、川波良斎を迎えに行った。あとの見張りは、この僕に任せておいてね」

小男の須原の眼が、一層とび出した。そして、ウーンと言ったまま、二の句がつげなかった。

「あのすきに、僕は部屋にはいって、二人をにがした。二人は廊下の窓から出て、木のかげを伝って裏口へまわった。そこに僕の部下が待ちうけていた」

「いや、ちがう。そんなはずはない。良斎をつれてきて、のぞきまどから、のぞかせたとき、良斎が二人の姿を見ている。見なければ、あいつが承知するはずはない」

「そこに、ちょっとカラクリがあったんだよ。まあ手品だね。僕はズボンとスカートと二足の靴を、新聞紙に包んで、あの廊下の物置き部屋に隠しておいた。それと同じ物置き部屋にあった古服なんかをもってあの部屋にはいった。そして、二人に、ズボンとスカートと靴をぬがせ、僕の用意しておいたのと、はきかえさせて、逃がしたのだ。残った二人のズボンとスカートと靴で、古服なんかを芯に入れて、人間の下半身をこしらえた。それを、のぞき窓の下の壁際にならべて置いた。真上の窓からのぞくと、壁ぎわの上半身は見えないから、二人が絶望して、壁にもたれて、足をなげ出していると信じてしまったのだ」

「ちくしょう！　やりやがったな」

須原が、じだんだを踏むようにして、頓狂な声をたてた。

影男は興味深くそれを傍観していた。すべて彼には初耳であった。昌吉と美与子が助けられたことを、このときはじめて知り、名探偵の手際を、ヤンヤと褒めてやりたいような気持だった。小男須原の狼狽は小気味がよかった。

それにしても、ここは名探偵と犯罪者の対決の場として、なんという異常な背景であったろう。ウジャウジャとひしめく、無数の肉体のまっただ中で、探偵理論が語られているのだ。兇悪殺人があばかれているのだ。

裸女たちは、黒衣の警官隊の侵入におそれをなして、過半はもう木の幹からおりて、明智と二人の犯人のまわりに、むらがり立っていた。この場を逃げ出したい恐怖心よりも、彼女らの性格として、ふてぶてしい好奇心が勝ちを占めた。なにか見世物でものぞくように、三人のまわりにむらがって、ふしぎな問答に聴き耳を立てていた。

明智は話しつづけた。

「すべては斎木の信用にかかっていた。君は腹心の部下として斎木を信頼しきっていた。それがなければ、僕のトリックは成功しなかっただろう。君の信用を、さらに強めるために、僕はここにいる佐川君、それとも速水君かね。この人物を森の中で襲って、とりこにした。それから、自動車を運転して、東京のいたる所にある君の根城をまわりあいた。だが、その根城のことごとくに、警察の見張りがついていると言ったのは、やっぱり僕のトリックだった。あれはみんなウソなのだ。君は斎木としての僕を信頼しきっていたので、そのウソを見やぶることができなかった。なぜ、そんなウソを言ったか。窮余の一策として、君が佐川君の智恵を借りるのを待っていたのだ。佐川君が僕たちを、どこへ連れて行くかそれが知りたかったのだ。すると、こういう面白い地底の世界を見せてくれた。そして、ここでまた、ふしぎな犯罪者を発見することができた。

三人が三人とも、さすがの僕も今までに出会ったこともない、飛びきりの異常犯罪者だった。一人は殺人請負会社の専務、一人はこの世の裏を探しまわって恐喝を常習とする影男、一人は地底にパノラマ王国を築いて、それを営業とする怪人物、僕は一石にして巨大な三鳥を得た。すばらしい獲物だったよ。ハハハハハ」

明智はそのときはじめて、心からのように、大きく笑った。その軽やかな、はずむような哄笑《こうしょう》が、裸女群の頭上を漂って、八角の鏡の壁に反響した。

すると影男が、これもニコニコ笑いながら、一歩明智に近づいて、口を切った。

「それにしても、明智先生は、この地底の世界へは、はじめて来られたのでしょう。それで、どうして、こんなに手早く警察と連絡ができたのでしょうか。これにも何か手品の種があるのですかね」

「それは種があるんだよ」

明智はまるで親しい友だちにでも話しかけるような口調であった。

「君は僕の少年助手に小林《こばやし》という子供のいることを知っているだろうか。その小林が、僕たちの乗ってきた自動車の、うしろのトランクの中に隠れていたのだよ。僕が隠しておいたのだよ。それはいつだというのか？　君をしばるまえに、あの神社の森のそばでさ。

ここのうちの門をはいってから、小林はソッとトランクから抜け出して、近くの電話で、警視庁の中村警部に、場所を知らせた。中村君は部下をつれて、このうちにかけつけ、塀のまわりに待機していた。

一方、僕は地底世界で、ちょっと荒療治をやった。さっき、しばらくのあいだ、僕は君たちのそばを離れたね。君たちが艶樹と艶獣を観賞しているあいだに、僕は一と仕事をやったのだ。

君たちに気づかれぬように、もとの道を引き返して、入口に近い事務室で、主人のチョビひげを、手ごめにして、泥を吐かせた。地底世界の様子が、あらましわかった。ここには八人の男が使われていた。その八人を、次々と事務室に呼んで、次々としばり上げてしまったのだ。僕はこう見えても腕力に自信がある。一人と一人なら、どんな猛者《もさ》にも、ひけをとるものじゃない。

それから、チョビひげを脅迫して、池のシリンダーを浮き上がらせ、待機していた十人の警官を、地底世界に引き入れた。そして、八人の男の黒ビロードをぬがせて、中村警部と七人の部下に、それを着せた。この艶樹の森へ、黒衣の警官が侵入してきたのは、そういう次第なのさ。残る二人の警官は、事務室に縛り上げてあるチョビひげと八人の男を、見張っているのだよ。

ここでは詳しく話しているひまはないが、僕が君たちの秘密をにぎったのは、山際良子の口からだよ。佐川君のあまたあるガールフレンドの一人だ。あの子は久しく君のところへ顔を見せないだろう？　それは僕が手中のものにしたからさ。といっても、恋人にしたわけじゃない。僕の熱意にほだされて、悪人の手先から足を洗ったのさ。そして、彼女の知っているだけのことを、僕に話してくれた。だから、僕は君の旧悪を、あらかた知っている。川波良斎の復讐事件には、僕自身とびこんでいったんだから、知ってるのは当たりまえだが、そのほかに、春木元侯爵夫人らの依頼を受けて、小林という艶歌師を古井戸に埋めた事件、須原君の殺人会社の依頼で、世田谷の毛利という富豪の愛人を、人造の底なし沼におとしいれる案をさずけた事件など、幾つも確証を握っている。

君のことを調べていると、須原君の殺人会社のこともわかってきた。君たち二人が、時に味方となり、時に敵となって、もつれ合ってきた関係も、明きらかになった。それから僕は須原君の腹心の部下、斎木に化けて、殺人会社の一員となったので、恐るべき請負会社の過去の悪行の数々を調べあげることができた。

そこで僕は、君たち二人を一挙に撲滅する計画を立てた。そして、その計画は見事に成就したばかりか、まったく僕の知らなかったこの地底魔境という、思わぬ収穫さえあった」

明智が語り終るころには、影男と須原は、ソッと目くばせをして、少しずつ、少しずつ、あとじさりをはじめていた。もう三メートルも、明智とのあいだがひらいた。二人は、そうして、裸女の群集の中へ、まじりこもうとしているかに見えた。

明智は、それを見ても、なぜか平然としていた。予期していたことだとでもいうように、見て見ぬふりをしていた。

「アッ、明智君、あいつら、にげるつもりだぞっ」

中村警部が、そばによって、明智の腕をつついた。だが、もうおそかった。二人の犯人は、群がる裸女の中に、突入していた。白と桃色と狐色の肉団の密集の中を、鏡の壁に近づこうとしていた。八人の黒衣が、それを追って、裸女の海を泳いだ。だが、なかなか近づくことはできない。もうピストルも物の役にたたなかった。撃てば女たちを傷つけるにきまっているからだ。

八角形の鏡の部屋は、今や沸きたぎる人肉の坩堝《るつぼ》と化した。鏡の影を合わせて、幾千人の裸女と黒衣が、乱れ、もつれ、泡立ち、ゆらいだ。百千の口からほとばしる悲鳴は、阿鼻叫喚《あびきようかん》の地獄であった。

影男と須原とは、この混乱の中を、ようやく一方の鏡の壁に達していた。彼らは手をつなぎあって、ギラギラ光る壁づたいに走った。その行く手に立ちふさがる女体は、次々と顚倒《てんとう》し、足を空《そら》ざまにして悲鳴をあげた。

この鏡の壁をつたって、一周すれば、どこかに、別のパノラマ世界への出口があるだろう。二人は期せずして、それを考えたのだ。チョビひげの説明のなかに、チラと、そんな口ぶりがあったのを、忘れなかったのだ。別のパノラマ世界へはいれば、そこには又、別の逃亡の手段がないとは限らない。チョビひげは、そこをこの世の果てだと言った。追いつめられた極悪犯人の逃げるところは、もうこの世の果てのほかにはなかったのだ。

鏡をつたって走っていると、鏡の内側にも、外側にも、無数のひしめく肉体があった。それが押し合い、押し返し、はねのけ、つかみ合い、うめき、叫び、泣き、わめいていた。角を一つ、二つ、三つ、四つ、二人は執念ぶかく、鏡から離れなかった。そして、手の届くかぎりの鏡の面を押し試みた。隠し戸はないかと、叩き、蹴り、からだごとぶつかってみた。

「あっ、ここだ!」

影男が、頓狂なこえを立てた。鏡板の一部が、グラッとゆれて、そこにポッカリと黒い口がひらいた。二人は手をつないで、その中へまろび入った。すると、鏡の隠し戸は、また元のように、ピタッと、とざされてしまった。誰も追ってくるものはなかった。二人はやっと別世界にはいることができたのだ。そこにはもう、女共の悲鳴も警官の怒号も聞こえなかった。それは死の国であった。

この世の果て

明智小五郎は中村警部やその部下とともに、地底世界の入口に近い、いわゆる事務室に戻っていた。

そこには、この地底世界の持ち主のチョビひげ紳士と、八人の男が、手足をしばられて、うずくまり、それを二人の警官が監視していた。

「地底王国の御主人、二人の犯人は、もう一つのパノラマ国へ逃げこんだ。あの鏡の壁に、隠し戸があったのだね」

明智がチョビひげの前に行って、たずねると、彼はうしろ手にしばられた上半身をおこして、恨めしそうな顔で、こちらを見上げた。

「そうですよ。でも、ご見物衆はあの隠し戸からはいるまでに、気を失うのです。気を失ったところを、ソッと運んでおいて、パッと眼をひらくと、そこにまったく別の世界があるというのが、最も効果的ですからね。それには、わたしが工夫した、麻酔ガスを用います。艶樹の森を充分観賞なさったころに、美しい魔女が、見物衆にまといつきながら、パイプのネジをひらいて、その鼻先に麻酔ガスを吹きかけるのです。

ですから、あのお二人が、正気のまま、鏡の隠し戸をひらいて、別の世界へ、はいられたとすれば、折角の趣向がぶちこわしですよ。それでは、二つの世界が連続してしまいます」

チョビひげは、捉われの身でも、おしゃべりのくせはやまなかった。

「君はさっき、その別の世界は、この世の果てだと言ったね。そこはどんな景色なのだね」

「まったくのこの世の果てですよ。荒涼たる岩ばかりの無限の大渓谷です。地球の果てです」

「ここには、その二つの世界のほかに、まだ何かあるんじゃないか」

「ありません。二つの世界で、わたしの地底王国は一ぱいですよ」

「で、そこから、そとへの抜け道はないだろうね」

「あるものですか。そとへの出口は、池の中のシリンダーただ一つですよ。ですから、あなた方は、ここにがんばってれば、絶対に二人を逃がす心配はありません」

「僕も、そうにちがいないと思って、わざと二人を見のがしておいたんだがね。それで、この世の果ての世界では、どんなことが起こるんだね」

「美しい天女の雲が、舞いさがってくるのです。しかし、誰かが、機械を動かさなければ、そういうことはおこりませんよ」

「そして、最後に、やはり麻酔ガスで眠らせるのかね」

「そうですよ。一つの世界ごとに、一度ずつ眠らせるのです。それも、機械を動かさなければ、ガスは吹き出しません」

「で、君はその機械を動かせるだろうね」

「もちろんですよ。わたしが設計した機械ですもの」

「よろしい。それじゃ、縄をといてやるから、その機械を動かしてくれたまえ。もっとも、僕が絶えず君につきそっているという条件だよ」

「承知しました。それじゃあ早く縄をといてください……ところで、このわたしは、いったい、どうなるのですかね。やっぱりひっぱられるのですか。わたしは何も悪いことはしていないのですよ。人を殺したわけじゃなし、物を盗んだわけじゃなし、自分の財産で、自分の地所の下に穴を掘らせて、その中に、雄大な別世界を造りあげたというばかりですよ。もし罪があるとすれば、無届け営業ぐらいのものだとおもいますがね」

「多分、大した罪にはならないだろう。しかし、一応取り調べられることは、まぬがれまいよ。君が少しも悪事を働いていないかどうかは、調べてみなければ、わからないのだからね」

だが、チョビひげは、「恋人誘拐引受け業者」なのだ。「殺人請負業」ほどではないにしても、決して刑罰をのがれられるものではない。

縄をとかれたチョビひげは、明智につき添われながら、急なのぼり坂の岩のトンネルを幾まがりして、いわゆる機械室についた。

大きな歯車が嚙みあって、太い芯棒にワイヤーがまきついている。どこかエレベーターの機械に似た装置である。一方には、たくさんのスイッチのついた配電盤がある。

機械室のそとは、床一面に厚ガラス板がはってある。ところどころ、つぎ目があるけれど、その一枚一枚が六尺四方もあるような大きなガラス板だ。

「この下に、この世の果てがあるのですよ。ホラ、あすこに二尺四方ほどの、すき通ったところがあるでしょう。あすこから、下の世界が見えるのです。このガラスはね、下側は一面の鏡ですが、あのすいて見えるところだけ、上からのぞけるようになっているのですよ。下から見ては、ほかの部分と少しも変わりのない鏡ですがね。上からのぞくために、ああいうすき通った個所が作ってあるのです」

そこから見おろすと、黒々とした岩の裂け目が、巨大な井戸のように、底も見えぬほど、深くえぐられていた。それが上部から俯瞰《ふかん》したこの世の果てであった。

肉体の雲

影男と須原の両人は、まっくらな岩穴の中を、しばらく行くと、パッと眼界がひらけた。そして、そこに恐ろしい景色があった。

　両側には、切り立った黒い岩山が、無限の空にそびえていた。地球の中心にとどくかと思われるほどの、深い岩の裂け目であった。渓谷にはちがいない。だが、渓谷と呼ぶには余りに恐ろしい景色だった。世界のいかなる渓谷にも、これほど異様に物凄い場所はないにちがいない。

　二人の犯罪者は、岩の割れ目の底の二匹の蟻《あり》のように、そこに佇《たたず》んでいた。

　両側の断崖は、その高さ何百メートルとも知れなかった。その遥か遥かの切れ目に、夜の空があった。星が美しく瞬いていた。

「あれはほんとうの空だろうか。そして、ここは、そんなに深い地の底なのだろうか」

　小男須原はこの壮絶な風景に接して、悪心を忘れ、貪欲を忘れ、ひたすら震えおののいているかに見えた。

「そんなはずはない。僕たちが夢を見ているのでなければ、ここは、やっぱり洞窟の中なのだ。これもきっとパノラマふうの目くらましだよ。おそらく、天井に鏡が張りつめてあるのだ。それに写って、この谷の深さが倍に見えるのだ。いや、岩の作り方による錯覚で、何倍にも見えるのだ。星は豆電球かもしれない。それとも鏡の面へ、どこかから投映しているのかもしれない」

　影男は、奇術師の性格を持っていたので、あくまで奇術ふうに解釈した。

二人はそこのくら闇にうずくまって、茫然として遥かの岩の裂け目を見上げていた。この不思議な景色が、しばらく現実を忘れさせ、彼らを夢幻の境に誘った。私立探偵とか、警察官とかいうものは、なにかしら遠い昔の夢のように感じられた。

遥かの岩の裂け目が、徐々に明かるくなっていた。瞬く星が一つ一つ消えて行った。そして、裂け目の空が、まず紫になり、エビ茶色になり、次に鮮かな朱色に染まった。夜が明けたのだ。朝日の光は断崖の上部までさしこみ、でこぼこの岩肌を、朱と紫のだんだらぞめにした。しかし日の光は、この谷底までは届かなかった。遥かの上部を照らしているばかりであった。

朱色がだんだんあせて行くと、空は真珠のような乳色に変わった。谷底までも、ほのかに白んできた。そして、それが、いつ移るともなく、水色から濃紺に変じて行って、一点の雲もない紺碧《こんぺき》の空となった。

ほのかに風の渡る音が聞こえてきた。そして、その風に送られるように、裂け目の一方から、桃色がかった、ふしぎな形の白い雲が現われ、静かに裂け目の上を流れて行く。

「アッ、あれは雲じゃない。美しいはだかの女だ。数人の女たちが、手を組み足を組んで、一団の白い雲となって、横ざまに流れているのだ」

「羽衣をぬいだ天女のむれだ。女神の一団が天空を漂っているのだ」

女人の雲は、漂いながら、忽《たちま》ちにしてその色彩を変えて行った。桃色となり、オレンジとなり、草色となり、紫となり、青となり、赤となり、或いは半面は緑、半面は臙脂《えんじ》の異様な色彩となり、虹の五色《ごしき》に変化した。

その女人雲は、動くと見えて、動かなかった。いつまでも岩の裂け目の、遥かの空に漂っていた。

「何か巧みな工夫で、下から見えぬように、ロープかなんかで、吊っているのだな」

影男はチラッと現実的なことを考えた。

紺碧の空が、ドス黒く曇ってきた。そこに現われた一点の深紅の色がみるみる拡がって行った。拡がると共に、それは雄大なヒダを作って、カーテンのようにさがってきた。夢の中の緋色《ひいろ》であった。その緋色のカーテンが、ウネウネと曲線をなして、空一面を覆いつくし、いつまでも、下へ下へと垂れてくるように見えた。

「君、あれは北極のオーロラだよ。何かの絵で見たオーロラとそっくりだよ」

緋色の光のカーテンは、横ざまに流れる天女の雲を覆って垂れさがってきた。覆われても透明なカーテンだから、女人雲のなまめかしい姿は、緋色の紗《さ》に隔てられたように、ありありと見えている。

「アッ、君、あの雲は、谷の中へおりてくる。だんだん、こちらへ近づいてくる」

ほんとうに、そのなまめかしい天女の雲は、少しずつ、少しずつ下降していた。もう緋色の光のカーテンをはずれて、その複雑な曲線は桃色に輝いて見えた。

雲そのものの下降とは別に、七人の女体が、それぞれに優美な身動きをするたびに、絶え間なく雲の形が変わった。

それはもう断崖のなかほどまで下降していた。断崖の岩肌は、まっ黒な蔭になっているのに、天女の雲だけが、自から光を発するかのように、乳色と桃色に輝いていた。それがもう、眼を圧するばかりに、二人の犯罪者の頭上に迫っているのだ。

そのとき、どこからともなく、かすかに異様な音楽が聞こえてきた。梢《こずえ》を吹く風の音のようでもあった。谷川のせせらぎのようでもあった。肉声とも、管楽とも、弦楽とも聞き分けられなかった。そのどれかのようでもあり、全部のようでもあった。悠久なる古里を恋うる音色であった。それには神と死と恋との音調がまじっていた。

それと同時に、谷底の二人のそばの岩のすきまから、ほのかに青い煙が漂い出していた。立ち昇らない煙であった。重く地底を這う煙であった。うずくまっている二人の、腰にたゆたい、胸にただよい、ついに顔を覆いはじめた。不思議に甘い匂いがあった。彼らはその煙に酩酊《めいてい》を感じた。

いつのまにか、天女の雲は頭上五メートルに迫まっていた。眼界一ぱいに拡がる巨大なる桃色の雲となっていた。肉体の雲は、裸女のあらゆる陰影を刻んで、ふくれ、くぼみ、もつれ、からまって、うごめきうごめき下降しつづけた。

その不思議な美しさは、何ものにも比べることができなかった。瞠目《どうもく》すべき悪夢の中の妖異であった。七つの顔が巨大な花と笑っていた。十四の乳房が、七つの桃型に輝く尻が、十四のなめらかな肩が、腕が、腿が……つややかに、産毛を見せて光っていた。やがて、頭上三メートル、二メートル、一人一人の裸女が、シネラマの巨人となった。もはや雲の全体を見ることはできなかった。僅かにその一部分、一人か二人の巨像を見上げるばかりであった。

耳には天上の楽の音があった。鼻にはむせかえる香料と女人の肌の匂いがあった。眼には深いくぼみを持つ豊満な肉塊があった。肉塊は二人の上に、のしかかってきた。もう一人の全身をさえ見ることができなかった。それは巨大なる女体の一部分であった。あぶらづいた筋肉と産毛の林であった。

二人は肉塊の圧迫に堪えかねて、徐々に首をちぢめ、ついには、谷底の岩の上に仰臥《ぎようが》してしまった。その顔の上に、はち切れんばかりにつややかな肉塊が迫ってきた。皮膚が接触した。スベスベした冷たい肌ざわりだった。顔の上をピッタリと、弾力のある肉塊が蓋してしまった。眼界がまっ暗になる一刹那まえ、そこに顕微鏡的な女体の皮膚があった。巨大な毛穴、ギラギラ光る鱗型の角質。

女体の圧迫に窒息したのではない。その前に、岩のすきまから這い出してきた、あのうす青い煙におかされていた。二人の犯罪者は、谷底に降下した天女の雲におしつぶされ、その下敷きとなって、意識を失ってしまった。

影男のまっ暗な心眼の中を、あらゆる過去の映像が、めまぐるしく駈けめぐった。

「ウ、ウ……もっと、もっと、ふんづけてくれい。ふんづけて、ふみ殺してくれい」

……美女の足は、ダブダブと肥え太った獅子男のからだじゅうを、まるで臼の中の餅を踏むように踏みつづける。そのたびに、男の口から、けだものの咆哮に似た、恐ろしいうめき声がほとばしった……足ばかりではない。男の顔の上へ、二つの丸いだんだら染めのお尻が、はずみをつけて落ちて行き、そのまま男の顔を蓋してしまった。

……女が足を抜こうとして、一方の足に力を入れると、その足が更らに深く吸いこまれた。もがけばもがくほど、グングン足がはまりこんで行く……もう腿まで没していた。スカートがフワリと、水に浮いたように、泥の上にひらいている。彼女は美しい女の一寸法師に見えた。スカートが浮いているので、腿から上だけの人間のように見えた……もう胸まで沈んでいた。もう首まで沈んでいた。首のまわりを、スカートが、石地蔵の涎かけのように取りまいていた。徐々に、徐々に、口、鼻、眼と沈んで行った。眼が沈むときが最も恐ろしかった……もうかみの毛も隠れ、さし上げた両手だけが残っていた。それが白い二匹の小動物のように、地上をもがいていた。凄惨な踊りを踊っていた。

……最後に手首だけが地上に残り、五本の足の蟹のように、泥の上を這いまわった。その手首も消えさると、しばらくは砂まじりの泥の表面が、ブグブグと泡立っていたが、やがて、それも、何事もなかったように、静まり返ってしまった。

……その山には無数の目と、無数の唇と、無数の手と足があることがわかってきた。顔の上に太腿がかさなり、滑らかな恰好のよいお尻が無数に露出していた。それは幾千幾万とも知れぬ裸女を積みかさねた、生きた人肉の山であった。

……彼は女体の山をのぼった。二つの女体がちょっと身動きしたかと思うと、そのあいだに溝ができ、彼の足がその溝にはまった。それと同時に、あたりの女体が、グラグラとゆれ動き、溝はいよいよ大きく口をひらいて、彼のからだは、人肉のそこなし沼に没して行った。前後、左右、上下のあらゆる面にすべっこくて柔かい裸女の曲面がつらなっていた。彼の黒ビロードのからだは、それらの弾力ある曲面に押しつぶされながら、底知れぬ深味へと、吸いこまれて行った。脂粉と、芳香と、甘い触感の底へ、深く深く吸いこまれて行った。

……音楽も踊りも狂暴の絶頂に達した。

……白い女体は、こけつまろびつ逃げ廻り、寸隙を見ては、疾風のように男に飛びかかって行った。二本の短剣は空中に斬り結び、稲妻のようにギラギラとひらめき、男体、女体ともに、腕にも、乳房にも、腰にも、尻にも、腿にも、全身のあらゆる個所に、無数の赤い傷がつき、そこから流れ出す鮮かな血潮が、舞踊につれて、或いは斜めに、或いは横に、或いは縦に、流れ流れて、美しい網目をつくり、二人の全身を覆いつくしてしまった。

……樹木にかこまれた十坪ほどの空き地、そこに生えているのは二、三寸の短い雑草ばかりだったが、そのあいだに、二つの丸い大きな石ころがころがっていた。その石ころが、生きもののように、かすかに動いていた。石ころには眼と鼻と口とがあった。一つは男の顔、一つは女の顔をしていた。二つの首は一間ほどへだてて向かいあっていた。不思議な地上の獄門であった。切断された二つの首が、そこにさらしものになっているのかと思われたが、よく見るとそうではなかった。それは生埋めであった。姦夫姦婦をはだかにして、庭に埋ずめたのであった。

からだが恐ろしくゆれていた。地震にちがいないとおもった。逃げようとしたが、足が動かなかった。

「助けてくれ……」

死にものぐるいに叫んだ。パッと眼がひらいた。それは地震ではなくて、車がゆれているのだった。グッタリと、うしろに凭《もた》れかけていたからだを起こした。すぐ前に三人の制服警官が並んで腰かけていた。そのまん中のは、見覚えのある中村警部だった。皆腰にピストルをさげていた。

広い車だった。両側に堅い長椅子があって、三人ずつ、向かいあっていた。手が痛い。

見ると手錠がはまっていた。右となりに、チョコンと腰かけている男にも見覚えがあった。殺人会社の専務、須原だった。彼も手錠をはめられていた。左どなりの、まるまっちい色白の男も知っていた。チョビひげを生やしていた。地底パノラマ王国の持ち主だ。彼も手錠をはめられていた。

「ハハア、これは罪人護送のバスだな」

影男は夢からさめたように、やっとそこへ気づいて、となりの小男須原と眼を見合わせた。須原はニヤッと笑った。こちらもニヤッと笑って見せた。

「気がついたようだね。君たちは谷底で睡《ねむ》っていた。車まで運ぶのに、ずいぶん骨が折れたよ」

中村警部が柔和な顔で言った。

「で、僕たちは、これから、警視庁へ行くんですか」

「そうだよ。君たちも、もう年貢の納めどきだからね」

鉄棒のはまった小さな窓のむこうに、運転手の制服警官の背中が見えていた。普通のバスのような窓がないので、街を見ることはできなかった。お互に顔見合わせているほかはなかった。

三人の犯罪者は、殺風景な留置室を頭に描いていた。それから刑務所の光景が浮かんできた。影男とチョビひげはそれ以上のことは考えなかったが、小男の須原だけは、絞首台を幻想していた。ブランとさがった、あのいやなかたちが、彼の心臓のあたりをフワフワ漂っていた。考えてみると、二十数名の委託殺人をやっている。死刑はまぬがれないな。共同経営者の二人の重役も、むろん同罪だろう。彼らも、じきにつかまるにきまっている。

稀代の異常犯罪者三人三様の思いをのせて、バスはもう、警視庁の赤煉瓦の見えるお堀端にさしかかっていた。

赤いカブトムシ

1954年5月18日～26日

1

あるにちよう日のごご、丹下《たんげ》サト子ちゃんと、木村《きむら》ミドリちゃんと、野崎《のざき》サユリちゃんの三人が、友だちのところへあそびに行ったかえりに、世田谷《せたがや》区のさびしい町を、手をつないで歩いていました。三人とも、小学校三年生のなかよしです。

「あらっ。」

サト子ちゃんが、なにを見たのか、ぎょっとしたようにたちどまりました。

ミドリちゃんもサユリちゃんもびっくりして、サト子ちゃんの見つめている方をながめました。

すると、道のまん中に、みょうなことがおこっていたのです。むこうのマンホールのてつのふたが、じりりり、じりりりと、もち上がっているのです。だれか、マンホールの中にいるのでしょうか。

マンホールのふたは、すっかりひらいていました。そして、その下から、黒いマントをきた男の人が、ぬうっとあらわれたのです。その人は、つばのひろい、まっ黒なぼうしをかぶり、大きなめがねをかけ、口ひげがぴんと、両方にはね上がっていて、黒い三かくのあごひげをはやしていました。

せいようあくまみたいな、きみのわるい人です。その人は、マンホールからはい出して、じめんにすっくとたち上がると、三人の方を見て、にやりとわらいました。そして、黒いマントを、こうもりのようにひらひらさせながら、むこうの方へ歩いていくのです。

「あやしい人だわ。ねえ、みんなで、あの人のあとをつけてみましょうよ。」

ミドリちゃんが、小さい声でいいました。ミドリちゃんのにいさんの敏夫《としお》くんは、しょうねんたんていだんいんなので、ミドリちゃんもそういうたんていみたいなことがすきなのです。サト子ちゃんもサユリちゃんも、ミドリちゃんのいうことは、なんでもきくくせなので、そのまま三人で、黒マントの男のあとをつけていきました。

黒マントは、ひろいはらっぱをとおって、むこうの森の中へはいっていきます。世田谷区のはずれには、はたけもあれば、森もあるのです。ひるまですから、もりへはいるのも、おそろしくはありません。三人は、こわいもの見たさで、どこまでもあとをつけました。

森の中に、一けんのふるいせいようかんがたっていました。

「あらっ、あれはおばけやしきよ。」

「まあ、こわい。どうしましょう。」

そのせいようかんは、むかし、せいよう人がすんでいたのですが、いまはあきやになっていて、そのへんではおばけやしきとよばれています。

三人は、近くにすんでいるので、それをよく知っていました。

夜、せいようかんの二かいのまどから、赤い人だまが、すうっと出ていったのを見た人があるということでした。また、だれもいないせいようかんの中から、きみのわるい女のなき声がきこえてくるといううわさもありました。

三人のしょうじょがにげ出そうとしていますと、あっとおどろくようなことがおこりました。

黒マントの男が、せいようかんの外がわを、するするとのぼっていくではありませんか。はしごもないのに、まるでへびのようにのぼっていくと、二かいのまどの中にすがたをけしてしまいました。

三人はぞっとして、いきなりかけ出そうとしましたが、そのとき、せいようかんの方から、けたたましいさけび声がきこえてきました。

それをきくと、三人とも、思わず、うしろをふりむきました。二かいのまどから、白いかおがのぞいていました。そのかおが、きゃあっとさけんでいるのです。とおいので、はっきり、わかりませんが、三人とおなじくらいの年ごろの、おかっぱの女の子です。その子が、いまにもころされそうにさけんでいるのです。

「きっと、あの黒マントの男がいじめているんだわ。」

三人とも、おなじことを考えました。

まどの女の子は、なにものかの手からのがれようとして、もがいていましたが、とうとう、ずるずるとうしろへひっぱられて、まどからきえてしまいました。そのとき、なき声がぱったりとまったのは、男に口をおさえられたからかもしれません。

三人は、むがむちゅうでかけ出しました。そして、近くのめいめいのうちへかえったのですが、ミドリちゃんは、すぐにこのことをおとうさんと、にいさんの敏夫くんに知らせました。

「おしいことをしたなあ。ぼくがそこにいれば、きっと手がかりをつかんだのに。」

しょうねんたんていだんいんの敏夫くんが、ざんねんそうにいいました。

ミドリちゃんのおとうさんが、けいさつにでんわをかけたので、けいかんたちが森の中のせいようかんにかけつけて、中をしらべましたが、まったくのあきやで、人のかげさえ見えないのでした。せいようあくまのような黒マントの男は、いったいなにものでしょうか。そして、あのかわいそうな女の子は、どうなったのでしょうか。

2

森の中の、ふるいせいようかんのまどから、小さい女の子が、たすけをもとめてなきさけんでいた、そのあくる日のこと。

ミドリちゃんのにいさんの木村敏夫くんは、さっそく、このことをしょうねんたんていだんちょうの小林《こばやし》くんに知らせましたので、小林だんちょうが、木村くんのうちへやってきました。

そして、ふたりで森の中のせいようかんをたんけんすることになりました。まっぴるまですから、こわいことはありません。でも、ふたりとも、たんてい七つどうぐのかいちゅうでんとうや、きぬ糸のなわばしごや、よぶこのふえなどは、ちゃんとよういしていました。

小林だんちょうと木村くんは、うすぐらい森の中をとおって、おばけやしきのせいようかんのまえに来ました。入口のドアをおしてみますと、なんなくひらきました。かぎもかかっていないのです。ふたりは中へはいり、ひろいろうかを、足音をたてないようにしてしのびこんでいきました。

かいちゅうでんとうをてらし、長いあいだかかって、一かいと二かいのぜんぶのへやをしらべましたが、だれもいないことがわかりました。まったくのあきやです。

「どうも、このへやがあやしいよ。なぜだかわからないが、そんな気がするんだ。」

一かいのひろいへやにもどったとき、小林くんが、ひとりごとのようにいいました。

すると、ちょうどそのとき……。

どこからともなく、かすかに、かすかに、

「おじさん、かんにんして。あっ、こわいっ……たすけてえ……。」

というひめいがきこえてきました。小さい女の子の声のようです。

ふたりはぞっとして、たちすくんだまま、かおを見あわせました。

「ゆか下からきこえてきたようだね。」

小林くんが、くびをかしげながらいいました。するとまた、

「あれっ、いけないっ。早くたすけて。」と、かすかな声が……。

「どこかに、かくし戸があるにちがいない。どこだろう。」

小林くんは、かいちゅうでんとうをてらして、へやじゅうをさがしまわりました。

そのへやには、大きなだんろがついていて、そのだんろの下がわに、まるいぼっちが、ずっとならんでいます。かざりのちょうこくです。小林くんは、そのぼっちを一つ一つ、ゆびでおしてみました。すると、右から七ばんめのぼっちが、ちょうどベルのおしボタンのように、うごくことがわかったのです。小林くんは、それをぐっとおしてみました。

すると……。

ガタンという音といっしょに、「あっ。」というさけび声。びっくりしてふりむくと、いままでそこにいた木村くんのすがたが、きえうせていました。

小林くんはびっくりして、そこへかけつけました。すると、ゆかいたに、四かくいあながぽっかりとあいていることがわかりました。ちかしつへのおとしあなです。小林くんが、だんろのぽっちをおしたので、それがひらいたのです。

「木村くん、だいじょうぶか。」

あなの中へ、かいちゅうでんとうをむけてよんでみました。

「う、う、う……だ、だいじょうぶだっ。」

木村くんがくるしそうにこたえました。見ると、あなの下に、すべりだいのようないたが、ずっとつづいています。小林くんは、思いきってそこへとびおりました。

すうっ……とすべりました。そして、どしんと、ちかしつのかたいゆかに、しりもちをつきました。

やっとのことでおき上がって、かいちゅうでんとうをてらしてみますと、そこは十じょうほどの、ひろいちかしつでした。しかし、ひめいをあげた女の子のすがたは、どこにも見えません。むこうのかべに、まっくらなほらあながあいています。そのむこうに、べつなちかしつがあるのでしょうか。

「あっ、きみ。あれ、なんだろう。」

木村くんが、おびえた声で、そのほらあなをゆびさしました。

ふたりのかいちゅうでんとうが、ぱっと、そこをてらしました。

まっくらなほらあなのおくで、ぎらぎら光った、二つのまるいものが、ちゅうにういているのです。

かいぶつの目です。そしてそれが、だんだんこちらへ近づいてくるではありませんか。

なにかしらおそろしいものが、こちらへやってくるのです。まるでヤドカリが、かいがらの中からかおを出すように、それが、にゅっとくびを出しました。

「あっ。」

ふたりは、思わず声をたてて、おたがいのからだをだきあいました。

そのからだは、まっかでした。まっかな長い、大きなつの。そのねもとに、ぶきみなとんがった口。二つのぎらぎら光る目。おれまがった六本の長い足……。それは、にんげんほどの大きさの、まっかなカブトムシだったのです。

ああ、ふたりはどうなるのでしょう。

さっき、ひめいをあげたかわいそうな女の子は、いったいどうしたのでしょうか。

3

小林くんと、だんいんの木村くんが、おばけやしきのせいようかんのちかしつで、にんげんほどもある、大きなまっかなカブトムシに出あいました。

ふたりは、ちかしつのすみで、そのおそろしいかいぶつを見つめていました。かいぶつをてらしている二つのかいちゅうでんとうのわが、ぶるぶるふるえています。

キーッ、キーッと、なんともいえないするどい音がしました。大きなカブトムシのなき声です。そのたびに、あのとんがった口が、ぱくぱくひらくのです。

大きなカブトムシは、長い六本の足を、きみわるく、がくん、がくんとうごかしながら、ちかしつの中をぐるぐると歩きまわりました。

しばらく歩きまわったあとで、いよいよこちらに近づいてきました。カブトムシのなかは、まっかにてらてらと光っています。ときどき、大きなはねをひらいて、ぶるんとはばたきのようなことをします。そのたびにおそろしい風がおこるのです。もう、二メートルほどに近づいてきました。とび出した大きな目が、ぎょろりと、ふたりをにらんでいます。

いまにもとびかかってくるかと、ふたりは思わずみがまえました。カブトムシは、あと足をまげ、中の足とおしりでちょうしをとって、ぐうっとたち上がり、まえ足をもがやっています。きみわるいおなかが、すぐ目のまえに見えました。あのまえ足でつかみかかってくるにちがいないと、いよいよみをかたくしていますと……。

ああ、そのとき、じつにおどろくべきことがおこりました。カブトムシのおなかの中に、ぽかんと、四かくいあながあいたのです。四かくいふたのようなものが、下の方へひらいて、そのふたが、すべりだいのように、ゆかにとどいたのです。すると、おなかの中から、なにかもごもごと、うごめき出してきたではありませんか。

おなかの四かくいあなからはい出してきたのは、長さ五十センチぐらいの、まっかなカブトムシでした。大カブトムシのはらから、中カブトムシが出てきたのです。まさか、子どもを生んだわけではないでしょう。大カブトムシは、プラスチックかなにかでできている作りものかもしれません。そのはらから出てきた中カブトムシも、五十センチもあるのですから、きっと作りものなのでしょう。

中カブトムシは、ゆかにたれたふたのすべりだいをはいおりて、そのへんをぐるぐると歩きまわりました。

大カブトムシのほうは、そのまま、ごろんとあおむけにひっくりかえって、まるでしがいのようにじっとしています。

大きなセミのぬけがらみたいです。

中カブトムシは、ちかしつをぐるぐるまわったあとで、ふたりのまえへ来ると、ぐうっとたち上がりました。大カブトムシとおなじことをするのです。また、おなかに、ぽかんとあながあきました。そして、そこから、こんどは十五センチぐらいの、かわいいカブトムシがはい出してきました。

かわいいといっても、十五センチですから、ほんとうのカブトムシのなんばいもある、からだじゅうまっかなおばけカブトムシです。中カブトムシのほうは、また、セミのぬけがらのように、ごろんところがっています。

十五センチの小カブトムシは、ちょこちょことそのへんをはいまわっていましたが、やがて、ふたりのまえに来ると、またしてもあと足でひょいとたち上がりました。

そして、おなじことをくりかえしたのです。十五センチのカブトムシのおなかに、四センチほどの四かくいあながあいて、そこから、こんどは、ほんものとおなじくらいの大きさのまっかなカブトムシが、ゆかの上にすべり出しました。

ところが、この小さいカブトムシは、十五センチのカブトムシがぬけがらになってころがってしまっても、すこしもうごかないのです。

ゆかにおちたまま、じっとしています。これは、しんでいるのでしょうか。

それにしても、なんてかわいらしく、うつくしいカブトムシなのでしょう。いままでの大カブトムシとちがって、これは、まっかな色がルビーのようで、からだの中まですきとおっています。かわいらしい二つの目は、まるでダイヤのようにかがやいています。

「あっ。」

木村くんが、びっくりするような声をたてました。そのとき、むこうのほらあなの中から、なにか黒いものがはい出してきたからです。

それは、あなから出ると、すっくとたち上がりました。にんげんです。黒いマントをきた、せいようあくまのような、おそろしい人です。

「わははは……。小林くん、ひさしぶりだなあ。わしをわすれたかね。ほら、いつか『おうごんのとら』のとりっこで、ちえくらべをしたまほうはかせだよ。」

小林くんは、思わずまえにすすみ出ました。

「あっ、それじゃ、あのときの……。」

「わははは……。こんどもきみたちは、まんまとわしのけいりゃくにかかったね。」

4

おばけやしきのちかしつにしのびこんだ小林・木村くんのまえに、黒いマントをきた、せいようあくまのようなおそろしい人があらわれました。

「わしは、いつか、きみたちしょうねんたんていだんと、ちえくらべをしたまほうはかせだよ。じつは、もう一ど、きみたちのちえをためすために、ここへおびきよせたのだ。

このまえは『おうごんのとら』だったが、こんどは、この赤いカブトムシだ。これはルビーでできている。二つの目は、ダイヤモンドだ。わしのだいじなたからものだよ。

これをきみたちにわたすから、このまえのようにちえをしぼって、うまくかくしてごらん。わしは、五日のあいだにそれをさがしだして、ぬすんでみせるよ。ぬすまれたら、このちえくらべは、きみたちのまけなのだ。」

それをきくと、「ああ、あのときのまほうはかせだったのか。」と、やっとあんしんしましたが、でも、まだわからないことがあります。

「きのう、このせいようかんの外がわを、はしごもないのに、するするとのぼっていったのはおじさんだったの。それから、まどからのぞいていた女の子は、どうしたのです。おじさんがいじめていたのでしょう。」

「うふふふ……。あれは、きみたちを、ここへおびきよせる手なのだよ。木村くんのいもうとのミドリちゃんたちが見ているのを知っていて、ふしぎなことをやってみせたのだ。あのときは、このうちのやねから、ほそい、じょうぶな糸のなわばしごがさげてあって、それをつたってのぼったのさ。夕がただから、とおくからは、その糸が見えなかったのだよ。

あのときの女の子は、にんぎょうだよ。ほら、これをごらん。」

まほうはかせは、マントの下にかくしていた、大きなにんぎょうを出してみせました。

「でも、きのうの女の子は、かなしそうなさけび声をたてていたというじゃありませんか。」

小林くんがききかえすと、はかせはにやにやわらって、よこをむきました。

「きゃあ。たすけてえ。」

女の子のおそろしいさけび声がきこえました。ふたりはびっくりして、にんぎょうのかおを見ましたが、べつに、口がうごいているわけでもありません。

「ははは……。ふくわじゅつだよ。わしが、口をうごかさないで、女の子の声をまねたのだ。きのうのさけび声は、これだったのだよ。」

このたねあかしをきいて、ふたりは、すっかりあんしんしました。そして、まほうはかせからルビーのカブトムシをうけとると、おばけやしきを出て、木村くんのうちにかえり、おとうさんやおかあさんやミドリちゃんに、そのことを話しました。それから、ふたりで、明智《あけち》たんていじむしょへいそぎました。そして、明智先生にも、まほうはかせのことをほうこくするのでした。

それからしばらくすると、小林くんがでんわでよびよせた、十人のしょうねんたんていだんいんが、明智たんていじむしょへあつまってきましたが、その中にひとりだけ、女の子がまじっていました。中学一年の宮田《みやた》ユウ子ちゃんという、ついこのごろなかま入りをした、たったひとりのしょうじょだんいんです。年のわりにからだが大きく、いかにもかわいい女の子でした。

「あたし、いいこと思いついたわ。そのカブトムシ、あたしのうちへかくすといいわ。」

みんなでそうだんをしているうちに、ユウ子ちゃんが、そんなことをいいだしました。そして、小林だんちょうの耳に口をよせて、なにか、ひそひそとささやくのでした。つぎつぎとささやきかわして、ユウ子ちゃんの考えがわかると、みんなは手をたたいて、「それがいい、それがいい。」とさんせいしました。

ユウ子ちゃんは、ルビーのカブトムシをポケットに入れ、その上を手でしっかりおさえて、しょうねんたちにおくられてうちへかえりました。ユウ子ちゃんのうちは、せっこうのおきものを作るのがしょうばいで、うらに、小さなこうばがあるのです。

ユウ子ちゃんは、そのこうばの中へはいっていきました。こうばには、しょうねんのくびや、ビーナス（めがみ）や、花かごをさげた女の子などのせっこうのおきものが、たくさんならんでいます。

すっかりできあがったものもあり、まだできあがらないで、これからつぎあわせるのもあります。ユウ子ちゃんは、このせっこうの中へ、カブトムシをかくそうというのでしょうか。

そんなことで、うまくまほうはかせの目をくらますことができるのでしょうか。なにか、もっとふかい考えがあるのかもしれません。

ユウ子ちゃんが、せっこうのおきもののまん中にしゃがんでいますと、ガラスまどの外に、おそろしいかおがあらわれました。かおじゅうひげにうずまったきたない男が、そっと、中をのぞいているのです。

このひげの男は、いったいなにものなのでしょう。そして、しょうねんたちが手をたたいてよろこんだユウ子ちゃんのちえというのは、どんなことだったのでしょう。

やがて、じつにきみょうなことがおこるのです。この、かおじゅうひげにうずまった、えたいの知れない男が、とほうもないことをやりはじめるのです。

5

しょうねんたんていだんのたったひとりのしょうじょだんいん、宮田ユウ子ちゃんは、ルビーでできた赤いカブトムシをもって、じぶんのうちのせっこうざいくのこうばにはいって、なにかやっていました。すると、そのとき、まどの外から、かおじゅうひげでうずまった、きたない男が、そっとのぞいていたのです。

そのあくる日の夕がた、ユウ子ちゃんのおうちのある渋谷《しぶや》区で、つぎつぎとふしぎなことがおこりました。ある町のがくぶちやさんへもじゃもじゃあたまの、きたない男がはいってきて、ショーウインドーにかざってあった、五、六さいのかわいいしょうねんの、くびだけのせっこうぞうをかっていきました。

男は、みせを出ると、さびしいよこちょうに、はいり、あたりを見まわしてから、紙づつみをといて、せっこうのしょうねんのくびを、いきなりじめんにたたきつけ、こなごなにわってしまいました。

せっかくかったせっこうぞうを、なぜわったのでしょう。この男は、気でもちがってしまったのでしょうか。

それから、三十分もすると、その男は、べつの町のびじゅつしょうのみせにあらわれました。そして、そこでも、さっきとおなじしょうねんのくびのせっこうぞうをかい、また、さびしいよこちょうへ来ると、こなみじんにわってしまいました。また、三十分ほどたったころ、こんどは、おなじ渋谷区のあるおやしきへ、あの男がしのびこんできました。

その家のおうせつまにも、おなじせっこうのしょうねんのくびがありました。男は、まどからはいりこんでそのくびをぬすみとると、近くのじんじゃの森で、またこなごなにこわしてしまいました。

「だめだ、はいっていない。あのとき、まだつぎあわされていないせっこうは、この三つだけだったのに……。」

男は、とほうにくれたように、たちつくしていました。そのとき、ふいにうしろから、女の子のわらい声がきこえてきました。

男が、びっくりしてふりむくと、大きな木のうしろから出てきたのは、ユウ子ちゃんです。

「おじさん、いっぱいくったわね。このちえくらべは、しょうねんたんていだんのかちよ。

おじさんは、あたしが、せっこうぞうの中へ、赤いカブトムシをかくすのをまどから見ていたのでしょう。ところが、あれは、かくすように見せかけただけなのよ。ほんとうは、もっとべつのところにかくしてあるのよ。」

ユウ子ちゃんは、そういって、さもおもしろそうにわらうのでした。

「そうか、うまくやりやがったな。おれは、あれをぬすもうと思ったが、いつもこうばに人がいたので、ぬすみ出すことができなかった。

しかたがないから、あの三つの子どものくびがはいたつされるのをまって、そのさきを一けんずつまわってこわしてみたが、なんにも出てこなかった。まんまといっぱいくわされたな。わっは、は、は……。」

男は、べつにおこるようすもなく、大わらいをして、それから、ふっとまじめなかおになりました。

「ところがね、おじょうさん。まほうはかせは、もっと上手《うわて》なんだぜ。おれは、はかせのでしで、きみを、ほうぼうひっぱりまわすやくだったのさ。きみが、おれのあとをつけているまに、まほうはかせが、きみのかくした赤いカブトムシを、ちゃんとぬすみ出してしまったのだよ。は、は、は、は……。」

それをきくと、ユウ子ちゃんは、はっとして、まっさおになってしまいました。

そして、ものもいわず、いきなりどこかへかけだしていくのでした。男は、あとを見おくって、にやりとわらいました。

ユウ子ちゃんは、バスにのっておうちへかえると、小さなシャベルをもって、うら口の外のはらっぱへいそぎました。

ひざまでかくれる草をかきわけて、はらっぱのまん中まで行くと、目じるしの石をとりのけて、その下をシャベルでほりかえし、かくしておいたブリキかんをとり出しました。

「まあ、よかった。あの人、うそをついたのだわ。」

かんの中には、赤いカブトムシが、ちゃんとはいっていたではありませんか。

「うふ、ふ、ふ。こんどは、きみのほうでいっぱいくったね。」

とつぜんうしろから声がして、さっきの男がたっていました。

「まほうはかせが、ぬすみ出したというのはうそさ。まほうはかせは、このわしだよ。あんなことをいって、きみを、ほんとのかくしばしょに来させたのさ。さあ、そのカブトムシを出しなさい。」

男は、にゅっと手をつき出しました。

6

ユウ子ちゃんは、まほうはかせにうまくだまされて、赤いカブトムシのかくしばしょを見つけられてしまいました。

そこは、さびしい原っぱですし、あい手はおとなのまほうはかせ。こちらは、小さい子どもですから、どうすることもできません。とうとう、ルビーのカブトムシを、とりあげられてしまいました。

「さあ、こんどは、きみたちがさがす番だよ。わしが、このカブトムシを、ふしぎなばしょへかくすからね。うまく見つけ出してごらん。

は、は、は、は……。かわいそうに、なきべそをかいているね。よしよし、それじゃ、かくしばしょのひみつを、きっと、きみにおしえてあげるよ。まっているがいい。」

まほうはかせは、そういって、どこかへたちさってしまいました。

それから三日めの、おひるすぎのことです。ユウ子ちゃんが、うちのにわであそんでいますと、赤いゴムふうせんが、空からふわふわとおちてきました。

どこかの子どもが、ふうせんの糸をはなして、空へとび上がったのが、力が弱くなっておちてきたのでしょう。

ユウ子ちゃんがそう思って、赤いふうせんをじっと見ていますと、やがてそれは、すぐ目の前のじめんにおちました。

ふうせんには糸がついていて、その糸のはしに、白いものがくくりつけてあります。

ユウ子ちゃんは、なんだろうと思って、それをひろってしらべてみました。

それは、紙をこまかくおりたたんだものでした。ていねいにのばしてみると、その紙には、こんなへんなことが書いてあります。

五月二十五日午後三時二十分、一本スギのてっぺんからはいれ。おそろしい番人に注意せよ。

まほうはかせ

「あらっ、まほうはかせからの手紙だわ。」

ユウ子ちゃんは、むねがどきどきしてきました。

まほうはかせは、このあいだのやくそくをまもって、ユウ子ちゃんに、カブトムシのかくしばしょをおしえてくれたのかもしれません。

ユウ子ちゃんは、すぐにその紙をもって、電車に乗って麴町《こうじまち》の明智たんていじむしょをたずね、小林しょうねんにそうだんしました。

「五月二十五日といえば、あさってだね。あさって、一本スギのところへ行けばいいんだね。一本スギって、なんだか聞いたことがあるよ。あっ、そうだ。木村敏夫くんの家のそばの、まほうはかせのばけものやしきのむこうに、たしか、一本スギっていうのがあった。木村くんに、でんわで聞いてみよう。」

でんわをかけますと、やっぱりそこに、一本スギという、高いスギの木があることがわかりました。

そして、五月二十五日午後三時に、小林くんたち五人のだんいんが、一本スギのある原っぱへやって来ました。

五人というのは、小林だんちょうとユウ子ちゃんと、木村敏夫くんと、それから、だんいんの中でいちばん力の強い井上一郎《いのうえいちろう》くんと、野呂一平《のろいっぺい》くんでした。一平くんは、ノロちゃんというあだ名で、おくびょうものだけれども、すばしこくて、よく気のつく子でした。

「一本スギのてっぺんからはいれって、どういういみだろう。」

小林くんがくびをかしげていますと、ノロちゃんが、とんきょうな声で、

「きっと、てっぺんにあながあいているんだよ。そこからはいるんだよ。ぼく、のぼってみようか。」

といって、こしにまきつけていた長いなわをほどき始めました。

ノロちゃんは、木のぼりのめいじんで、きょうは、スギの木にのぼらなければならないだろうと思って、そのよういをしてきたのです。

ノロちゃんは、なげなわもじょうずでした。その長いなわを、くるくるとまわして、ぱっとスギの木の高いえだになげかけました。そして、一方のはしを、自分のからだにしばりつけ、一方のはしを、みんなにひっぱってもらうのです。

つなひきみたいに、みんながなわをひっぱると、ノロちゃんはそれを力にして、ふといスギのみきを、するするとのぼっていきました。

そして、下のえだまでのぼりつけば、あとは、えだからえだへとつたっていけばいいのです。

ノロちゃんは、とうとう、スギの木のてっぺんまでたどりつきました。

そして、しばらくそのへんをさがしていましたが、

「なんにもないよう。あななんて、どこにもあいていないよう。」

とさけぶ声が、はるかにきこえました。これは、どうしたわけでしょう。

「てっぺんからはいれ。」といったって、あながなければ、はいれないではありませんか。

ノロちゃんは、五分ほども木のてっぺんで、じっとしていましたが、やがて、なにを思ったのか、とんきょうな声で、

「わかったよう。あれだよう、あれをごらん。」

とさけんで、原っぱの一方をゆびさしてみせるのでした。そこには、たいようの光をうけて、一本スギのかげが、長々とよこたわっていました。

みなさん、ノロちゃんは、いったいなにに気づいたのでしょうか。

7

こんどは、少年たんていだんが、ルビーのカブトムシをさがす番でした。

五月二十五日午後三時二十分、一本スギのてっぺんからはいれ。おそろしい番人に注意せよ。

という手紙のとおりに、小林だんちょうとユウ子ちゃんと、木村くんと井上くんと、ノロちゃんの五人が、世田谷区の一本スギの原っぱへやって来ました。

木のぼりのめいじんのノロちゃんが、高いスギの木のてっぺんへのぼりましたが、はいるあななんて、どこにもありません。ノロちゃんは、しばらく、あたりを見まわしていましたが、なにを思ったのか、原っぱに長くよこたわっているスギの木のかげをゆびさしながら、さけびました。

「あそこだよ。あそこに、入口があるんだよ。」

それを聞くと、小林だんちょうも、はっとそこへ気がつきました。

「ああ、そうだ。てっぺんというのは、スギの木のてっぺんのかげのところなんだ。」

ノロちゃんが木からおりるのをまって、みんなで、スギの木のかげのさきっぽまで行ってみました。

そのへんには、たけの高い草がしげっています。小林くんは、この草の中へふみこんでいってさがしていましたが、やがて、

「あっ、ここにほらあながある。ここが、入口にちがいないよ。」

と、みんなをよびあつめました。それは、さしわたし六十センチぐらいのせまいあなでした。

中はまっくらですから、井上くんと木村くんが、よういのかいちゅうでんとうをつけ、井上くんがさきになって、あなの中へはいこんでいきました。

せまいところは三メートルほどで終り、にわかにあながひろくなって、下の方へ、石だんがついています。もうたって歩けるのです。

石だんをおりると、しょうめんに、大きな鉄のとびらがしまっています。まほうはかせの手紙には、「おそろしい番人に注意せよ。」と書いてありました。きっと、そのおそ

ろしいやつが、とびらのむこうにまちかまえているのだろうと思うと、みんな、むねがどきどきしてきました。

でも、ここまで来て、ひきかえすわけにはいきません。

井上くんは、とびらのとってをつかんでおしてみました。

すると、かぎもかけてないらしく、鉄のとびらは、キイッとぶきみな音をたてて、むこうへひらきました。

かいちゅうでんとうで、その中をてらしてみましたが、なんにもありません。ただ、まっくらなほらあなが、ずっとおくの方へつづいているばかりです。

五人は、井上くんをさきにたてて、おずおずとそのくらやみの中へはいっていきました。

おくびょうもののノロちゃんは、ぶるぶるふるえながら、小林だんちょうについていきました。それに、ユウ子ちゃんは、女の子ですから、まもってやらなければなりません。小林くんは、両手で、ノロちゃんとユウ子ちゃんの手をひいて、すすんでいきます。

すこし行くと、ほらあなのまがりかどへ来ました。

そこをひょいとまがると、みんなは「あっ。」といったまま、たちすくんでしまいました。すぐ目の前に、とほうもなく大きなばけものがうずくまっていたからです。そのかおはきいろで、まっ黒なふといしまがついていました。せんめんきほどの大きな目が、やみの中で光っていました。

ステッキをたばにしたような、ふといひげのはえた大きな口、その口から二本の白いきばが、にゅっとつき出ています。トラを百ばいも大きくしたようなばけものです。そのおそろしいかおが、ほらあないっぱいになって、あごが、じめんについているのです。

どこからか、なまぐさい、強い風がふきつけてきました。

「うへへへ……。かわいい子どもたちが来たな。おいしそうなごちそうだ。いま、たべてやるからな。うへへへ……。」

おばけのトラが、そんなことをいって、ぶきみにわらいました。その声が、ほらあなにこだまして、なんともいえないおそろしさです。

そして、おばけは、二メートルもあるような大きな口をがっとひらきました。

五人は、にげようとしても、じしゃくでひきつけられたように、どうしてもにげることができません。そして、いつのまにか、おばけのトラの口の前まですいよせられ、つぎつぎと、口の中へのまれてしまいました。

口の中には、まっかな大きなしたがうごめいていました。

五人は、そのしたの上にころがったまま、気をうしなったようになっていました。

それにしても、地のそこに、どうしてこんな大きなばけものがすんでいるのでしょう。ばけものにたべられた子どもたちは、これから、いったいどうなるのでしょうか。

8

小林くんと木村くんと、ユウ子ちゃんと井上くんと、ノロちゃんの五人は、ルビーのカブトムシをとりかえすために、世田谷区のさびしい原っぱの、ふしぎなほらあなへはいっていきました。

そのほらあなの中には、ふつうのトラの百ばいもある、おばけのトラがねそべってい て、大きな口へ、五人をのみこんでしまいました。

しばらくして気がついてみると、まだ、トラのしたの上にころがったままで、いぶくろの方へのみこまれていくようすもありません。井上くんは、しっかりにぎりしめていたかいちゅうでんとうで、おばけののどのおくをてらしてみました。

すると、このトラののどのおくには、しょくどうも、いぶくろも、なにもないことがわかりました。

くびだけのトラだったのです。もちろん、いきたトラではなくて、きかいじかけの作り物です。すいよせられたと思ったのは、どこかうしろの方から、大きなせんぷうきのようなもので、ふきつけられたのでしょう。

井上くんは、トラの口から外へ出ようとしましたが、もう口はとじられていて、どうしてもあけることができません。

しかたがないので、小林くんとそうだんして、おくの方へ行ってみることにしました。

トラののどのおくは、いままでとおなじコンクリートのほらあなです。かいちゅうでんとうでてらしながら、そこをすすんでいきますと、ばったり行きどまりになってしまいました。

「あっ、ここにドアがあるよ。」

ひとりが、やっととおれるほどの小さいドアです。井上くんが、そのドアのとっ手をつかんでひっぱると、なんなくあきました。まるで、きんこのとびらのように、ひどくぶあつい、がんじょうな鉄のドアです。

五人は、その中へはいりました。すると、ふしぎなことに、そのおもいドアが、すうっと、ひとりでにしまってしまったではありませんか。

井上くんはおどろいて、もう一どあけようとしましたが、こんどは、いくらおしてもびくともしません。それにドアのうちがわには、とっ手もなにもなく、すべすべした鉄のいたです。

「おやっ。ここは、どこにも出口のないまるいへやだよ。」

それは、たたみ二じょうくらいの、いどのそこのようなまるいへやでした。

五人は、コンクリートのつつの中にとじこめられてしまったのです。かいちゅうでんとうでてんじょうをてらしてみると、まるいつつは、ずっと上の方へつづいています。まったくいどのそことおなじです。

「おや、あの音はなんだろう。」ノロちゃんが、おびえた声を出しました。

ほんとうに、へんな音がしています。とおくで、モーターがまわっているような音です。

そのとき、かいちゅうでんとうでてんじょうをてらしていた井上くんが、

「あっ、たいへんだっ。」

とさけんだので、みんなびっくりして、その方を見上げました。

じつにおそろしいことが、おこっていたのです。ごらんなさい。てんじょうから、鉄のふたのようなものが、じりじりとおりてくるではありませんか。

まるいつつのうちがわへ、ぴったりはまったあつい鉄のふたです。それが、しずかにおりてくるのです。

鉄のふたは、モーターの力で、すこしのくるいもなくおりてきます。ああ、もう手をのばせばとどくところまでおりてきました。

「みんな、手をのばして、力をあわせて、あれをささえるんだ。でないと、ぼくたち、おしつぶされてしまうよ。」

小林くんはそういって、まず、自分が両手を上げました。

みんなも、そのまねをして、両手を上げて、鉄のふたをおしもどそうとしました。しかし、それは、ひじょうにおもい鉄のかたまりらしく、五人の力では、とてもささえきれません。じりじり、じりじりと、おりてくるのです。それにつれて、ささえている手が、だんだんさがり、とうとう鉄のふたは、みんなのあたまにくっつくほどになりました。もう、しゃがむほかはありません。そのつぎには、すわってしまいました。それでもまだ、鉄のふたはおりてくるのです。もう、すわっていることもできないようになり、みんなはあおむけにねころんで、両手と両足でささえようとしましたが、やっぱりだめです。なん百キロというおもさの鉄が、ねているかおのすぐそばまでおりてきました。

ユウ子ちゃんは、なきだしました。ノロちゃんもなきだしました。

「たすけてくれえ……。」

井上くんと木村くんが、かなしい声でさけびました。小林くんさえ、なきだしたくなるほどでした。

ああ、五人は、いったいどうなるのでしょう。

9

少年たんていだんの小林だんちょうと、だんいんの木村くんと、ユウ子ちゃんと、井上くんと、ノロちゃんの五人が、まほうはかせのあんごうをといて、世田谷区のはずれのさびしい原っぱにあるほらあなへはいっていくと、コンクリートのまるいへやにとじこめられ、上からおもい鉄のふたが、じりじりとさがってきました。鉄のふたにはすきまがないから、そのままさがってきたらたいへんです。

みんな、おしつぶされてしんでしまうにきまっているのです。おくびょうもののノロちゃんや、女の子のユウ子ちゃんは、わあわあとなきだしてしまいました。

しかし、だんちょうの小林くんは、しっかりしていました。いそがしくあたまをはたらかせて、どうしたらみんながたすかるかということを、いっしょうけんめいに考えました。

「まほうはかせは、人ごろしなんかするはずがない。こんなおそろしい目にあわせて、ぼくたちのゆうきとちえをためしているんだ。」

それなら、ちえをはたらかせたら、どこかににげ道があるのかもしれません。

そこで小林くんは、かいちゅうでんとうをもったまま、まるいへやのまわりを、ぐるっとはいまわり、コンクリートのかべをしらべてみました。

すると、コンクリートのかべに、六十センチ四方ほどの、四かくな切れ目がついているのを見つけました。

「これが、ひみつのかくし戸かもしれないぞっ。」

力いっぱいおしてみましたが、びくともしません。

「どこかに、これをひらくしかけがあるにちがいない。」

小林くんはすばやく、そのへんを見まわしました。

四かくな切れ目から、すこしはなれたかべの上の方に、コンクリートが小さくふくらんだところがあります。よくしらべてみると、そのぼっちは、コンクリート色にぬった金物《かなもの》であることがわかりました。

「ああ、そうだ。鉄のふたが下までおりたら、ぼくたちがしんでしまうから、下までおりないうちに、にげ出せるしかけになっているのだ。このぼっちのところをとおると、ぼっちがおされる。そうすると、ひみつの戸が外へひらくようになっているのだ。」

小林くんは、とっさに、そこへ気がつきました。

「それなら、手でおしたって、ひらくかもしれないぞ。」

そこで、ぼっちにおやゆびをあて、その上に、もう一方の手をかさねて、力いっぱいおしてみました。

ぼっちは、なかなか動きません。たいへんな力がいるのです。小林くんは、からだじゅう、あせびっしょりになりました。でも、がまんをして、うんうんおしつづけていますと、カタンという音がして、四かくな切れ目が、すうっとむこうへひらきました。小林くんのちえとゆうきが、せいこうしたのです。

そこは、にんげんひとりがやっとはってとおれるほどのまっくらなあなでした。小林くんは、みんなをよんで、そのあなへはいこみました。きみがわるいけれども、じっとしていたら、鉄のふたにおしつぶされてしまうだけですから、このあなへにげるほかはないのです。

そのまっくらできゅうくつなあなは、十メートルもつづいていました。

やがて、あたりがきゅうにひろくなりました。外へ出たのでしょうか。いや、そうではありません。まだまっくらです。やはり、地のそこの一室なのです。

たち上がって、かいちゅうでんとうでてらしてみますと、それは、二十じょうもあるような、コンクリートのへやでした。みんなが、そのへやにはいったとき、どこからか、ぎょっとするような声がひびいてきました。

「わははは……。かんしん、かんしん。とうとう、あぶないところをぬけ出したね。だが、まだこれでおしまいじゃないよ。わしの手紙には、『おそろしい番人に注意せよ。』と書いてあった。だい一は大トラ、だい二は鉄のふた、さて、だい三の番人はなんだろうね。おしまいほどおそろしいやつがひかえているからね。ようじんするがいいよ。」

まほうはかせの声です。どこから聞えてくるのかわかりません。きっとてんじょうのすみに、ラウド゠スピーカーでもしかけてあるのでしょう。

五人は一かたまりになって、おたがいのからだをだきあってじっとしていました。ノロちゃんのからだが、がたがたふるえているのがよくわかります。

「あれっ、なんだろう。なにか動いているよ。」

木村くんが、むこうのゆかをゆびさしてさけびました。かいちゅうでんとうの光が、さっとその方をてらします。

するとそこに、なんだかきみのわるいことがおこっていました。

地のそこから、みょうなものがむくむくとあらわれてきたのです。

まるいあたまのようなものが出てきました。

それが、見る見る大きくなります。あなもなにもないコンクリートのゆかから、むくむくと上がってくるのです。子どもくらいの大きさになりました。おとなくらいになりました。おとなのばいになりました。おとなの三ばいになりました。大きなあたまの、まっさおなからだの、のっぺらぼうなかいぶつです。それが、きりもなく大きくなっていくのです。

10

小林くんと、木村くんと、ユウ子ちゃんと、井上くんと、ノロちゃんの五人は、ルビーのカブトムシをとりかえすために、まほうはかせのすみかのちか室へはいっていって、いろいろなおそろしいめにあいました。ちか室には広いへやがあって、五人がそこへはいると、へやのまん中に、むくむくとみょうなかいぶつがあらわれました。

たまごに目と口をつけたような、おかしなやつです。それが、見るまにだんだん大きくなり、おとなの三ばいもあるような大にゅうどうになってしまいました。そして、

「わはははははは……。」

と、かみなりのようなわらい声が聞えました。

みんなは、思わずもと来た方へにげだしましたが、せまい入口にはいこもうとして、ふと、うしろを見ますと、おやっ、あのかいぶつは、どこへ行ったのか、かげも形もなくなっていました。かいちゅうでんとうでよくしらべてみましたが、へやは、まったくからっぽで、なにもないのです。

四方のかべはかたいコンクリートで、どこにも出口はありません。

みんなは、いよいよきみがわるくなってきました。

「へんだなあ。あいつ、けむりのようにきえてしまったよ。」

ノロちゃんが、とんきょうな声でいいました。

「あっ、ごらん。なんだか、動いてる。」

またしても、じめんから、ぶきみなものがわき出してきました。まっさおなものです。

それが、かおからかた・はら・こしとせり出して、おとなぐらいの大きさになりました。

「あっ、せいどうのまじんだ。」

小林くんがさけびました。ずっと前に、少年たんていだんがたたかった、あのおそろしい、せいどうのまじんと、そっくりなのです。

せいどうでできたような、青いやつです。耳までさけた口で、にやにやわらっています。それが見る見る大きくなって、やっぱりおとなの三ばいほどになりました。あたまがてんじょうにつかえています。

「ギリリリ、ギリリリリ……。」

はぐるまの音がします。せいどうのまじんの中に、はぐるまがしかけてあるのでしょうか。

「わははははは……。ちんぴらども、よく来たな。きみたちのさがしていた赤いカブトムシは、このわしが持っている。ほら、ここにあるよ。」

まっさおなきょじんは、おそろしい声でそういうと、耳までさけた口をぱっくりあけました。

三日月がたの、まっ黒なほらあなのような口です。

その口から、ぺろぺろと赤いしたを出しました。そのしたの上に、まっかなカブトムシが乗っているではありませんか。

せいどうのまじんは、口の中に、ルビーのカブトムシをかくしていたのです。少年たちはそれを見ると、思わず、「あっ。」とさけびました。しかし、あい手はおそろしいかいぶつです。とりかえすことは、とてもできそうにありません。

「わははは……。これがほしくないのかね。おくびょうなちんぴらどもだな。くやしかったら、わしのかおまでのぼってきてみろ。そして、わしの口の中から、これをとり出せばいいのだ。わははははは……。そのゆうきが、きみたちにあるかね。」

せいどうのまじんは、少年たちをばかにしたように、大きなからだをゆすってわらうのでした。

「ちくしょう。みんな来たまえ。」

おとうさんから、けんどうをならっている、井上一郎くんはそうさけぶと、いきなり、かいぶつの右の足にしがみついていきました。

あいては、おとなの三ばいもあるきょじんです。まるでこれは、すもうとりの足に赤んぼうがしがみついているようです。

そのとき、ガラガラガラッという、おそろしい音がして、あたりが、ぽっと明るくなりました。やみになれたみんなの目には、まぶしくて、目をあけていられないほどの明るさです。

いったい、なにごとが起ったのでしょう。やっと目を開いてみますと、ふしぎふしぎ、ちか室のてんじょうがなくなっているではありませんか。てんじょうがきかいじかけで、両方へ開くようになっていたのです。上には、青空が見えています。たいようの光が、さんさんとあたりにかがやいています。

「あっ、たいへんだ。井上くんが……。」

小林くんが、びっくりしてさけびました。ほんとうに、たいへんなことが起っていたのです。

ごらんなさい。せいどうのまじんのからだが、すうっとちゅうにういたかと思うと、そのまま、ふわふわ空へまい上がっています。足にしがみついた井上くんも、いっしょにつれたままです。

これも、まほうはかせのまほうでしょうか。

それにしても、これから、いったいどんなことが起るのでしょう。

11

ちか室のてんじょうが大きく開いて、おとなの三ばいもあるせいどうのまじんが、ふわふわとちゅうにうき、そのまま空の方へまい上がっていきました。

まじんの足にしがみついていた井上一郎くんも、いっしょに、空へまい上がっていくのです。

「おうい、井上くん、手をはなせよ。そして、下へとびおりるんだっ。」

下から、小林くんが、大声でさけびました。

まじんの足は、ちか室のゆかから、もう三メートルもうき上がっていましたが、井上くんは思い切って手をはなし、ぱっととびおりました。

そして、コンクリートのゆかにしりもちをついて、かおをしかめています。

「あいつ、赤いカブトムシを口に入れたまま、とんでいってしまったよ。早く追っかけなけりゃあ。」

「よしっ。なわばしごだっ。」

小林くんはそうさけぶと、おなかのシャツの下にまきつけていた、じょうぶなきぬひものなわばしごをするするとほどいて、その一方のはしについている鉄のかぎを、開いたてんじょうへ投げ上げました。

なん度もしくじったあとで、やっとそのかぎが、てんじょうのあなのふちにひっかかったのです。

しょうねんたんていだんのなわばしごは、一本のきぬひもです。それに三十センチごとに大きなむすび玉がついていて、そこへ足のゆびをかけてのぼるのです。

「じゃあ、ぼくがさきにのぼるから、みんな、あとから来るんだよ。」

小林くんはそういって、きぬひものなわばしごをぐんぐんのぼっていくのでした。

そのあとから、みんなのぼりました。ユウ子ちゃんは女の子ですから、井上くんたちが上から手をのばして、引き上げてあげました。

あなの外へ出ると、そこは、草ぼうぼうの原っぱでした。さいしょにのぼった小林くんが、むこうへ走っていくすがたが小さく見えます。いったい、どこへ行こうとするのでしょう。

空を見上げると、せいどうのまじんは、ふうせんのように、高く高くとんでいきます。

「わあ、よくとぶねえ。もう、あんなに小さくなっちゃった。」

ノロちゃんがさけびました。

あとでわかったのですが、せいどうのまじんはあついビニールでできていて、中にかるいガスを入れたものでした。つまり、ふうせんだったのです。

ちか室のゆかに小さなあながあいていて、その下に、また、小べやがあったのです。そこにまほうはかせがかくれていて、あなからビニールのまじんをゆかの上におし出しながら、ポンプでガスをふきこんだのです。

ガスがはいるにしたがって、ビニールのまじんはふくれあがり、しまいには、おとなの三ばいもあるきょじんになってしまったのでした。

せいどうのまじんがものをいったのは、ゆかのあなの下から、まほうはかせが、声をかえてしゃべっていたのです。

まじんが口を開いたのは、あごに細い糸がついていて、それを下からひっぱると口があき、糸をはなすと、口がしまるようになっていたのです。赤いカブトムシは、したにくくりつけてあったのでしょう。

まじんが出る前にあらわれた、たまごのおばけみたいなものも、やっぱりビニールでできていて、一度ガスを入れてふくらまし、みんながにげ出している間に、きゅうにそのガスをぬいたので、ビニールはぺちゃんこになり、ゆかのあなの下へかくれてしまったのです。

ちか室が暗いので、小林くんたちは、その小さなあなのしかけがよく見えなかったのでした。

空のせいどうのまじんは、だんだんすがたを小さくしながら、東の方へとんでいきます。東の方へ風がふいているのでしょう。まじんは、赤いカブトムシを口に入れたまま、その風に送られて、どことも知れずとびさっていきます。

「あっ、もう、見えなくなってしまった。」

木村くんがさけびました。

そのとき、原っぱのむこうから、小林くんがかけもどってくるのが見えました。

「小林さあん、どこへ行ってたの。あいつは、赤いカブトムシを口に入れたまま空へのぼって、もう、見えなくなってしまったよ。」

井上くんがよびかけますと、みんなのそばへかけよってきた小林くんが、いきをはずませて答えました。

「明智先生に、でんわをかけたんだよ。せいどうのまじんのことを知らせたらね、先生は、すぐに新聞社へでんわしてから、自動車で、あるところへとんでいってくださったんだよ。そして、いまにむこうの空から、みかたがとんでくるんだよ。」

小林くんが、東京の町の方の空をゆびさしました。いったい、空からなにがやって来るのでしょうか。

三十分あまりも待ったでしょうか。もう夕ぐれ近いむこうの空に、ぽつんと、黒いてんのようなものがあらわれました。

「あっ、来た、来た。あれだよ。」

小林くんがうれしそうにいいました。

てんのようなものは、だんだん大きくなって、こちらへ近づいてきます。それは、一台のヘリコプターでした。みなさん、しょうねんたんていだんのみかたというのは、このヘリコプターだったのです。

12

しょうねんたんていだんのおうえんにやって来たヘリコプターは、強い風をまき起しながら、原っぱのまん中へちゃくりくしました。

「あっ、明智先生だっ。」

小林だんちょうがさけんで、その方へかけ出しました。

ヘリコプターの、すきとおったそうじゅう室のとびらが開いて、明智たんていがおりてきました。

めいたんていは、ひこうきでもヘリコプターでも、そうじゅうできるのです。

明智たんていは、小林くんのでんわをきくと、いそいで新聞社とうちあわせ、新聞社のヘリコプターを、自分でそうじゅうして、とんできたのです。

みんなは明智たんていのまわりをとりかこんで、ちか室でおそろしいめにあったことを、口々に話すのでした。

「よし、それじゃあ、このヘリコプターで、せいどうのまじんを追いかけるんだ。」

明智たんていは、みんなにさしずをしました。

「小林くんと井上くんとふたりだけ、ぼくといっしょに乗りたまえ。それいじょうは乗れない。のこった人は、みんなうちへ帰って、待っていたまえ。きっと、せいどうのまじんをとらえてみせるよ。そして、赤いカブトムシをとりかえしてあげるよ。」

明智たんていと、小林くん・井上くんのふたりがヘリコプターに乗りこみました。

ヘリコプターはまた、おそろしい風を起して、とび上がっていきます。原っぱにのこったノロちゃんと木村くんと、ユウ子ちゃんは、手をふって、それを見送りました。

小林くんと井上くんは、はじめてヘリコプターに乗ったのです。うちゅうりょこうにでも出かけるような気持でした。

ヘリコプターは、高い空を、せいどうのまじんがとびさった東の方へ進んでいきます。ふりむくと西の空は、まっかな夕やけでした。やがて、日がくれるのです。そのときのよういに、そうじゅう室には、小がたのサーチライトがそなえつけてあります。せいどうのまじんは、風にはこばれていったのですから、風のふく方へ追いかければよいのです。こちらには風のほかに、プロペラの力があります。きっと、追いつくことができるでしょう。

やがて、夕やけもきえ、見る見るあたりが暗くなってきました。空にはいちめんに、星がまたたき始めました。ちじょうには、いなかの町のでんとうが、これも星のように、ちらほら見えています。上にも星、下にも星、ほんとうにうちゅうりょこうです。

「あっ、先生。あそこに、なんだかとんでいますよ。」

小林くんのさけび声に、ぱっとサーチライトがてんじられました。その光のとどかないほどむこうの空に、なんだか黒っぽいものがふわふわとただよっています。ヘリコプターは、その方へしんろをむけました。

「あっ、やっぱりそうだ。にんげんの形をしている。せいどうのまじんですよ。」

やがてそれが、サーチライトの光の中へはいってきました。たしかに、せいどうのまじんのふうせんです。

「小林くん、これで、あいつのからだをうつんだ。いまに、あいつのすぐよこを通るからね。そのとき、ドアをすこしあけて、右手を出して、うつんだ。」

明智たんていはそういって、小林くんにピストルをわたしました。小林くんはたんていじょしゅですから、ピストルのうちかたは知っています。

明智たんていは、ヘリコプターをうまくそうじゅうして、せいどうのまじんのすぐよこに近づき、そくどをおとしてならんでとぶようにしました。小林くんはいわれたとおり、ドアのすきまから手を出して、まじんのからだにピストルをはっしゃしました。ピストルのたまがすぐ目の前をふわふわとんでいたまじんが、ぐらっとゆれました。ピストルのたまがめいちゅうしたのです。つづいて、二はつ、三ぱつ……。

そのたびに、まじんのふうせんは、ぐらっぐらっとゆれるのです。そして、たまのあなから、シューッと、ガスがぬけていくのです。

「よしっ。それでいい。こんどはヘリコプターで、あいつをおさえつけるんだ。」

明智たんていは、ヘリコプターをまじんの前にもっていって、そのまま、ぐっとこうどをさげました。

すると、それにおされて、まじんはよこたおしになり、ヘリコプターのそこにぴったりくっついてしまいました。

「よしっ。このままで、どこかの原っぱへちゃくりくしよう。もう、にがしっこないよ。」

サーチライトを下へむけると、手ごろなばしょを見つけて、たんていはぐんぐんヘリコプターをさげました。そして、まっ暗な畑の中へちゃくりくしたのです。

三人は、ヘリコプターからとび出しました。そして、かいちゅうでんとうをてらして、きたいの下をのぞきました。ビニールのまじんのふうせんは、ガスがぬけ、ぺっちゃんこになって、そこにひっかかっていました。

ひきずり出して口の中をしらべますと、したの上に、赤いルビーのカブトムシが、ちゃんとくっついていたではありませんか。とうとうとりもどすことができたのです。

あくる日、明智たんていじむしょの小林くんのところへ、でんわがかかってきました。まほうはかせからでした。

「きみたちの勝ちだよ。ルビーは、きみたちのものだ。いろいろ苦しめてすまなかったね。だが、あれは、きみたちのちえとゆうきをためすためだったのだよ……。しょうねんたんていだん、おめでとう。明智先生によろしく。」

小林くんはじゅわきをおくと、よこにたって聞いていた明智先生とかおを見あわせて、にっこりわらうのでした。

明智小五郎年代記《クロニクル》　戦後編　Ⅳ

平山雄一

いよいよ戦後編も最後の巻に到達しました。明智小五郎《あけちこごろう》の活躍も、最後を迎えようとしています。

本巻でも小説の内容に触れますので、先に本文をお読みになってから解説をお読みください。

「影男」（『面白倶楽部』一九五五年一月〜十二月号発表）

この作品は影男という男の数々の犯罪や気まぐれな行動のエピソードをオムニバス形式で並べたものなので、はたしてこれらの場面それぞれがどれくらい離れているのかわからないし、各エピソード中にも日付の手がかりになるような言及はほとんどありません。発生年月日の推定については、正直お手上げです。

ただ千円札が登場しますので、戦後編第二巻の「月と手袋」の年代記《クロニクル》で書いたように、一九五〇年一月以降なのだろうとは思います。また雑誌発表よりは前でしょうから、一九五〇年から五四年の間のいつか、としか言いようがありません。

これが明智小五郎が登場する一般向け最後の作品です。

「赤いカブトムシ」（『たのしい三年生』一九五七年四月〜五八年三月号発表）

「黄金の虎」事件（本書「前書き」四頁参照）への言及があるので、一九五二年後半より後です。また少女の少年探偵団員が初登場するのに、本来だったら彼女を応援するはずの花崎《はなざき》マユミの姿がありません。一方井上一郎《いのうえいちろう》とノロちゃんが登場します。つまりマユミが引退し、二人の少年が少年探偵団員最後の年である中学二年生だった一九五四年の事件だとわかります。

「あるにちよう日のごご」に西洋館で少女がいじめられているのに、三人の女の子が気づきます。知らせを受けた少年探偵団は「そのあくる日」に西洋館に乗り込みますが、待ち構えていた魔法博士の挑戦を受けてルビーのカブトムシの争奪戦が始まります。「そのあくる日の夕がた」すなわち三日目に、カブトムシは魔法博士に取り戻されてしまいました。「それから三日めの、おひるすぎ」である六日目に風船につけられた魔法博士の手紙が届きます。「五月二十五日」に「一本スギのてっぺんからはいれ」という指令です。「五月二十五日といえば、あさってだね」とありますから、この六日目は五月二十三日だという計算です。そして指令の日二十五日が八日目でした。そしてその翌日九日目に魔法博士から祝いの電話がかかってきて、事件は終了します。逆算すると一九五四年五月十八日が一日目になりますが、問題はこの日は「にちよう日」ではなく火曜日だということです。ただ、少年探偵団の少女団員宮田《みやた》ユウ子が二十三日に風船の手紙を受け取ったのは「おひるすぎ」に自宅の庭で遊んでいたときのことでした。中学生なら平日は授業があるのですから、「おひるすぎ」にそうそうに自宅で遊んでいるとも思えません。そう考えると、二十三日が日曜日だとしたら辻褄《つじつま》があいます。遡って初日の事件の発端も、「午後」に小学三年生が女の子がいじめられているのに気がついたのですから、学校から帰った後に友達の家に遊びにいったとしても計算があいます。

よって「にちよう日」よりも「五月二十五日」の記述を取って、一九五四年五月十八日から二十六日に発生したとしました。

この事件で少年探偵団と対決するのは、「探偵少年」（後に「黄金の虎」と改題）「まほうやしき」など、何度か登場したことのある魔法博士（本名雲井良太《くもいりょうた》）であり、二十面相ではありません。戦後編第一巻収録の「虎の牙」の対決相手も、最初乱歩はこの魔法博士を念頭においていたらしいということは、第一巻のコラムに書いた通りです。いわば「いい二十面相」といったところでしょうか。

しかし厄介なことに、二十面相も「虎の牙」だけでなく「魔法博士」という作品で同様に魔法博士を名乗っているのです。どうやら乱歩お気に入りのあだ名のようです。紛らわしいことこの上ありません。なぜこのような真似《まね》をしたのでしょうか。もしかしたら二十面相と雲井良太の魔法博士は、何らかの関係があるのかもしれません。雲井良太は「世界一の変装の名人、奇術の名人」と自ら言っているので、変装の腕は二十面相には負けないと思っているのでしょう。『明智小五郎回顧談』（ホーム社）では、私は明智小五郎と二十面相は変装術では同門の兄弟弟子だという設定にしましたが、もしかしたら雲井良太も同じ一門の出身だったのかもしれません。もっともさすがにそこまで書いては、小説として収拾がつかなくなりますから、このエピソードは入れませんでした。

ちなみに二十面相の最後の登場作品は何かというと、「海底の魔術師」（一九五四年春）か「妖星人R」（一九五四年のいつか）のどちらかです。後者の時期がはっきりわからないので断定的なことはいえませんが、おそらく後者である気がします。

またこの一九五四年は映画『ゴジラ』が公開された年でもあります。海から日本に上陸した怪物のせいで大騒ぎになるというストーリーの骨格が、「海底の魔術師」（一九五五年発表）と『ゴジラ』とのあいだで共通しているというのは、面白いではありませんか。はたして乱歩は『ゴジラ』を見に行ったのでしょうか。乱歩のお孫さんが一九五〇年生まれですから、家庭でゴジラが話題になっていてもおかしくありません。せがまれて一緒に映画館に行っていたとしたら、楽しいですね。

さらに余談ですが、「妖星人R」（一九六一年発表）に登場する発見者の頭文字をとって名付けられた「Rすい星」のモデルは、一九五六年にベルギーの天文学者シルヴァン・アランとジョルジュ・ローランによって発見されたアラン・ローラン（Arend-Roland）彗星《すいせい》ではないでしょうか。この作品発表直前に現れたRが頭文字の天文学者が発見した彗星といえば、これが考えられると思います。

これらの事件の後、明智小五郎、小林少年、そして二十面相はどうなったのでしょうか。

まず明智ですが、私は彼が一八九四年生まれだと推定しているので、ちょうど六十歳になったところです。一九五四年の男性の平均寿命が六十三・四一歳ですから、すでに老境に入っていたと言ってもかまわないでしょう。また戦後緊張していた東西冷戦も、一九五三年に朝鮮戦争は休戦状態にはいり、第一次インドシナ戦争も一九五四年にベトナムが独立をはたします。そして一九五三年にソ連の指導者スターリンが死去して、東西の雪解けムードが徐々に始まりつつありました。世界情勢がこのような変化を見せ、また自らが六十歳という節目の年を迎えたこともあり、明智はまず政府関係の仕事から身を引き、さらに私立探偵の仕事からも引退をしたと考えても、おかしくないでしょう。なにしろシャーロック・ホームズでさえも、引退したのは六十歳だったと言われているのですから、名探偵の引き時としてはちょうどいいのではないでしょうか。しかも戦後の明智は体調がすぐれない描写が時々ありました。

このときは三代目の小林少年でしたが、彼は一九三七～三八年生まれだっただろうと推定しています。ですから一九五四年には十六、七歳でした。もし明智が私立探偵や少年探偵団を続けようとしたならば、十八歳で引退する三代目の後釜として、四代目小林少年をそろそろ見つけなくてはいけません。しかし明智本人の年齢からすると、あと何年少年探偵団を指導できるかわからず、また新しい子供を一から教育して助手に育て上げるのも億劫《おっくう》なことです。そこで明智はきりがいいとして、自らの探偵事務所も六十歳でたたむ決心をしたと思われます。もちろん少年探偵団も解散をしたのでしょう。

一方、二十面相はどうなったのでしょうか。

彼は一九一二年に生まれたと、私は推定しています。一九五四年では四十二歳ですが、これは満年齢なので厄年ではありません。ただ科学捜査研究所（現・科学警察研究所）が一九四八年に設立されるなど犯罪捜査法の進歩によって、二十面相のように余計な演出やら予告やらをしていては無駄に手がかりを残すばかりとなり、彼お気に入りの劇場型犯罪の衰退を予感したことでしょう。まだ働き盛りの年齢ですが、好敵手の明智小五郎を失い、自分の仕事が時代遅れになったと実感してしまっては、引退せざるを得なかったかもしれません。彼が盗み出した数々の財宝は、明智に破れ去る毎《ごと》に取り戻されてしまいますが、数多くの手下を養っているだけの財力は常にあったようです。ですから手下どもに手切金を渡しても、自分の隠居金はまだ十分に手元に残っていたのではないでしょうか。

そして「奇面城の秘密」（一九五八年発表）に登場する「うつくしい女の人」とともに余生を暮らしたのかもしれません。この女性は「黄金豹《おうごんひょう》」（一九五六年発表）に登場するネコ夫人と同一人物の可能性もあります。

すると彼女と一緒に現れた十歳くらいの少女「ネコむすめ」は、二十面相の子供なのでしょうか？「黄金豹」は一九五〇年に発生したと推定していますから、ネコむすめが生まれたのは一九四〇年頃でしょう。つまり二十面相が犯罪から足を洗い、グランド＝サーカスから飛び出した一九三七～三八年（『明智小五郎事件簿　戦後編』第三巻年代記を参照）の後のことになります。この頃、二十面相こと遠藤平吉《えんどうへいきち》は裏社会に戻らずに、新しい恋人と出会って温かい家庭を築いたのでしょうか？

しかし戦争が終わり明智小五郎が日本に戻ってきて、再び民間私立探偵として事務所を開いたと知った遠藤平吉は、かつての血が騒いでならなかったのかもしれません。彼が再び二十面相の仮面を被《かぶ》ったのは、明智小五郎という存在なくしては考えられないことだと思います。あくまでも彼は明智と対抗したい、真剣勝負がしたいという欲望を抑えることができなかったのでしょう。そんな夫に、ネコ夫人は愛想をつかすこともなかったのでしょうか。しかも昔の恋人を取られた復讐《ふくしゅう》のために、一年間もサーカスの団長に変装して全国を巡業し、家族をほったらかしにしていたのです。しかし「サーカスの怪人」(『明智小五郎事件簿　戦後編』第三巻、一九五二年前半の冬)の後に起きた「奇面城の秘密」(一九五二年春)に登場する「うつくしい女の人」がネコ夫人と同一人物だったとしたら、彼女は夫を許していたのでしょう。

ちなみになぜ甲武信岳《こぶしだけ》山中にある奇面城にネコむすめがいないかというと、当時彼女は十二歳前後なので、学校に通わなくてはいけないからなのです。案外二十面相は学校教育に理解があり、少年探偵団が奇妙な変装をした彼を発見するのは、たいてい学校が終わった後の夕方だと相場が決まっています。通学途中の朝に変な男を少年探偵団員が発見して、学校に行くのを放り出してその後を追いかける、などという筋書きにはならないのは、二十面相が義務教育は大切だと思っていてくれたおかげでしょう。

前述した『明智小五郎回顧談』では、明智小五郎と二十面相は血の繋《つな》がりはないものの、遠い親戚だという設定になっています。するとネコむすめも明智の親戚だということになります。『二十面相の娘』(小原愼司《おはらしんじ》)という漫画やアニメはありましたが、まさか本家の乱歩作品を深掘りしていくと、本当に二十面相の娘らしき存在が炙《あぶ》り出されてくるとは思いもよりませんでした。

以上、『明智小五郎事件簿　戦後編』は完結いたしました。ここまでお読みいただきありがとうございます。

まだ『明智小五郎事件簿』戦前編全十二巻をお読みでない方は、ぜひ併せてお読みください。そして戦前編と戦後編をつなぐ物語として、さらに戦前編以前の明智小五郎の少年時代についてご興味がおありでしたら、『明智小五郎回顧談』をお読みください。

これらを併せてお読みいただくことによって、ますます明智小五郎の世界への理解が深まることと、信じています。

解説――あなたの〝明智小五郎〟は、どこから？

はやみねかおる

どうも、児童向け推理小説を書いている、はやみねかおるです。

実は、ぼくは『怪人二十面相』を読んだときにトラウマができ、他の少年探偵団シリーズを読んでいません。

どんなトラウマかは、読んでいただければわかると思います。

☆

小学校高学年の頃、兄の本棚で江戸川乱歩の文庫本を見つけました。その中に収録されていた「D坂の殺人事件」で、ぼくは明智小五郎《あけちこごろう》に出会いました。

荒い棒縞《ぼうじま》の浴衣《ゆかた》を着て、変に肩を振る歩き方をする明智小五郎。住んでいるところは、書物で埋まった四畳半。これという職業を持たない一種の遊民で、犯罪や探偵について、興味と豊富な知識を持っている男――。

これこそ名探偵だと、思いました。

風貌については、こう書かれてました。

「いわゆる好男子ではないが、どことなく愛嬌《あいきょう》のある、そしてもっとも天才的な顔を想像するがよい」

文庫本には挿絵がついてなかったので、思いっきり〝天才的な顔〟を想像させてもらいました。そう、名探偵は、凡人と同じではいけないのです！

風変わりで天才的な名探偵に、ぼくは、すっかりファンになってしまいました。

しかし、その後——。たくさんの不満が、生まれました。

☆

小学校の図書室に、ポプラ社の少年探偵江戸川乱歩全集がありました。友だちから、このシリーズにも明智小五郎が出てくると教えてもらったぼくは、早速一冊目の『怪人二十面相』を手に取りました。

「そのころ、東京じゅうの町という町、家という家では、二人以上の人が顔をあわせさえすれば、まるでお天気のあいさつでもするように、『怪人二十面相』のうわさをしていました」

冒頭の文章で、すぐに引き込まれました。

——この怪人が、自分の頭の良さを披露するために、完全犯罪を試みる。しかし、さらに頭の良い明智小五郎が、その犯罪を、解き明かすんだ。

小学生のぼくは、勝手に、そんなストーリーを想像していました。

なのに……。

最初の不満は、明智小五郎の描写です。

「黒いせびろに、黒い外套《がいとう》、黒のソフト帽という、黒ずくめのいでたち」

――あれ？　棒縞の浴衣じゃないの？

「もじゃもじゃにみだれた頭髪、するどい目、どちらかといえば青白いひきしまった顔、高い鼻、ひげはなくて、きっと力のこもったくちびる」

――〝もじゃもじゃにみだれた頭髪〟は合格として、青白いひきしまった顔とか、高い鼻とか……。ぼくが想像していた〝もっとも天才的な顔〟と、ずいぶん違う……。

そして、住んでいるところも、

「明智小五郎の住宅は、港区《みなと》龍土町《りゅうどちょう》の閑静なやしき町にありました。名探偵は、まだわかくて美しい文代《ふみよ》夫人と、助手の小林《こばやし》少年と、女中さん一人の、質素なくらしをしているのでした」

――本で埋まった四畳半は？　それに、結婚してるの？　お手伝いさんまでいるんだ。

極めつけの不満は、ラストシーン。

「そして一同、かわいらしい声をそろえて、くりかえしくりかえしさけぶのでした。

『明智先生ばんざあい』

『小林団長ばんざあい』」

――……。

なんだか哀《かな》しくなって、ソッと本を閉じたのを覚えています。

「明智小五郎って、棒縞の浴衣にもじゃもじゃの髪で、本で埋もれた四畳半に住んでるんだよ」

友だちに言っても、相手にされませんでした。

みんなの明智小五郎のイメージは、背広姿のスーパーマンのような探偵なんです。

――『怪人二十面相』の明智小五郎は、ぼくがファンになった明智小五郎とは、まるで別人なんだ……。

そして、それ以降、少年探偵江戸川乱歩全集を手に取ることはありませんでした。

☆

その後、ぼくは、児童向けの推理小説を書くようになりました。

書くにあたって、少年探偵団シリーズを読んだ方がいいのかなと考えました。

なんといっても、少年探偵団シリーズは、子どもたちをワクワクドキドキさせるキングオブキングの児童向け推理小説。読んだら、必ず勉強になります。

でも、結局、読みませんでした。

棒縞浴衣の明智小五郎ではなく、黒背広で子どもたちから「明智先生ばんざあい」と言われる世界に関わりたくなかったのです。

今思うと、この判断は正しかったように思います。

読まなかったからこそ、

——自分なりに、子どもたちがワクワクドキドキしてくれる話を書こう。名探偵は、格好良くなくてもいいから、棒縞浴衣の明智小五郎みたいな雰囲気を出そう。

などと、気楽に書き始めることができたのです。知っていたら、圧倒的な少年探偵団シリーズを前にして、萎縮して書けなかったような気もします。

こんな風に、児童向け推理小説を書くようになっても、黒背広の明智小五郎に拒否反応がありました。

でも、そんな気持ちが変わるときが来たのです。

☆

二〇一六年にNHKで放送された『シリーズ・江戸川乱歩短編集』。第一話が「D坂の殺人事件」。

——これだ、これなんだ！　これが、ぼくの好きな明智小五郎なんだ！

テレビ画面の中で、「いわゆる好男子ではないが、どことなく愛嬌のある、そしてもっとも天才的な顔」の明智小五郎が動いていました。番組の謳《うた》い文句――「ほぼ原作に忠実に映像化」は、嘘《うそ》ではなかったのです。少なくとも、ぼくには、そう感じられました。

棒縞の浴衣を着ていたのは第一話だけで、第二話以降、明智小五郎は棒縞の浴衣を着てません（ぼくの文章力では説明できないような服を着てました）。

このドラマのおかげで、どんな外見でも、誰が演じていても、明智小五郎は明智小五郎――そう思えるようになりました。

☆

（ここからはネタバレを含みますので、本編読了後、お読みください）

この本に収録されている『影男』は、中学生の時に読みました。

――ふんふん、背広姿の明智ものね。うんうん、こんなものだろ。

斜に構えた態度で読んだためか、内容は、すっかり忘れてました。今回、四十年以上経《た》って読みましたが、とてもおもしろかったです。

怪しげな登場人物と、予想もつかない物語の展開。そして、惜しげもなく使われる奇想天外なトリック（ぼくなら勿体《もったい》なくて、長編を数本書きます）。五彩のオーロラが炸《さく》裂《れつ》したような犯罪奇譚《きたん》。

——こんな謎、解決できるのか？

そんな心配を、明智小五郎が吹っ飛ばしてくれました。

そりゃ、良斎《りょうさい》がのぞき窓から見た光景は、〝ちょっとしたカラクリ〟で説明できないんじゃないかとか、疑問はありましたが、とても些細《ささい》なことです。

——黒い背広を着た明智小五郎が出てくる大人向けのものを、読み返してみよう。

そう思えるぐらい、満足しました。

問題は、次の『赤いカブトムシ』です。

——大人向けは大丈夫でも、少年探偵団シリーズは読めるだろうか？

内容は、〝まほうはかせ〟と〝しょうねんたんていだん〟の、ルビーのカブトムシを巡る〝ちえくらべ〟です。

不安はあったのですが、平仮名だらけの文章に慣れてくると、だんだん怖くなってきました。

大きなカブトムシから、中くらいのカブトムシ、小さなカブトムシが出てくるシーンは、リアルに想像すると恐怖しかありません。また、天井から鉄の蓋がジワリジワリと下がってくるのは、とても怖かったです。

他にも、穴も何もないコンクリートの床から現れる怪物、子ども達を飲み込む大きな虎など、次から次へと怪異現象が襲ってきます。

そして、ラストシーン。

ルビーのカブトムシを口に入れて、空高く飛んでいく魔神の風船。それをヘリで追う明智小五郎と小林少年と井上《いのうえ》君。

明智探偵は無事にルビーのカブトムシを手にするのですが、ぼくには疑問が残りました。

——もし、明智小五郎が魔神の風船をヘリで追いかけなかったら、どうなっただろう？　魔法博士から、どうやってルビーを取り戻すつもりだったのだろう？

そんなことを考えていたら、魔法博士の正体は明智小五郎なのではないかと思えてきました。少年探偵団を鍛えるため、自ら魔法博士に扮《ふん》して知恵比べを挑んだのではと、考えたのです。

——ひょっとすると、少年探偵団シリーズは、明智小五郎が少年探偵団を育成する物語なのではないか？

もちろん、妄想です。

でも、どこまで妄想なのかを調べるためにも、少年探偵団シリーズを読むのもいいなと思いました。

☆

ぼくは、この歳《とし》になって、明智小五郎と出会い直しをしようと思いました。

中学生のときに読んだ『悪魔の紋章』、『一寸法師』、『化人幻戯《けにんげんぎ》』、『地獄の道化師』、『蜘蛛男《くもおとこ》』などなど――(『黄金仮面』は、少年探偵団シリーズのニオイが感じられて、読んでません)。

当時、「棒縞浴衣じゃないもんなぁ」と思いつつ、読んでました。黒背広の明智小五郎を、素直に認める気になれなかったのでしょうね。

今読んだら、どんな感想を持つのでしょう? そう思うと、ドキドキします。小学生のとき、図書室の本棚で「絶対におもしろい!」というニオイを感じた時の感覚が蘇《よみがえ》ります。そのために、この『明智小五郎事件簿』の戦前編と戦後編は、とても役に立つでしょう。

そして、〝格好いい明智小五郎〟に慣れてきたら、少年探偵団シリーズに挑戦します!

幸い、『明智小五郎事件簿』には、『青銅の魔人』や『サーカスの怪人』などの少年探偵団シリーズものも収録されています。

ひょっとすると、トラウマが完全に消えて、BDバッジを作るかもしれません。そのときには、素直な気持ちで『明智先生ばんざあい』と手を挙げているでしょう。

☆

あなたが、どのような出会い方をしたのかは知りません。でも、よく知っている名探偵と出会い直しをするのも、面白いと思いませんか？

枕元に本を積み上げ、眠くなるまで本を読む。――そんな、子どもの頃の読書体験が蘇るような気がします。

では！

Good Night, And Have A Nice Dream.

（はやみねかおる・小説家）

編集協力＝平山雄一
（ひらやま・ゆういち）探偵小説研究家、翻訳家。一九六三年生まれ。東京医科歯科大学大学院修了、歯学博士。日本推理作家協会会員。著書に『江戸川乱歩小説キーワード辞典』（東京書籍）、『明智小五郎回顧談』（ホーム社）、翻訳にロバート・バー『ウジェーヌ・ヴァルモンの勝利』（国書刊行会）、バロネス・オルツィ『隅の老人・完全版』、アーサー・モリスン『マーチン・ヒューイット・完全版』（ともに作品社）など。

企画協力＝平井憲太郎
（ひらい・けんたろう）祖父は江戸川乱歩。一九五〇年生まれ。立教大学を卒業後、鉄道模型月刊誌「とれいん」を株式会社エリエイより創刊。現在、同社代表取締役。

〈読者の皆様へ〉

『明智小五郎事件簿　戦後編』（全4巻）は講談社文庫版『江戸川乱歩推理文庫』（全65巻、一九八七～八九）を底本に編集いたしました。本文中には、今日の人権意識に照らせば不適切と思われる表現や用語が多々含まれておりますが、故人である作家独自の世界観や作品が発表された時代性を重視し、また乱歩作品が古典的に評価されてきたという観点から、原文のままといたしました。これらの表現にみられるような差別や偏見が過去にあったことを真摯に受け止め、今日そして未来における人権問題を考える一助としたいと存じます。

なお、底本の明らかな誤植および誤記は改め、ルビについては適宜付加および削除を施しました。

集英社　文庫編集部

集英社文庫

明智小五郎事件簿《あけちこごろうじけんぼ》　戦後編《せんごへん》　Ⅳ
「影男《かげおとこ》」「赤《あか》いカブトムシ」

2022年７月25日　第１刷　　定価はカバーに表示してあります。

著　者　江戸川乱歩《えどがわらんぽ》

発行者　徳永　真

発行所　株式会社 集英社
東京都千代田区一ツ橋2-5-10　〒101-8050
電話　【編集部】03-3230-6095
【読者係】03-3230-6080
【販売部】03-3230-6393（書店専用）

印　刷　株式会社広済堂ネクスト

製　本　株式会社広済堂ネクスト

フォーマットデザイン　アリヤマデザインストア　　マークデザイン　居山浩二

Printed in Japan
ISBN978-4-08-744418-6 C0193